Ephraim Kishon · Kein Öl, Moses?

EPHRAIM KISHON

Kein Öl Moses?

Neue Satiren

Langen Müller

Übersetzt von Friedrich Torberg

Umschlaggestaltung: Rudolf Angerer
Gesamtherstellung: Druck- und Buchbinderei-
Werkstätten May & Co Nachf., Darmstadt
Printed in Germany 1974
ISBN 3-7844-1554-7

INHALT

... Und zogen die Kinder Israels aus der Wüste Sin, die da liegt zwischen Elim und Sinai, und lagerten sich in Rephidim und fanden nichts, womit sie sich hätten versehen können, eh daß sie weiterzogen. Und es murrete die ganze Gemeinde wider Moses, und forderte von ihm den Treibstoff, dessen sie brauchten zur Weiterfahrt. Und Moses redete zu ihnen, und sprach: »Was murret ihr wider mich, und versuchet den Herrn?« Das Volk aber dürstete, und fuhr fort zu hadern, und fragte: »Wozu hast du uns herausgeführt aus dem Lande Egypten, welches reichlich versehen ist mit Roh- und Erdöl von den anderen Ländern der Araber? Sind wir dir nachgefolgt in die Wüste, daß wir hier sterben sollen mit unseren Kindern und unserem Vieh?« Und Moses schrie zum Herrn, und rief: »Was soll ich tun mit diesem widerborstigen Volk? Es fehlet nicht weit, und sie werden mich steinigen!« Und der Herr antwortete ihm und sprach: »Tritt hin vor das Volk, und nimm mit dir die Ältesten in Israel, und nimm den Stab in deine Hand, mit dem du das Wasser schlugest aus dem Gestein, und gehe hin. Siehe, ich will vor dir stehen auf einem Fels in Horeb, und sollst auf ihn einschlagen mit deinem Stecken, und wird viel Öl daraus hervorfließen und wird genug sein dem ganzen Volk und wird ihnen ausreichen bis ins Gelobte Land.« Und Moses tat wie ihm geheißen und schlug auf das Gestein, und schlug und schlug, einen ganzen Tag und eine ganze Nacht, und es kam nichts heraus. Und der Herr redete aufs neue und sprach: »Es

tut mir leid, dann werden die Juden eben zu Fuß gehen müssen.« Und die Kinder Israels gingen zu Fuß durch die Wüste, und gingen vierzig Jahre lang, bis daß sie ins Gelobte Land kamen, und floß auch dort nur Milch und Honig, aber kein Öl.

EXODUS XVII, 1–6 (apokryph)

Der Staat Israel ist älter geworden, sieht aber noch immer recht jugendlich aus, vielleicht weil seine Soldaten kurzen Haarschnitt tragen müssen. Unseren 25. Geburtstag feierten wir unter der irrigen Voraussetzung, daß wir das Schlimmste bereits hinter uns hätten. In Jerusalem fand aus diesem Anlaß eine Militärparade statt, an der alle verfügbaren Tanks und Minister teilnahmen. Damals wußten wir noch nicht, daß wir nur über genügend Minister verfügten ... Während ich die Parade vorüberziehen sah, schweiften meine Gedanken ungefähr 25 Jahre zurück, zu jenem Tag, da im Hafen von Haifa ein kaum noch seetüchtiges Sklavenschiff namens »Galilea« vor Anker ging. An Bord befand sich eine größere Anzahl von Neueinwanderern, darunter ein magerer und verängstigter junger Mensch: der Schreiber dieses. Es war spät am Abend. Der Hafen lag dunkel und verlassen. Wie sich herausstellte, hatten die Einwanderungsbeamten der Hafenwache mitgeteilt, daß wieder ein Schub von künftigen Bürgern im Anrollen sei, die Wache hatte eine entsprechende Nachricht an Gershon weitergegeben, und Gershon war mit den Hafenschlüsseln nach Hause gegangen und hatte uns der Staatenlosigkeit überlassen.

MEINE MASSENEINWANDERUNG

Tausende fabrikneuer Immigranten saßen hilflos auf Deck und starrten mit gemischten Gefühlen zum Gestade ihrer neuen Heimat hinüber. Die ökonomisch Gewitzteren hatten in ihren Koffern vorsorglich 200 000 Nagelbürsten untergebracht, weil sich in Genua kurz vor der Ausfahrt das Gerücht verbreitet hatte, daß Nagelbürsten in Israel Mangelware wären. Aus einem ähnlichen Grund hatte sich eine polnische Familie mit größeren Posten von Wachskerzen eingedeckt. Ich selbst war bei meinem Zwischenaufenthalt im Wiener Rothschildspital aus zweiter Hand in den Besitz einer kleinformatigen Maschine zur Erzeugung von Bakelit-Knöpfen gelangt, garantiert elektrisch und mit einem Produktionsausstoß von 2 Knöpfen pro Minute.

Meine Tante Ilka hatte mir geschrieben, daß man sich gegenwärtig in Israel nur durch Tiefseetauchen oder Penicillinerzeugung halbwegs auskömmlich ernähren könne, aber meine Zeit reichte nicht mehr aus, um einen dieser beiden Berufe zu erlernen. Andererseits wollte mein Onkel Jakob von einer freien Stelle in einem Automatenbüfett in Tel Aviv gehört haben und hoffte, mich dort als Automaten unterbringen zu können. Auf keinen Fall, so warnte mich Onkel Jakob, wäre es ratsam, in einen Kibbuz zu gehen, denn dort spräche man hebräisch. Aber ich sollte mir keine Sorgen machen, schrieb er, ich sei ja schließlich ein Veteran der zionistischen Bewegung und hätte Anspruch auf behördliche Hilfe. Unter diesem Gesichtspunkt befanden sich auf der »Galilea« zwölf ehemalige Sekretäre von Theodor Herzl.

Meine ersten Hebräischkenntnisse hatte ich mir bereits auf hoher See angeeignet und konnte Wörter wie »Schalom«, »toda« (danke) und »Kibbuz« fließend aussprechen. Außerdem hatte ich mich bei den Jungpionieren, die im Unterdeck pausenlos Hora tanzten, wiederholt nach der Zeit erkundigt: »Wie spät ist es, Freunde? Bitte antwortet ungarisch.« Zu meinem Wortschatz gehörte ferner der Ausdruck »Inschallah«, über dessen Bedeutung ich mir allerdings nicht ganz im klaren war, und schließlich besaß ich den ersten Band eines hebräischen Wörterbuchs bis zum Buchstaben Mem. Ich konnte also getrost in die Zukunft blicken.

Das alles täuschte mich indessen nicht darüber hinweg, daß die Verpflegung auf der »Galilea« zu wünschen übrigließ. Offenbar reichte der lange, dünne Arm des israelischen Ministeriums für Volksernährung schon bis hierher. Die Mahlzeiten bestanden entweder aus gefrorenem Fischfilet mit schwarzen Oliven oder aus schwarzen Oliven mit gefrorenem Fischfilet. Nur am Sabbat wurden die schwarzen Oliven durch grüne ersetzt. Als das Schiff vor Anker ging, bekamen wir statt der Oliven Pfirsiche und sangen in strahlender Laune das Lied »Toda, Schalom, Kibbuz«. Anschließend erinnerte uns der Schiffsrabbiner an das Bibelwort, daß der Mensch nicht vom Brot allein lebt, und veranstaltete eine Kollekte.

*

Im Hafen machte uns die Hitze schwer zu schaffen. Erst als uns ein Kenner erklärte, daß es nicht eigentlich die Hitze sei, sondern die Feuchtigkeit, fühlten wir uns etwas besser.

Je länger wir vor Anker lagen, desto hemmungsloser begannen wir auf die Regierung zu schimpfen, der wir nebst vielem anderen auch das Klima zur Last legten. Derlei gelegentliche Ausbrüche von Hysterie haben einer Einwanderungswelle noch nie geschadet. Einer meiner slowakischen Schicksalsgefährten erlitt beinahe einen Herzanfall, weil er seinen neuen Schuhlöffel nicht finden konnte. Noch beim Überschreiten der österreichischen Grenze hatte dieser Mann einen fürchterlichen Eid geschworen: Es mache ihm weiter nichts aus, auch im bloßen Hemd nach Israel zu kommen, wenn er nur hinkäme. Als eine russische Patrouille auftauchte, verzichtete er sogar auf das Hemd und war bereit, nackt einzuwandern. Und jetzt, im ersten jüdischen Hafen seit 2000 Jahren, wurde er eines Schuhlöffels wegen tobsüchtig, rief nach Ben Gurion, um ihn zur Verantwortung zu ziehen, und drohte mit seiner sofortigen Rückwanderung.

Statt Ben Gurion erschien einige Stunden später eine Persönlichkeit unzweifelhaft offiziellen Charakters, überbrachte uns im Namen der Jewish Agency einen herzlichen Willkommensgruß und forderte uns auf, unsere neue Nationalhymne, die Hatikwah, anzustimmen. Wir folgten seiner Aufforderung, wenn auch ohne Text. Anschließend bestürmten wir ihn mit Fragen, wo wir wohnen würden. Einige der Einwanderer waren entschlossen, sich in Tel Aviv anzusiedeln, andere gaben sich mit den Vorstädten zufrieden. Die eingangs erwähnten Wirtschaftsfachleute erkundigten sich nach den Preisen für Nagelbürsten und erfuhren zu ihrer bitteren Enttäuschung, daß dieser Artikel in Israel nicht gefragt wäre, weil die Bevölkerung weder über genügend lange Zeit noch über genügend lange Nägel verfüge. Auch die polnische Familie mußte zur Kenntnis nehmen, daß sie auf ihrem Kerzenlager sitzenbleiben würde.

Die weiteren Fragen, die allenthalben auf den Sendboten vom Festland eindrangen, lauteten: »Wieviel kostet eine Wohnung? Drei Zimmer mit Küche? Zwei Zimmer mit Kitchenette? Wieviel?«

»Sammle die Zerstreuten, spricht der Herr, und führe sie ins Gelobte Land«, antwortete mit schwacher Bibelstimme die Jewish Agency.

Von allen Problemen, die uns jetzt konfrontierten, war das Wohnungsproblem tatsächlich das dringlichste. Wie man uns erzählte, wurden in Petach Tikwah Taubenschläge im Ausmaß von 1,5 x 1,5 m für 12 Pfund monatlich zur Miete angeboten, ohne Ablöse, aber dafür mit einer Zusatzgebühr von 2 Pfund für die Leiter. Ein weitblickender Rumäne kam auf den grandiosen Einfall, sich in einem außer Betrieb befindlichen Aufzug in einem arabischen Hotel in Jaffa einzuquartieren. Alle beneideten ihn.

Was mich betrifft, so hatte ich zwei Möglichkeiten: entweder mit einem tripolitanischen Juden namens Sallach und seinen 15 lebhaften Kindern in eine Blechhütte des Auffanglagers von Haifa einzuziehen oder mein Lager vorübergehend bei Tante Ilka aufzuschlagen, deren Untermieter vor kurzem einen Schlaganfall erlitten hatte und sich nicht wehren konnte. Ich neigte dem Auffanglager zu, denn das Befinden des linksseitig Gelähmten konnte sich bessern, und was dann.

Die schwerste Enttäuschung bereitete mir Onkel Jakob, auf den ich alle meine Hoffnungen gesetzt hatte. Unter europäischen Zionisten sprach man von ihm wie von einer legendären Figur: Vor 30 Jahren wäre er mit einem kleinen Koffer nach Palästina gekommen, heute aber besäße er schon ein Fahrrad und, was mehr war, einen Kühlschrank. Wie sich zeigte, war der Kühlschrank mit seiner Wohnung identisch. Deshalb ging ja auch automatisch das Licht an, wenn er die Tür öffnete.

Unterdessen hatte man Gershon mit dem Schlüssel gefunden, und wir durften endlich an Land gehen. In einem Holzverschlag, von dessen Decke eine nackte elektrische Birne herabhing und vor dem sich die Einwanderer zu einer Schlange formierten, saß hinter einem wackeligen Tisch ein an seiner Khaki-Uniform und an seinem Jiddisch kenntlicher Einwanderungsbeamter, der alsbald mit den Formalitäten begann.
Uns alle überkam große Erregung und Erschütterung. Schließlich war es das erstemal, daß wir in unserer neuen Heimat Schlange standen.
Nach einer Stunde hatte ich den Tisch erreicht. Aus traurigen Brillengläsern, die ihm ständig von der Nase zu rutschen drohten, sah der Beamte mich an:
»Name?«
»Kishont Ferenc«, antwortete ich wahrheitsgemäß.
Das verwirrte ihn sichtlich:
»Welches von beiden ist der Familienname?«
»Kishont.«
»Kishon«, korrigierte mich die Amtsperson und rückte die Brille zurecht.
»Nein, nicht Kishon«, beharrte ich. »Kishont, mit einem t am Schluß.«
»Kishon«, wiederholte nicht minder beharrlich der Uniformierte. »Vorname?«
»Ferenc.«
Wieder betrachtete er mich mit einem verstörten Blick. Warum nur?
»Ephraim«, entschied er schließlich und hatte es auch schon aufgeschrieben.
»Nicht Ephraim, bitte! Ferenc!«
»Einen solchen Namen gibt es nicht. Der Nächste!«

Das war der Augenblick, in dem wir, der Staat Israel und ich, den Entschluß faßten, gemeinsam humoristische Geschichten zu schreiben. Nach einem solchen Beginn konnte es ja gar nicht anders weitergehen.

Womit ist der Weg des Neueinwanderers unter der israelischen Sonne gepflastert? Mit Telefongesprächen und lauwarmen Empfehlungsbriefen. Der neue Bürger Israels lernt binnen kurzem von den älteren Bürgern, daß ohne ein bestimmtes Blatt Papier mit einer bestimmten Unterschrift nichts zu machen ist. Das Zauberwort heißt »Verbindungen«. Ohne Verbindungen gibt es kein Vorwärtskommen in einer Gesellschaft, in der sich jeder Mensch ständig auf der Suche nach einem freien Stuhl, nach einem noch nicht belegten Ecksitz, nach einem Platz in einer der vorderen Bankreihen befindet. Ich weiß aus Erfahrung, wovon ich spreche.

WER KENNT SPIEGEL?

Im Zusammenhang mit irgendeinem Arrangement hatte ich irgend etwas zu arrangieren und hatte es beinahe schon arrangiert. Alles, was ich noch brauchte, war Spiegels Unterschrift. Sobald Spiegel unterschrieben hätte, wäre die Sache, so sagte man mir, in spätestens einer Woche unter Dach und Fach.

Ich begann systematisch zu überlegen. Meine erste Überlegung lautete: Wer kennt Spiegel? Meine zweite: Kenne ich jemanden, der Spiegel kennt?

Nach einiger Zeit hatte ich etwas Wichtiges in Erfahrung gebracht: Wenn ich Spiegels Unterschrift brauchte, dann sollte ich mir eine Verbindung zu Salzmann schaffen, der jeden Freitag mit Spiegel Karten spielt.

Ich sah mich also nach Bekannten von Salzmann um, fand jedoch keine. Wieso, weiß ich nicht, aber es schien

im weiten Umkreis niemanden zu geben, der meinen Anforderungen entsprochen hätte. Ich war verzweifelt.
Auf dem Höhepunkt meiner Verzweiflung lächelte mir das Glück und führte mich mit Birnbaum zusammen, dem ich sofort mein Leid klagte. Birnbaum erkundigte sich, ob der von mir gesuchte Salzmann mit dem Inhaber der Regenschirm-Reparaturwerkstatt Salzmann identisch sei. Als ich bejahte, ging ein Leuchten über Birnbaums Gesicht:
»Ich habe eine Verbindung zu Salzmann! Keine direkte, aber eine vielversprechende. Meine Schwägerin arbeitet im Frauenkomitee gegen Umweltverschmutzung mit Frau Bar-Hon, und Frau Bar-Hon wohnt im selben Haus wie –«
»Wie Salzmann!« rief ich aus. »Wunderbar!«
»Nicht wie Salzmann. Wie Klinger. Und Klinger stammt aus demselben Kibbuz wie der Inspektor der Freiwilligen Feuerwehr von Petach-Tikwah. Dieser Inspektor aber ist niemand anderer als –«
»Als Salzmann!«
»Nein, als Bialazurkewitsch, dessen älteste Tochter mit Rosners Cousin verheiratet ist. Und Rosners Cousin hat einen sehr guten Posten im Büro von –«
»Salzmann!«
»Seien Sie doch nicht so ungeduldig. Im Büro von Dov Golani. Import – Export. Jetzt werden Sie gleich sehen, wo ich hinaus will. Dovs Sekretärin ist nämlich meine Frau. Und der Gatte meiner Frau –«
»Ist Salzmann!«
»Warten Sie ... nein ... der Gatte meiner Frau ... lassen Sie mich nachdenken ... das bin doch ich?!« Birnbaum war sichtlich verwirrt und schüttelte den Kopf.

»Hm. Dann taugt die ganze Verbindung nichts. Lassen Sie mich etwas anderes versuchen. Sie hören von mir.«

Ich dankte ihm im voraus für seine Hilfe und verabschiedete mich. Aber wie komme ich an Salzmann heran?

Halt! Vielleicht durch Spiegel ... Wer kennt Spiegel?

Die Tatsache, daß gleichzeitig mit mir noch 600 000 andere Einwanderer ins Land kamen, bereitete den für ihre Unterbringung verantwortlichen Behörden großes Kopfzerbrechen. Es gab nämlich insgesamt nur 14 Wohnungen, die man unter den Neuankömmlingen verteilen konnte, und für drei von diesen vierzehn Wohnungen waren bereits fixe Anwärter vorgemerkt (sie standen in Verbindung mit Salzmann). Die Regierung ergriff unverzüglich energische Maßnahmen, um die Situation zu verschlimmern; sie unterdrückte 1. alle auf Profit abzielenden Versuche, Wohnungen oder Teile davon zu vermieten, und holte 2. ein uraltes Gesetz hervor, demzufolge jedermann, der sich in einer freistehenden Wohnung einmal eingenistet hat, von dort nie wieder ausgewiesen werden kann, sondern in dieser Wohnung verbleiben darf samt Weib und Kind und sämtlichen Nachkommen bis zum Jüngsten Tag.

WIE WERDE ICH WOHNHAFT?

Ich für meine Person hatte Glück. Gerade als ich weder aus noch ein wußte, begegnete ich meinem Freund und einstigen Schulkollegen Julius Botoni, der seine Wohnung in Tel Aviv für ein Jahr um 50 Pfund monatlich vermieten wollte, weil er ein einjähriges Stipendium nach Italien bekommen hatte, um dort einen Bridgekurs für Fortgeschrittene abzuhalten. Es traf sich also für uns beide ganz hervorragend. Wir besiegelten unser Ab-

kommen durch einen freundschaftlichen Händedruck und trennten uns mit frohem Winken.
Botoni kam mir nachgeeilt:
»Es ist nicht Mißtrauen«, sagte er. »Aber vielleicht sollten wir die Angelegenheit durch einen Rechtsanwalt formell bestätigen lassen. Nur um etwa möglichen Schwierigkeiten vorzubeugen. Man kann nie wissen. Du verstehst.«
Ich verstand, und wir vereinbarten für den folgenden Tag eine Zusammenkunft bei Botonis Anwalt, Herrn Dr. Avigdor Wachsmann.
Als ich die Kanzlei des Anwalts betrat, war mir sofort klar, daß er bereits alles mit meinem Freund besprochen hatte. Jedenfalls saß Botoni leichenblaß und zitternd in einem Fauteuil. Dr. Wachsmann betrachtete mich gedankenvoll.
»Wir stehen vor einer schweren Entscheidung«, begann er. »Herr Botoni hat mich über die Sachlage unterrichtet. Ich finde 75 Pfund im Monat eher zu wenig, aber das ist schließlich Sache des Vermieters. Dessenungeachtet muß ich Sie fragen, mein Herr, welche Garantie Sie uns geben können, daß Sie die Wohnung tatsächlich nach Ablauf der einjährigen Mietfrist verlassen werden?«
»Entschuldigen Sie«, entgegnete ich ein wenig pikiert. »Wir beide sind schließlich alte Freunde und Schulkameraden. Oder nicht, Botoni?«
Botoni wollte antworten, brachte aber aus seiner offensichtlich verschnürten Kehle keinen Laut hervor. Statt dessen ergriff Dr. Wachsmann das Wort:
»In Fragen der Wohnungsmiete gibt es keine Sentimentalitäten. Das Mieterschutzgesetz legt fest, daß Sie eine Wohnung, die Sie einmal bezogen haben, nie wieder zu

verlassen brauchen. Ich werde Sie deshalb bitten müssen, eine Kaution von 8000 Pfund bei mir zu erlegen.«

»Warum?« fragte ich. »Die Wohnung ist doch höchstens 6000 Pfund wert.«

»Richtig«, bestätigte Dr. Wachsmann. »Eben deshalb verlange ich ja eine höhere Summe, weil Sie es dann ganz bestimmt vorziehen werden, die Wohnung zu räumen. Ich verlange die Summe in bar und werde sie nach Ablauf ihrer Miete noch ein weiteres Jahr einbehalten, damit Sie keinen Versuch machen, die Wohnung auf betrügerischen Wegen wieder zu beziehen. Wenn Sie mit diesen Bedingungen einverstanden sind und sie zu unserer Zufriedenheit erfüllen, bekommen Sie die Schlüssel.«

*

Ich nahm ein Darlehen auf und brachte dem Anwalt das Geld. Als ich es auf den Tisch legte, fiel Botoni mit einem leisen Aufschrei in Ohnmacht.

»In Ordnung«, sagte Dr. Wachsmann, nachdem er die Banknoten gezählt hatte. »Jetzt ist nur noch eine Kleinigkeit zu regeln. Was geschieht, wenn das Geld durch Inflation entwertet wird?«

»Ich erkläre hiermit an Eides Statt, daß ich die Wohnung auch dann räumen werde.«

»In Fragen der Wohnungsmiete gibt es keine eidesstattlichen Erklärungen. Wir brauchen Garantien. Hier mein Vorschlag: Sie adoptieren Herrn Botoni und bestimmen ihn zugleich testamentarisch zum einzigen gesetzlichen Erben Ihres gesamten beweglichen und unbeweglichen Vermögens einschließlich der Mietrechte an seiner Wohnung. Diese Formalitäten möchte ich a priori, ipso facto und in toto unwiderruflich gesichert haben. Es ist, wie gesagt, nur eine Formalität.«

Ich mußte ihm recht geben, adoptierte meinen Schulkameraden Botoni und machte mein Testament. Auf Dr. Wachsmanns Wunsch übernahm ich auch noch die Beerdigungskosten und die Erbschaftssteuer. Dann händigte ich ihm meinen Familienschmuck aus, den ich für den äußersten Notfall aus Europa mitgebracht hatte, und dann war die Zeremonie vorüber. Am nächsten Tag sollte ich die Schlüssel bekommen.
Mein Stiefsohn saß während der ganzen Zeit zusammengekauert in einer Ecke und wimmerte.

*

Am nächsten Tag bekam ich die Schlüssel nicht. Mit engelsgleicher Geduld setzte mir Dr. Wachsmann auseinander, daß für den Fall eines verfrühten Ablebens seines Mandanten bestimmte Vorkehrungen zu treffen wären, damit er bei dieser ganzen Transaktion keinen Verlust erlitte. Ich sollte deshalb an das Oberrabbinat ein formelles Ansuchen richten, über mich den sogenannten »großen Bannfluch« zu verhängen, falls ich nach Ablauf eines Jahres auch nur einen Tag länger in der Wohnung verbliebe.
Kaum hatte ich das entsprechende Dokument unterzeichnet, als Botoni einen Nervenzusammenbruch erlitt. Er sprang auf, begann zu brüllen, beschuldigte seinen Anwalt, daß er es an der nötigen Sorgfalt mangeln ließe, außerdem sei ich kein religiöser Mensch und kümmere mich nicht um Bannflüche, und er, Botoni, spüre in allen Knochen, daß er seine Wohnung endgültig eingebüßt habe.
Nach einer kurzen Beratung, zu der sich die beiden Herren ins Nebenzimmer zurückzogen, erklärte mir Dr. Wachsmann, daß er sich den Argumenten Botonis nicht

verschließen könne. Deshalb müsse ich von einer der im Sicherheitsrat der UNO vertretenen Großmächte einen Garantievertrag beibringen, daß sie im Falle einer nicht fristgerechten Freigabe der Wohnung bereit wäre, auch mit kriegerischen Mitteln gegen Israel vorzugehen.
Wir einigten uns auf Frankreich. Ich ließ alle meine Verbindungen spielen und bekam tatsächlich die erforderliche Unterschrift des französischen Botschafters, nachdem ihm der Quai d'Orsay die entsprechenden Instruktionen gekabelt hatte. Danach bieb nur noch eine letzte Formalität übrig, nämlich der Ankauf einer Dreizimmerwohnung in Tel Aviv, die auf den Namen Dr. Wachsmanns zu überschreiben und erst dann freizugeben wäre, wenn ich meinerseits die Wohnung Botonis freigegeben hätte. Durch eine Zusatzerklärung erteilte ich einer von Dr. Wachsmann vertretenen Firma, die sich mit der Erzeugung von Insektenvertilgungsmitteln beschäftigte, das unwiderrufliche Recht, die Wohnung Botonis nach Ablauf eines Jahres mit Kohlenmonoxyd auszuräuchern, falls ich sie dann noch besetzt hielte.
Jetzt konnte der Vertrag zwischen mir und Botoni endlich ausgefertigt werden. Er wies einen Umfang von achtundzwanzig Seiten auf und legte fest, daß die in Rede stehende Wohnung großherzigerweise und in gutem Glauben an mich – im folgenden kurz »Der Eindringling« genannt – für die Dauer eines Jahres von Herrn Julius Botoni – kurz »Der Wohltäter« genannt – gegen eine monatliche Zahlung von 100 Pfund vermietet wurde, unter der ausdrücklichen Voraussetzung, daß der Eindringling kein wie immer geartetes Recht besäße, länger als ein Jahr in der Wohnung des Wohltäters zu verbleiben.

Ich machte mich sofort an das Studium des Vertrages, und schon zwei Tage später unterschrieben wir ihn. Botoni erhob sich mühsam von seiner Tragbahre, übergab mir mit zitternder Hand die Schlüssel, zischte mir ein paar beleidigende Worte zu und fiel tot um. Ich dachte zuerst, daß er aus Angst um seine Wohnung gestorben wäre. Er war jedoch, wie sich alsbald herausstellte, nicht wirklich tot, sondern nur in einen Starrkrampf verfallen.

*

So kam ich zu einer Wohnung im Zentrum von Tel Aviv. Leider konnte ich keinen Gebrauch von ihr machen. Der § 579 unseres Mietvertrags besagte: »Dem Eindringling ist es verboten, die Wohnung, beginnend mit dem Tag der Unterzeichnung dieses Vertrages, zu beziehen.« Dr. Wachsmann zufolge war diese Vorbeugungsklausel nötig, um sicherzustellen, daß ich die Wohnung nach Ablauf eines Jahres zuverlässig räumen würde.

Ich verzichte auf eine detaillierte Schilderung der listenreichen Manöver, die mich schließlich doch in den Besitz einer ehrlichen Wohnung brachten. Genug daran, daß es eine außerordentlich kleine, außerordentlich enge, im Stil der Ersten Klaustrophobischen Periode angelegte Wohnung war und daß wir beide, meine Frau und ich, eines Tages beschlossen, sie um jeden Preis zu erweitern, sonst wären wir unter den Einrichtungsgegenständen begraben worden oder hätten uns in der Dunkelheit gegenseitig totgetrampelt. Die Lösung lag auf der Hand, genauer: in einem städtischen Wohnbaugesetz, das die Errichtung geschlossener Balkone untersagt.

DIE LEGENDE VOM HERMETISCH GESCHLOSSENEN BALKON

Die einschlägigen Arbeiten werden von der Firma Fuchs & Co. durchgeführt, die der Öffentlichkeit unter dem Namen »Balkon-Fuchs« bestens bekannt ist und deren Wahlspruch »Fuchs schließt hermetisch« lautet. Fuchs kommt, nimmt Maß, geht ab und kommt nach einer Stunde mit einem kompletten, maßgerechten Schiebefenster zurück. Während er es einsetzt, wird Fuchs gefragt, ob das Fenster auch wirklich geeignet ist, den Regen abzuhalten.

»Selbstverständlich«, antwortet Fuchs hermetisch. »Ich habe alle nötigen Leisten eingesetzt.«

Hand in Hand mit Fuchs arbeitet ein Vertreter der Stadtverwaltung, der ihm jeden Tag zur Arbeit folgt und die gesetzwidrigen Balkonschließungen notiert. Wenn der Inspektor gegangen ist, kommt der Winter.

Wasser, Wasser überall

Ich persönlich habe nichts gegen den Winter, solange der Regen nicht aus südwestlicher Richtung herangepeitscht wird. Ist nämlich dies der Fall, dann verwandelt sich unser wasserdichter Balkon in einen künstlichen See. Erfrischende Feuchtigkeit legt sich über sämtliche Gegenstände, die sich in Friedenszeiten draußen angesammelt haben – Besen, Koffer, ausgediente Lampenschirme, Kisten mit Kartoffeln. Am dritten Tag wandern die Dunstschwaden bis in unser Zimmer hinein, und der Geist Gottes schwebt über den Wassern. Die beste Ehefrau von allen und ich stehen mit Fetzen, Handtüchern, Tischtüchern, Bettüchern und sonstigen Tüchern zwischen der Türe und stemmen uns der Flut entgegen. Das tun wir zwei Tage lang. Dann ist es Zeit zum Schlafengehen.

Fuchs kommt auf Anruf, prüft die Lage mit erfahrenem Blick und gibt uns sein fachliches Urteil bekannt:

»Es regnet herein«, sagt er. »Macht nichts. Bald wird es Sommer.«

Die geheimnisvolle Lücke

In solchen Situationen pflegt das jüdische Volk sein Schicksal in die eigenen Hände zu nehmen. Wenn die Blätter fallen und Fuchs versagt hat, arbeiten wir uns selbst aus der feuchten Verschlingung heraus. Als erstes beschließen wir, die Ritzen und Lücken zu verstopfen, durch die das erfrischende Naß auf uns herniedergeglitten ist. Wir holen einen Sessel, setzen einen Stuhl auf ihn drauf, steigen hinauf, fallen herunter, erheben uns, holen einen Tisch, stellen den Sessel darauf, ersteigen ihn abermals (die beste Ehefrau von allen stützt uns unterwärts) und suchen die Stelle, aus der es am heftigsten tropft.

Es gibt keine solche Stelle. Es gibt nur Tropfen.

Alle Verschlüsse schließen, alle Leisten sind perfekt eingepaßt, alles ist unter Glas und Kontrolle, nirgends die kleinste Lücke, durch die sich die kleinste Mücke einschleichen könnte. Trotzdem sammelt sich irgendwo oben das Wasser zu einem Tropfen und fällt – plopp! – alle vier Sekunden auf die Kartoffeln, die mit der Zeit die lieblichsten grünen Sprößlinge angesetzt haben. Woher der Tropfen kommt, läßt sich nicht entdecken. Er ist plötzlich da und tropft herunter.

Eine unserer Nachbarinnen behauptet, daß irgendwo in einem unserer Glasfenster Poren sein müssen, durch die Wasser eindringt.

Ich weise sie zur Ruhe. Wenn sie noch einmal so einen Unsinn spricht, stopfe ich ihr den Mund.

Stopfen – aber womit?

Der Gedanke, auf den ich da gekommen bin, ist gut, kein Zweifel. Man muß die möglichen Ritzen verstopfen. Aber womit? Wir haben kein Material im Haus, das sich zum Verstopfen eignet. Oder doch? Halt! Dieses abscheuliche Zeug, mit dem unser Jüngstes modelliert, Tiere, besonders Schlangen, oder sonstige Phantasieprodukte. Ton. Ton zum Modellieren.

Ich nehme etwas von der unappetitlichen, klebrigen roten Masse in die Hand, öffne mit der anderen Hand das Fenster und beginne, hopp heißa bei Regen und

Wind, den ganzen Fensterrahmen mit weichem Ton auszustopfen. Ich komme mir vor wie ein Matrose hoch oben auf dem Mast, unter mir die stürmische See, über mir der schwarze Himmel mit Donner und Blitz, aber ahoi!, das Werk ist vollbracht, und meine Augen glühen vor Befriedigung und Fieber.

Das Wasser tropft weiter.

Nun, das war ja von Anfang an klar, daß der Ton nur eine vorübergehende Lösung darstellt. Nach zehn Minuten hatte er sich so weit verhärtet, daß er auf die Straße hinunterfiel.

Am nächsten Morgen erstand die beste Ehefrau von allen ein angeblich für solche Zwecke besonders geeignetes Material, dessen Namen ich vergessen habe. Es war eine feucht-flüssige Masse, die wir mit unseren Schuhen in alle Zimmerecken beförderten, auch dorthin, wo beim besten Willen nichts heruntertropfen konnte. Nach einer kurzen Ruhepause wiederholten wir die Prozedur, dann legten wir uns zur Ruhe. Immerhin: Die Tropfstelle schien sich jetzt anderswo zu befinden. Sie war offenbar vor unserem Eifer zurückgewichen. Immerhin.

Die Lösung, die wir uns am nächsten Tag in einem anderen hierfür einschlägigen Laden verschafften, hieß »Plastischer Zement«. Das ist ein wissenschaftlich geprüftes, mit offiziellen Gutachten versehenes, garantiert wasserdichtes Material, genau das Richtige für einen hermetisch abgeschlossenen Balkon. Man fertigt mehrere Lagen davon an und placiert je eine zwischen Rahmen und Glas, zwischen Glas und Leiste, kurzum: überall hin. Wenn das geschehen ist, kommt nirgends auch nur der kleinste Tropfen Wasser herein. Außer es regnet.

Wir brechen zusammen

Es ist natürlich kein Zusammenbruch im herkömmlichen Sinn des Wortes, es ist eher ein Triumph des gesunden Menschenverstandes. Der Regen will zu uns? Er ist willkommen! Bitte einzutreten! Nur herein in die gute Stube! Wir stellen, wo immer Platz dafür ist, Töpfe und Pfannen auf und haben nach kurzer Zeit das Wasser gezähmt. Wir haben es sozusagen umzingelt. Der Balkon wird nicht mehr zum Stausee, es sei denn, nachdem die Töpfe und Pfannen sich gefüllt haben und überfließen. Dann nimmt man eben größere Töpfe und Pfannen, und dank einer pfiffigen Anordnung fließt das Wasser von den kleinen Töpfen in die größeren statt über die Lampenschirme.

Leider hat das System einen schwachen Punkt. Nach einiger Zeit sind nämlich auch die größeren Töpfe voll und fließen über. Dagegen kann man nichts tun.

Nach uns die Sintflut

In der Regel dauert es ungefähr eine Woche, ehe ein denkfähiger Mensch zu einer endgültigen Lösung durchstößt. Im vorliegenden Fall bestand sie darin, daß die Wohnung vom Balkon durch eine Türe getrennt war. Wenn man diese Türe schloß, sah man nicht mehr, was sich jenseits abspielte. Der Regen konnte hereinkommen oder draußen bleiben, ganz wie er wollte. Die Verbindung mit dem Balkon war abgeschnitten. Von jetzt an sollen die Töpfe, die Besen und die Kartoffeln selber zusehen, wie sie sich zurechtfinden.

Unser Balkon ist jedenfalls hermetisch abgeschlossen.

Um einen Balkon hermetisch zu schließen, braucht man Geld. Um Geld zu bekommen, gibt es zwei Möglichkeiten: entweder man überfällt eine Bank oder man nimmt ein Darlehen auf. Ich überfiel eine Bank, um ein Darlehen aufzunehmen.

KREDIT AUF LANGE SICHT

»Wenn ich Sie recht verstehe, mein Herr, bedürfen Sie eines Darlehens, das Ihre persönliche Wirtschaftslage stabilisieren soll«, sagte Herr Feintuch, Inhaber der Feintuch-Bank und Vorsitzender ihres Aufsichtsrates. »Es wird uns eine Ehre sein, Sie mit der gewünschten Summe zu versorgen. Zugleich möchte ich Ihnen meinen Dank dafür aussprechen, daß Sie sich an unser Institut gewendet haben.«

Auf diesem Niveau hatte sich das Gespräch von Anfang an bewegt. Besonders Herr Feintuch bediente sich einer außerordentlich gewählten, ebenso höflichen wie taktvollen Ausdrucksweise. Der erfahrene Finanzmann hatte offensichtlich im gleichen Augenblick, da ich sein geschmackvoll ausgestattetes Büro betrat, eine tiefe Zuneigung zu mir gefaßt. Davon überzeugten mich die zwei vollen Stunden, die ich gebraucht hatte, um unser Gespräch bis zu dem jetzt erreichten Punkt voranzutreiben. Herr Feintuch verbreitete sich zuerst über die moralischen Aspekte des Falles, dann über die humanistischen und schließlich über die finanzpolitischen: Der Bürger – das war ich – muß zwecks hermetischer Abschließung seines Balkons über ein bestimmtes Kapital disponieren können. Daraufhin unternimmt die Gesellschaft – das war Herr Feintuch – die geeigneten

Schritte, die ihm, dem Bürger, die Erfüllung seiner Bedürfnisse ermöglichen.

»Wir sind indessen keine bloßen Financiers«, hob Herr Feintuch hervor. »Wir sind auch Menschen, und zwar Menschen von höchster Integrität. Wie Sie zweifellos wissen, mein Herr, kommt das Wort ›Kredit‹ vom lateinischen ›credere‹ – das heißt soviel wie glauben, vertrauen. Und in der Tat: Unser Unternehmen kann nur auf der Basis wechselseitigen Vertrauens funktionieren. Nehmen Sie meine besten persönlichen Wünsche entgegen, gekoppelt mit den besten Wünschen unseres ganzen Instituts und seiner Mitarbeiter.«

Wir erhoben uns aus den betörenden Tiefen unserer Lederfauteuils und tauschten einen festen Händedruck.

»Nun gut«, resümierte Herr Feintuch feierlich. »Und wie hoch ist der Betrag, den Sie wünschen?«

»Sechstausend.«

»Cents?«

»Nein. Pfund.«

»Jetzt?«

»Jetzt.«

Herr Feintuch erbleichte, entschuldigte sich und verließ den Raum, um sich mit seinen Direktoren zu beraten. Eine halbe Stunde später kehrte er zurück. Über seinem Gesicht lag freundliches, wenn auch angestrengtes Lächeln:

»Ist Ihre Wohnung, wenn ich fragen darf, mit einer Hypothek belastet?«

»Nein.«

»Gott sei Dank.« Der Finanzmann ließ einen Seufzer der Erleichterung hören. »Und was nun die Zahlungsmodalitäten betrifft, so werden wir Sie bitten müssen,

uns für jede monatliche Rückzahlungsrate im voraus einen signierten Wechsel auszustellen.«
»Selbstverständlich«, sagte ich.
Daraufhin erkundigte sich Herr Feintuch, wie lange ich brauchen würde, um meine Schuld abzuzahlen:
»Wenn wir Ihnen die 6000 Pfund für einen Zeitraum von fünf Jahren vorstrecken, beläuft sich die monatliche Rückzahlungsrate auf 100 Pfund. Ist das zuviel?«
»Offen gestanden: ja.«
»Dann käme Ihnen wohl ein etwas längerer Zeitraum gelegen, nicht wahr? Bitte sehr. Bei einer Laufzeit von zehn Jahren betragen die Monatsraten nur 50 Pfund.«
»Danke vielmals.«
»Keine Ursache.« Aus Herrn Feintuchs Stimme sprach jenes Wohlwollen, das für ihn so charakteristisch war. »Langfristige Kredite gelten in inflationären Zeitläuften als gute Investition. Da wir jedoch zuallererst das Interesse unserer Kunden im Auge haben, möchte ich Ihre Aufmerksamkeit auf die üblichen zehn Prozent lenken.«
»Was bedeutet das?«
Herr Feintuch beschäftigte sich ein wenig mit der Rechenmaschine auf seinem Schreibtisch und gab mir dann die erbetene Auskunft:
»Für 6000 Pfund auf fünf Jahre zahlen Sie 1500 Pfund Zinsen. Das macht in zehn Jahren ... lassen Sie mich sehen ... 3000 Pfund.«
Ich konnte den in solchen Fällen naheliegenden Ausruf »Oiweh!« nicht unterdrücken und fuhr dann fort:
»3000 Pfund als zusätzliche Zahlung zu den Monatsraten – das ist aber eine recht kräftige Belastung!«
»Wo denken Sie hin«, beruhigte mich eilends Herr Feintuch. »Wir würden unseren Kunden eine derartige Zu-

satzbelastung niemals aufbürden! Im Gegenteil. Wir kassieren diese Dividende im voraus, so daß der Klient praktisch überhaupt keine Zinsen zu zahlen hat. Er refundiert uns nur das Kapital als solches.«

Das klang vernünftig. Ich würde also einen Kredit von 6000 Pfund auf zehn Jahre aufnehmen, und man würde mir die Zinsen im voraus abziehen. Auf diese Weise bekäme ich zwar nur 3000 Pfund auf die Hand, wäre aber mit monatlichen Rückzahlungen von nicht mehr als 50 Pfund für die nächsten zehn Jahre ganz gut dran. Bei einer Laufzeit von 20 Jahren wäre ich allerdings noch besser dran.

Ich gab Herrn Feintuch zu verstehen, daß ich eine zwanzigjährige Laufzeit vorziehen würde.

»Ganz wie Sie wünschen.« Herr Feintuch war die Liebenswürdigkeit selbst. »Für 6000 Pfund betragen die Zinsen bei einer Laufzeit von zwanzig Jahren 6000 Pfund. Aber dafür beträgt die monatliche Rückzahlungsrate nur 25 Pfund.«

Ich stellte eine hurtige Kopfrechnung an: Wenn ich mir jetzt 6000 Pfund ausborge, von denen mir sofort 6000 Pfund abgezogen werden, brauchte ich mich um nichts mehr zu kümmern, und die 25 Pfund monatlich würden mich schon nicht umbringen. Heutzutage, wo die Inflation mit jedem Tag ansteigt, ist es ja ein Wunder, daß man überhaupt noch ein Darlehen bekommt. Wer weiß, was das Geld in zwanzig Jahren wert sein wird. Aber darüber sollen sich die Banken den Kopf zerbrechen. Was mich betrifft, so kann die Laufzeit gar nicht lange genug dauern. Ein kühner Gedanke durchschoß mein Hirn:

»Herr Feintuch«, sagte ich mit heiserer Stimme, »wie

wär's, Sie geben mir einen Kredit auf dreißig Jahre?« Herr Feintuch dachte ein wenig nach. Meine grenzenlose Geldgier schien ihm nicht zu behagen.

»Na ja«, meinte er schließlich. »Warum nicht. Also dreißig Jahre.« Wieder hantierte er an seiner Rechenmaschine. »Damit reduziert sich Ihre monatliche Zahlung auf 16,50 Pfund. Wirklich eine Bagatelle.«

Die 10 Prozent Zinsen von 6000 Pfund auf dreißig Jahre beliefen sich auf insgesamt 9000 Pfund. Das ergab eine Summe von 3000 Pfund zu meinen Lasten. Ich zog mein Scheckbuch hervor und überreichte Herrn Feintuch einen Scheck auf 3000 Pfund. Dann unterschrieb ich 360 korrekt vordatierte Schuldscheine zu 16,50 Pfund, und dann machten wir uns an die Ausarbeitung der Formulare für eine Hypothek auf meine Wohnung. Die Bürgen werden morgen unterschreiben.

Die beste Ehefrau von allen schien über meine Transaktion nicht restlos erfreut zu sein. Ich hätte, so fand sie, die Laufzeit des Kredits auf fünfzig Jahre erstrecken sollen.

»Sehr gescheit gedacht«, entgegnete ich sarkastisch. »Und wo soll ich die 9000 Pfund für die im voraus zu entrichtenden Zinsen hernehmen?«

Ein strafender Blick begleitete ihre Antwort:

»Das kann doch nicht so schwer sein. Da nimmt man eben einen langfristigen Kredit auf.«

Echt weibliche Logik.

Der Kampf einer Handvoll tapferer Juden um ihre Unabhängigkeit war von erregenden Abenteuern begleitet, an die sich jeder Israeli gerne erinnert. Ich selbst bin leider erst mit einiger Verspätung ins Land gekommen und kann mit nichts dergleichen aufwarten. Außerdem habe ich in einem unbewachten Augenblick ein eingeborenes Mädchen geheiratet.

A LA RECHERCHE DU TEMPS PERDU

Mit gewinnendem Lächeln wandte sich die beste Ehefrau von allen an mich:

»Höre, Liebling. Am nächsten Sonntag haben wir unsern Abituriententag.«

»Wer – wir?«

»Der Jahrgang 1953 meines Gymnasiums. Alle werden dort sein. Alle meine ehemaligen Schulkameradinnen und Schulkameraden. Wenn's dir nichts ausmacht, ich meine, wenn du Lust hast, dann komm bitte mit.«

»Es macht mir etwas aus. Ich habe keine Lust. Bitte geh allein.«

»Allein geh ich nicht. Du willst mir nicht den kleinsten Gefallen tun. Es ist immer dasselbe.«

Ich ging mit.

Alle waren dort. Alle waren in bester Laune, wie immer bei solchen Gelegenheiten. Kaum erschien jemand neuer, wurde er von allen umarmt. Auch meine Frau wurde von allen umarmt und wurde mit »Poppy« angesprochen. Poppy! Man nannte sie Poppy! Und meine Frau fühlte sich auch noch wohl dabei. Ich hingegen fühlte mich so einsam und verlassen wie Israel im Weltsicherheitsrat.

Die fröhliche, wohlgelaunte, lärmende Unterhaltung hüpfte von einem Thema zum andern.
»Weiß jemand etwas von Tschaschik? Stimmt es, daß er beim Rigorosum durchgefallen ist? Würde mich nicht überraschen. Er war ja nie ein großes Kirchenlicht ... Wie geht es Schoschka? Sie soll angeblich sehr gealtert sein ... Nein, das liegt nicht nur daran, daß ihr zweiter Mann um zwanzig Jahre jünger ist als sie ... Erinnerst du dich, wie sie damals das Stiegengeländer hinuntergerutscht ist, mit Stockler dicht hinter ihr? Und dann das nächtliche Bad mit Niki, bei Vollmond ...«
Tosende Heiterkeit brach aus. Einige schlugen sich auf die Schenkel.
»Das ist noch gar nichts. Benny hat sie ja später mit Kugler zusammen erwischt ... Wir wollten damals vor Lachen beinahe zerspringen ... Besonders Sascha. Und ausgerechnet er mußte mit Bergers Mutter Charleston tanzen, der Idiot ... Und die Sache mit Moskowitsch war auch nicht ohne ...«
Ich kam mir vor wie ein Ausgestoßener. Ich kannte keine Seele des Jahrgangs 1953. Ich gehöre zum Jahrgang 1948 des Berzsenyi-Realgymnasiums in Budapest. Hat jemand etwas dagegen?
Eine schrille Frauenstimme lenkte die allgemeine Aufmerksamkeit auf sich:
»Was glaubt ihr, wen ich vor zwei Jahren in Paris gesehen habe? Klatschkes! Hat keinen guten Eindruck auf mich gemacht. Angeblich verkauft er ordinäre Ansichtskarten an ausländische Touristen. Er hatte ja schon immer eine etwas sonderbare Beziehung zur Kunst.«
»Na ja«, warf ich ein. »Von Klatschkes war ja schließlich nichts anderes zu erwarten.« Jemand widersprach mir:

»Immerhin wollte er ursprünglich Architekt werden.«
»Mach dich nicht lächerlich«, gab ich zurück. »Klatschkes und Architektur. Ich möchte wetten, daß er keine gerade Linie zusammenbringt.«
Mit dieser Bemerkung erntete ich einen hörbaren Lacherfolg, der mein Selbstvertrauen erheblich steigerte.
»Ist es wahr, daß Joske und Nina geheiratet haben?« fragte mich mein Nebenmann. »Ich kann mir das gar nicht vorstellen. Joske und *Nina!«*
»Ich kann mir nicht einmal vorstellen, wie sie auf der Hochzeit ausgesehen haben«, bemerkte ich und rief damit neuerliche Heiterkeit hervor. »Man braucht sich ja nur zu erinnern, wie Nina damals ihren Büstenhalter verloren hat. Und Joske mit seinen Kaninchen! Immer, wenn ich einen Krautkopf sehe, muß ich an Joske denken ...« Das war mein größter Lacherfolg bisher. Das Gelächter wollte kein Ende nehmen.
Von da an gab ich die Zügel der Konversation nicht mehr aus der Hand. Immer neue Erinnerungen an die guten alten Zeiten kramte ich hervor, zum jauchzenden Vergnügen des Jahrgangs 1953. Als besonders wirksam erwies sich die Geschichte, wie Sascha seinen alten schäbigen Wagen zweimal verkauft hatte, und was Berger in seinem Bett fand, als er von einer nächtlichen Kegelpartie mit Moskowitsch zurückkam ...
Auf dem Heimweg blickte die beste Ehefrau von allen bewundernd zu mir auf: »Du hast die ganze Gesellschaft in deinen Bann geschlagen. Ich wußte gar nicht, daß du über solchen Esprit verfügst.«
»Das liegt an dir«, entgegnete ich mit nachsichtigem Lächeln. »Du warst ja nie eine gute Menschenkennerin, Polly!«

Zweierlei war für die Juden in der Diaspora charakteristisch: der brennende Wunsch, ihren Kindern die beste Erziehung angedeihen zu lassen, und das hartnäckige Bestreben, ihren Lebensstandard zu verbessern. Wir aber, die wir den zionistischen Traum verwirklicht haben, sind in der glücklichen Lage, einen Kompromiß zu schließen. Wir verzichten auf den erzieherischen Teil und begnügen uns mit dem Rest.

LEBENSSTANDARD

Wenn ich nicht irre, begann der Kampf um den Lebensstandard zwischen den Behörden und dem Mann auf der Straße bereits am Tag der Staatsgründung. Diejenigen, die dem historischen Ereignis beiwohnen durften, werden sich vielleicht erinnern, daß während der feierlichen Proklamation unserer staatlichen Unabhängigkeit ein führender Politiker den Saal verließ und erst nach einigen Minuten zurückkehrte. Heute kann enthüllt werden, was er draußen getan hat: Er erkundigte sich telefonisch nach den Preisen der neuesten amerikanischen Automodelle für Mitglieder der provisorischen Regierung. Kurz darauf wurde einstimmig beschlossen, die Angehörigen des Konstitutionsrates von den Postgebühren zu befreien.

Die neuen Staatsführer richteten unverzüglich einen bewegten Appell an die Bevölkerung, den Lebensstandard zu senken:

»Die jetzt bevorstehende Masseneinwanderung«, führte der Minister für Volksernährung aus, »wird von uns allen große Opfer fordern. Wir müssen das wenige, das wir haben, möglichst gerecht unter die Schwarzhändler verteilen ...«

Wie sich zeigte, war die Bevölkerung keineswegs auf eine Minderung ihres Wohlergehens erpicht, sondern im Gegenteil auf dessen Steigerung. Und die neu einwandernden Bürger fanden sich in der Atmosphäre des Mittelmeeres erstaunlich schnell zurecht. Sie schmuggelten Waren durch die Schluchten des Libanon und durch den Zoll, entwickelten blühende industrielle Beziehungen zu Verwandten in New York, übersäten das Land mit Realitätenbüros und vermieteten nichtexistente Wohnungen.

Die Knesset, unser neugewähltes Parlament, berief eine dringende Sitzung ein, erhöhte die Repräsentationsspesen für die Abgeordneten und entschloß sich zu einer strengen Warnung an die Öffentlichkeit:

»Wenn der Lebensstandard weiterhin in diesem Maß ansteigt, droht unserem jungen Staatswesen der Bankrott. Wir dürfen unsere eigene Zukunft, wir dürfen die Zukunft unserer Kinder nicht konsumieren!«

Kaum hatten die Leute etwas von »konsumieren« gehört, eilten sie in die Restaurants, bestellten Doppelportionen Gefilte Fisch, kauften Möbel und Schallplattenspieler und elektrische Rasierapparate und was es sonst noch zu kaufen gab. Die Kabinettsmitglieder gerieten in Rage, riefen nach ihren Fahrern, begaben sich nach Hause und formulierten auf den Dachgärten ihrer Villen einen neuerlichen, zornbebenden Appell:

»Es ist nicht genug von allem da!« schleuderten sie der Bevölkerung ins Gesicht. »Versteht ihr denn nicht? Es ist nicht genug da!«

»Was?« fragte Weinreb. »Wovon ist nicht genug da?«

»Wir haben keine Bodenschätze, wir haben keine Industrie, wir haben keinen Export, wir haben keine wie immer geartete Basis für einen hohen Lebensstandard!«

»Das ist nicht mein Problem«, lautete Weinrebs Antwort. »Ich brauche einen Kühlschrank.«

Und er kaufte einen großen Kühlschrank mit automatischem Entfroster, eine zusammenklappbare Couch mit belgischen Gummimatratzen und eine Nähmaschine, die man auch als Aquarium verwenden konnte.

Die Regierung merkte, daß eine Politik der starken Hand not tat, bewilligte den Abgeordneten höhere Diäten und wandte sich nochmals gebieterisch an die konsumgierige Plebs:

»Herunter mit dem Lebensstandard! Sofort herunter damit!«

»Selber herunter«, sagte Weinreb. »Ich will ein Auto haben.«

Was blieb der Legislative übrig, als nicht nur die Einfuhrzölle für Personenkraftwagen, sondern auch die Einkommensteuer auf das Doppelte zu erhöhen, um solcherart wenigstens die Hälfte des in Umlauf gesetzten Nationalvermögens an sich zu reißen.

Daraufhin begannen die starrköpfigen Juden doppelt soviel zu arbeiten wie bisher, und alles blieb beim alten.

Als die aufs Doppelte erhöhten Steuern nochmals verdoppelt wurden, arbeiteten die Juden viermal soviel, und als die Zollgebühren für importierte Wagen auf 560 Prozent im Schatten anstiegen, kaufte Weinreb noch einen Zweitwagen für seine Frau, weil das eine gute Investition war.

Die Regierung mußte zu neuen Gegenmaßnahmen greifen. Es galt, den Gürtel enger zu schnallen. Mahlzeiten

in Luxusrestaurants durften hinfort nur von aktiven Parlamentsmitgliedern auf Spesenkonto abgesetzt werden. Gegen die Normalbürger wurde mit neuen Steuern vorgegangen, mit neuen Einfuhrzöllen, Zwangsanleihen, Zusatzgebühren, Schlangen und Skorpionen.
Um diese Zeit arbeiteten die Juden bereits in drei Nachtschichten, nahmen Nebenbeschäftigungen an, fungierten als Babysitter und Zeugen vor dem Rabbinat, entfernten die Schutzmarken von den Halsbändern aller erreichbaren Hunde und spielten Poker mit Anfängern. Auf diese Weise gelang es ihnen, ihr Budget auszugleichen, Wohnungen zu erwerben und Gruppenflüge nach Hongkong zu veranstalten, wo sie billige Kameras einkauften.
Die Regierung antwortete mit einer radikalen Erhöhung der Gebühren für Auslandsreisen und setzte eine Kommission ein, die das Phänomen des ständigen Steigens eines sinkenden Lebensstandards untersuchen sollte.
Nach wochenlangen Sitzungen am Swimming-pool des Sharon-Hotels legte die Kommission das Ergebnis ihrer Untersuchung vor. Es analysierte den Ausgaben-Etat des Durchschnittsbürgers Weinreb, dessen deklariertes Monatseinkommen 1590 Pfund brutto oder 610 Pfund netto betrug und sich auf folgende Posten verteilte:

Hypothek	560
Kanalisation	80
Pkw	140
Devisenankauf	1050
Haushaltshilfe	400
Versicherung	92

Bücher, Theater, Museen	3
Steaks	510
Kleidung	100
Urlaub	350
Verschiedenes	2010
Summe	610

Gleichzeitig mit dem Bericht gab die Kommission ihren Rücktritt bekannt, worauf die Regierung unverzüglich zuschlug. Die Einkommensteuer wurde um 65 Prozent erhöht, die Einfuhrzölle um 92 Prozent, die Postgebühren um 108 Prozent.

Jetzt gewöhnten sich die Juden das Schlafen ab, arbeiteten in fünf Nachtschichten, stahlen Milchflaschen am Morgen und elektrische Birnen aus den Toilettenräumen der öffentlichen Ämter, ihre Frauen verschafften sich einen kleinen Nebenverdienst, indem sie an Stelle verschämter Bräute ins rituelle Bad stiegen, aber der Lebensstandard senkte sich um keinen Millimeter.

Führende Persönlichkeiten aus Politik und Wirtschaft wurden nicht müde, ihre warnenden Stimmen zu erheben:

»Unsere Produktionsrate ist nur um 0,3 Prozent gestiegen. Unsere internationale Verschuldung beläuft sich auf mehr als 5 Milliarden Dollar. Bürger, ihr spielt mit dem Feuer!«

Im Gegenzug ließ sich Weinreb einen Kamin in sein Empfangszimmer einbauen und tauschte seinen Wagen gegen ein neues Modell um. Die Regierung, nicht faul, bewilligte den Parlamentariern eine noch nicht dagewesene Gehaltserhöhung und traf eine Reihe von Maßnahmen zur Senkung des Lebensstandards, darunter eine

102prozentige Einkommensteuer unverheirateter Väter mit zwei Kindern. Tatsächlich kam es zu einer vorübergehenden Standard-Stabilisierung, aber nach einigen Tagen wurden neue Steigerungen registriert, die sich besonders in der Lederwarenbranche und im Einkauf importierter Delikatessen geltend machten.
»Warum?« schluchzte die Regierung. »Warum senkt ihr nicht ... den Lebensstandard ... warum?«
Weinreb zog die Regierung beiseite und flüsterte ihr ins Ohr, so daß es kein Unbefugter hören konnte:
»Wir schätzen einen hohen Lebensstandard genauso wie ihr.«
»Wirklich?«
»Ja.«
»Ach so«, machte die Regierung. »Warum haben Sie das nicht gleich gesagt?«
Und das war die Einleitung zur Debatte über die Inflation.

Während der zwei Jahrtausende ihres Exils waren die Juden der Unterdrückung durch fremde Herrscher, fremde Staatsgewalten und fremde Obrigkeiten ausgesetzt. Kein Wunder, daß sie jetzt, in ihrem eigenen Staat, das Bedürfnis haben, ab und zu selbst Obrigkeit zu spielen, soweit die Obrigkeit das zuläßt. Im folgenden ein kleines Beispiel aus dem Privatsektor.

WIR KOMMEN VON DER STADTVERWALTUNG

Wieder einmal schlenderte ich mit meinem Freund Jossele, dem erfindungsreichen Weltmeister im Nichtstun, von einem Kaffeehaus zum andern, wieder einmal wußten wir nicht, was wir mit dem angebrochenen Nachmittag beginnen sollten. Schon wollten mir mangels einer würdigen Zerstreuung auseinandergehen, als Jossele plötzlich einen Einfall hatte:

»Weißt du was? Laß uns das ›Wir kommen von der Stadtverwaltung‹-Spiel spielen!«

Damit zog er mich ins nächste Haus und läutete an der nächsten Türe. Als uns geöffnet wurde, schob er mich voran und trat ein.

»Schalom«, sagte er. »Wir kommen von der Stadtverwaltung.«

Der Wohnungsinhaber wurde blaß, umarmte seine Frau und fragte nach dem Grund unseres Besuchs.

»Sie haben verabsäumt, die Anzahl der Stühle in Ihrer Wohnung anzugeben«, sagte Jossele und zog aus seiner Brusttasche einige Papiere hervor, Briefe, nicht erfüllte Zahlungsaufforderungen und dergleichen. »Ihre Erklärung ist seit langem überfällig, mein Herr!«

»Welche Erklärung?«

»Ihre Steuererklärung für die in Ihren Wohnräumen vorhandene Bestuhlung. Jede Sitzgelegenheit muß angegeben werden. Lesen Sie keine Zeitungen?«

»Ich ... ja ...«, stotterte der Schuldige. »Ich habe ... irgend etwas habe ich schon gelesen ... Aber ich dachte, das bezieht sich nur auf Büroräume.«

»Dürfen wir eine Bestandsaufnahme durchführen?« fragte Jossele mit ausgewählter Höflichkeit.

Wir gingen durch die Wohnung und notierten vier Fauteuils im Wohnzimmer, je zwei Stühle in den beiden Schlafzimmern und einen unter dem Küchentisch versteckten Schemel. Das Ehepaar folgte uns zitternd.

»Haben Sie vielleicht Eimer im Haus?« fragte Jossele als nächstes.

»Ja. Einen.«

»Kann umgedreht werden und gilt als Notsitz.«

Jossele notierte den Zuwachs.

Jetzt wurde der Mann wütend:

»Das geht zu weit! Als ob ich nicht schon genug Steuern zu zahlen hätte!«

»Was wollen Sie von mir?« replizierte Jossele mit beleidigter Unschuldsmiene. »Ich bin nur ein kleiner Beamter, der seine Instruktionen befolgt.« Dann sah er dem Objekt seiner Instruktionen fest in die Augen und sagte: »Das Ganze wird Sie auf ungefähr 270 Pfund kommen.«

Die Hausfrau, offenbar der ängstlichere Teil des Ehepaars, wollte den Betrag sofort in bar erlegen. Jossele verweigerte die Annahme des Geldes; er wisse ja nicht, wie hoch die Zusatzsumme für das Zahlungsversäumnis sein würde.

Damit verabschiedeten wir uns.
In der nächsten Wohnung registrierten wir die Schlüssellöcher und belegten sie mit einer jährlichen Steuer von 390 Pfund.
In der übernächsten Wohnung waren die Glühbirnen dran.
Nach einer Stunde hatten wir das ganze Haus mit namhaften Steuervorschreibungen versorgt.
Was immer man gegen die Stadtverwaltung vorbringen mag – manchmal sorgt sie auch für einen unterhaltsamen Nachmittag.

Die Versicherung gehört zu den tiefsten Mysterien des modernen Lebens. Es beginnt verhältnismäßig harmlos: Der Versicherungsagent hat dich zu Hause erwischt, will dich zu einem Abschluß überreden, du sagst nein, die beste Ehefrau von allen sagt ja, und du unterschreibst. Eines Tages hast du einen Unfall, ein Vertreter der Versicherungsgesellschaft nimmt den Tatbestand auf und errechnet, daß du nur 15 Prozent des erlittenen Schadens ersetzt bekommen kannst, weil es ein Mittwoch war. An dieser Stelle tritt der jüdische Genius in Erscheinung.

WIE MAN SICH DIE VERSICHERUNG SICHERT

Als ich gestern nacht mit meinem Wagen den Parkplatz verlassen wollte, trat ein gutgekleideter Bürger auf mich zu und sprach:

»Entschuldigen Sie – aber wenn Sie nur ein ganz klein wenig rückwärtsfahren, beschädigen Sie meinen Kotflügel.«

»In Ordnung«, sagte ich mit einem respektvollen Blick auf den amerikanischen Straßenkreuzer, dem der Kotflügel gehörte. »Ich werde aufpassen.«

Der gutgekleidete Bürger schüttelte den Kopf:

»Im Gegenteil, es wäre mir sehr recht, wenn Sie meinen Kotflügel beschädigen. Ich sammle Blechschäden.«

Das klang so interessant, daß ich ausstieg und mir die Sache genauer erklären ließ.

Mein Partner deutete zunächst auf eine waschbeckenartige Vertiefung in seinem Wagendach:

»Ich hatte einen Zusammenstoß mit einer Verkehrsampel. Es war windig, und sie ist heruntergefallen. Max, der Inhaber meiner Reparaturwerkstätte, den ich sofort aufsuchte, zeigte sich skeptisch. ›Herr Doktor Wechsler‹, sagte er, ›eine solche Kleinigkeit zu reparieren ist nicht der Mühe wert. Dafür zahlt Ihnen die Versicherung nichts. Holen Sie sich noch ein paar Blechschäden und kommen Sie dann wieder zu mir.‹ Soweit Max. Er wußte, wovon er sprach.«

Wir nahmen auf dem vorläufig noch intakten Kühler seines Wagens Platz, und Wechsler fuhr fort:

»Jede Versicherungspolice enthält eine Klausel, die den Versicherungsnehmer verpflichtet, Schäden bis zu einer bestimmten Summe selbst zu bezahlen. Bei uns beläuft sich diese Selbstbehaltsklausel in der Regel auf 230 Pfund. Da die Reparatur meines Wagens nur etwa 200 Pfund kosten würde, wäre es sinnlos, den Schaden anzumelden. Wenn ich aber der Versicherungsgesellschaft noch ein paar andere Schäden präsentieren kann –«

»Einen Augenblick, Doktor Wechsler«, unterbrach ich. »Auch wenn Sie alle Ihre Kotflügel zertrümmern, müssen Sie die ersten 230 Pfund immer noch selbst bezahlen.«

»Herr«, entgegnete Doktor Wechsler, »überlassen Sie das meinem Max.«

So wurde ich mit einer Lehre vertraut gemacht, die ich als »Maximalismus« bezeichnen möchte. Anscheinend besteht zwischen der Internationalen Gewerkschaft der Karosseriespengler (Hauptsitz New York) und dem Weltverband der Pkw-Fahrer in Kopenhagen ein Geheimabkommen, demzufolge die Spengler den Versicherungsgesellschaften sogenannte »frisierte Rechnungen« vorlegen, in denen die Selbstbehaltsumme nur scheinbar berücksichtigt wird. In Wahrheit läßt sie der Spengler unter den übrigen Posten seiner Rechnung unauffällig verschwinden – allerdings nur unter der Voraussetzung, daß diese Rechnung eine Gesamthöhe von mindestens 1500 Pfund erreicht. Und dazu bedarf es natürlich mehrerer Schäden.

Wie sich im Verlauf des Gesprächs herausstellte, war mein Partner ein alter Routinier auf diesem Gebiet. Einmal hatte er es innerhalb weniger Tage auf eine Schadenssumme von 2800 Pfund gebracht.

»Aber diesmal« – aus seiner Stimme klang tiefe Verzweiflung – »komme ich über die lächerliche Schramme auf meinem Wagendach nicht hinaus. Seit Wochen versuche ich, mir noch andere Beschädigungen zuzuziehen – vergebens. Ich bremse dicht vor einem Fernlaster, ich überhole städtische Autobusse, ich parke neben Militärfahrzeugen – es hilft nichts. Niemand läßt sich herbei, meinen Wagen auch nur zu streifen. Deshalb wende ich mich jetzt an Sie. Wenn Sie vielleicht die Güte hätten ...«

»Aber selbstverständlich«, antwortete ich bereitwillig. »Man muß seinen Mitmenschen behilflich sein, wo man kann.«

Damit setzte ich mich ans Lenkrad, schaltete den Rückwärtsgang ein und begann vorsichtig zu reversieren.

»Halt, halt!« rief Wechsler. »Was soll das? Steigen Sie anständig aufs Gas, sonst machen Sie höchstens 60 Pfund!«

Ich nahm mich zusammen und rammte mit voller Wucht seinen Kotflügel. Es klang durchaus zufriedenstellend.

»In Ordnung?« fragte ich.

Wechsler wiegte bedächtig den Kopf:

»Nicht schlecht. Aber mehr als 600 Pfund sind da nicht drin. Früher einmal, als der Selbstbehalt nur 110 Pfund betrug, genügte ein anständig zertrümmerter Kotflügel. Heute muß man praktisch den ganzen Wagen demolieren, um überhaupt etwas zu erreichen. Wären Sie so freundlich, meine Türe einzudrücken?«

»Gerne.«

Nach Abschätzung der Distanz startete ich einen Flankenangriff mit Vollgas. Meine hintere Stoßstange schien dafür wie geschaffen. Es gab einen dumpfen Knall, Glassplitter flogen umher, Wechslers Türe fiel aus den Angeln – wirklich, es ist etwas Erhebendes um die Solidarität der Autofahrer.

»Soll ich noch einmal?«

»Danke«, sagte er. »Das genügt. Mehr brauche ich nicht.«

Seine Ablehnung enttäuschte mich ein wenig, aber schließlich war er der Schadennehmer. Ich stieg aus und betrachtete die von mir geleistete Arbeit. Sie konnte sich sehen lassen. Nicht nur die Türe, die ganze Längsseite des Wagens war verwüstet. Das würde eine saftige Reparatur erfordern!

Als ich zu meinem Wagen zurückkehrte, mußte ich feststellen, daß meine eigene Stoßstange wesentliche Krümmungen aufwies.

»Typisch für einen Anfänger«, bemerkte Dr. Wechsler mitleidig. »Sie dürfen nie in schrägem Winkel auffahren, merken Sie sich das für die Zukunft. Die Stoßstange wird Sie leider nicht mehr als 50 Pfund kosten... Warten Sie. Ich verschaffe Ihnen noch 400 Pfund.«

Dr. Wechsler brachte seinen Straßenkreuzer in Position und steuerte ihn gefühlvoll gegen meine linke Seitentüre.

»Und jetzt bekommen Sie von mir noch einen neuen Scheinwerfer.«
Er machte es genau richtig: mit einem Mindestmaß an Einsatz ein Höchstmaß an Wirkung.
»Nichts zu danken«, wehrte er ab. »Gehen Sie morgen zu Max – hier seine Adresse – und grüßen Sie ihn von mir. Sie werden keinen Pfennig zu zahlen haben.«
Ungeahnte Perspektiven öffneten sich vor meinem geistigen Auge. Oder war es nur die Zerstörungswut aus lang zurückliegenden Kindertagen, die mich überkam? Ich schlug Wechsler vor, jetzt gleich, an Ort und Stelle, einen Frontalzusammenstoß unserer Kraftfahrzeuge zu veranstalten, aber er winkte ab:
»Nicht übertreiben, lieber Freund. So etwas kann leicht zur Gewohnheit werden. Jetzt lassen Sie erst einmal die Versicherung zahlen. Dann können Sie überlegen, was Sie weiter machen wollen.«
Wir verabschiedeten uns mit einem kräftigen Händedruck. Wechsler ging zu Max und ich zu einem Autohändler, um einen neuen Wagen zu kaufen.

Verkleidungen gehören zum Karneval und sind etwas recht Kindisches. Aber Kindern kann man es nicht übelnehmen, daß sie sich verkleiden wollen. Auch israelischen Kindern nicht. Zum Glück reduziert sich der Karneval in Israel auf lediglich einen Tag, den »Purim« geheißenen Feiertag, das einzige schrankenlose Freudenfest des jüdischen Kalenders. An diesem einen Tag wollen die Kinder Israels, und zwar die wirklichen Kinder, alles einbringen, wofür die »Erwachsenen« anderer Länder mehrere Wochen zur Verfügung haben. Für die Eltern ist es die Hölle. Voriges Jahr wollte sich unser Töchterchen Renana unbedingt als Laurel und Hardy verkleiden, und wenige Jahre zuvor äußerte unser damals Jüngster, der rothaarige Knabe Amir, den dringenden Wunsch, in das Kostüm eines Rufzeichens zu schlüpfen. Heuer verfiel er in noch größeres Gebrüll und auf eine noch bessere Idee.

MISSION APOLLO

»Ephraim«, sagte die beste Ehefrau von allen, »unser Amir hat wieder einmal eine seiner Launen.«
Die Vorbereitungen für die Purim-Maskerade waren in vollem Gang. Rafi, unser Ältester, hatte das Kostüm eines Piraten mit leichtem Anhauch von Militärpolizei gewählt und war's zufrieden. Nicht so Amir. Er strich durchs Haus und trug ein so saures Gesicht zur Schau, daß einem unwillkürlich das Wasser im Mund zusammenlief wie beim Anblick einer in Aktion tretenden Zi-

trone. Ab und zu versetzte er dem in einer Ecke liegenden Kostüm, das seine Mutti eigenhändig für ihn angefertigt hatte, im Vorübergehen einen wütenden Tritt. Die quergebügelten Hosen, die Stulpenstiefel, der mächtige, breitkrempige Texas-Hut, der Patronengürtel und der Revolver, kurzum: die komplette Ausstattung für den perfekten Cowboy – das alles stieß bei ihm auf finsterste Verachtung.

»Was ist los mit dir, Amir?« fragte ich teilnahmsvoll. »Willst du kein Cowboy sein?«

»Nein. Ich will ein Astronaut sein.«

Das Unheil kam daher, daß er in seiner Kinder-Wochenzeitung etwas über den Mondflug von Apollo 13 gelesen hatte.

»Immer mit der Ruhe«, beruhigte ich ihn. »Wollen sehen, was sich machen läßt.«

»Ganz richtig«, stimmte seine Mutter zu. »Laß uns die Sache in Ruhe besprechen.«

Wir hielten eine improvisierte Elternversammlung ab und kamen überein, daß dem Wunsch unseres Sohnes nichts Verwerfliches anhaftete. Ein Astronaut zu sein, ist keineswegs das Schlimmste, was ein junger Mensch sich heutzutage wünschen kann. Schließlich landeten wir bei einem Kompromiß.

»Heuer wirst du noch ein Cowboy sein«, wandte ich mich an Amir. »Und nächstes Jahr bist du ein Astronaut.«

Die Antwort war ebenso lautstark wie negativ:

»Nein! Nicht nächstes Jahr! Heuer! Heute! Jetzt! Sofort!«

Ich mußte schweren Herzens nachgeben:

»Schön, dann bist du also schon heuer ein Astronaut.

Wir werden auf deinem Hut eine große Tafel befestigen und mit roter Tinte in großen Lettern ›Apollo 13‹ draufschreiben.«
Amirs Entgegnung erfolgte abermals fortissimo:
»Damit bin ich noch kein Astronaut!«
»So? Wie sieht ein Astronaut denn aus?«
»Weiß ich nicht«, schluchzte unser Rothaariger. »Das müßt *ihr* wissen! Ihr seid die Erwachsenen!«
Die Lage wurde immer bedrohlicher. Hätten diese Kerle nicht erst *nach* Purim auf den Mond fliegen können? Wäre es von der amerikanischen Regierung zuviel verlangt, ein wenig Rücksicht auf israelische Eltern zu nehmen? Die in Kap Kennedy hätten Amirs Gebrüll hören sollen:
»Astro«, brüllte er, »-naut, -naut, -naut! Astronaut!«
Ich versuchte ihn zu beschwichtigen:
»Gut, dann werden wir dir eben zu der großen Tafel auch noch einen großen Schnurrbart verpassen.«
»Ich will keinen Schnurrbart! Astronauten haben keine Schnurrbärte!«
»Dann vielleicht eine Brille?«
»Haben Astronauten auch nicht!«
Ich finde das sehr gedankenlos von ihnen, das muß ich schon sagen. Wie kann ein verantwortungsvoller Astronaut ohne Bart und ohne Brille auf den Mond fliegen?
»Jetzt hab ich's!« rief ich aus. »Amir wird Pappis gelben Pyjama anziehen!«
Das Geheul meines Sohnes überstieg jetzt alle akustischen Grenzen und war hart daran, die Schallmauer zu durchbrechen:
»Ich will keinen Pyjama! Ich will ein Astronaut sein!«
»Laß deinen Pappi ausreden! Du wirst den gelben Py-

jama anziehen, und wir befestigen hinten einen Propeller. Einen richtigen Propeller, der sich richtig dreht.«
»Ich will keinen blöden Propeller!«
»Willst du Flügel haben?«
»Ich bin ja kein blöder Vogel! Ich bin ein Astronaut! Astronaut! Naut! Astro!«
In unbeherrschter Wut wälzt sich Amir auf dem Teppich, schlägt um sich, brüllt immer lauter, nur rothaarige Kinder können so laut brüllen, und wenn er noch eine kleine Weile weitermacht, platzen ihm vielleicht die Lungen. Das darf ich nicht zulassen:
»Schon gut, Amir. Dann muß ich eben den Onkel Astronaut anrufen und ihn fragen, was er für gewöhnlich anzieht, wenn er auf den Mond fliegt.«
Amir verstummt, seine blauen Augen weiten sich hoffnungsfroh, er verfolgt interessiert jede meiner Bewegungen. Ich nehme den Hörer auf und wähle irgendeine Nummer:
»Hallo? Apollo-Hauptquartier? Ich möchte den Astronauten vom Dienst sprechen.«
»Wen bitte Sie wollen?« fragte am andern Ende eine Frauenstimme mit deutlich fremdländischem Akzent. »Hier bei Dr. Weißberger.«
»Hallo, Winston!« rufe ich unbeirrt freudig. »Wie geht's denn immer? Das ist fein. Ich habe eine Bitte an dich, Winston. Mein Sohn Amir möchte wissen, wie ihr Astronauten für eure Mondflüge gekleidet seid.«
»Wer?« beharrte die fremdländische Frauenstimme. »Hier Haus von Dr. Weißberger.«
»Bitte bleib am Apparat, Winston, ich hole nur einen Bleistift ... Also wie war das? Quergebügelte Hosen ... Stulpenstiefel ... breitkrempige Hüte ...«

»Ich nicht gut hebräisch sprechen. Sie sprechen deutsch, bitte?«

»Natürlich schreibe ich mit, Winston. Also weiter. Patronengürtel und Pistole . . . Ist das alles? Danke. Und grüß mir den Präsidenten Nixon.«

»Dr. Weißberger kommt um zwölf nach Hause.«

»Danke vielmals. Und alles Gute für euren nächsten Mondflug!«

Ich lege den Hörer auf und wende mich mit betrübtem Gesichtsausdruck an Amirs Mutter:

»Du hast ja mitgehört«, sage ich. »Wo in aller Welt sollen wir jetzt die Sachen hernehmen, die ein Astronaut trägt?«

»Dumme Frage!« ruft triumphierend mein dummes Kind. »Es liegt ja alles hier in der Ecke!«

Das Unglück war abgewendet. Im letzten Augenblick und unter großer Bedrängnis. Aber abgewendet.

Eine kleine Bitte zum Schluß: Sollten Sie, lieber Leser, in den nächsten Tagen einem kleinen, rothaarigen Cowboy begegnen, dann bleiben Sie stehen und sagen Sie so laut, daß er es bestimmt hört:

»Da schau her. Ein wirklicher Astronaut!«

Nehmen Sie im voraus den Dank eines verhärmten Vaters entgegen.

Das revolutionärste Ereignis in der Geschichte dieses Planeten fand statt, als der Homo sapiens sich aufrichtete und auf zwei Beinen zu gehen begann. Ich weiß nicht, wie sich das damals auf den prähistorischen Waldbestand ausgewirkt hat. Ich weiß nur eines: Von dem Augenblick an, da unsere Tochter Renana genügend sapiens wurde, um auf zwei Beinen zu gehen, verwandelte sich unser bis dahin trautes Heim in einen Dschungel.

GEFAHREN DES WACHSTUMS

Renana ist ein liebes Kind. Sie hat etwas an sich ... ich weiß nicht, wie ich es nennen soll ... etwas Positives. Ja, das ist es. Es läßt sich nicht genauer bestimmen, aber es ist etwas Positives. Andere Kinder stecken alles, was sie erreichen können, in den Mund oder treten darauf und ruinieren es. Nicht so Renana. Plumpe Gewaltanwendung liegt ihr fern. Wenn ihr etwas in die Hände gerät, wirft sie es einfach vom Balkon hinunter. Immer wenn ich nach Hause komme, also täglich, verbringe ich eine geraume Zeitspanne mit dem Aufklauben der verschiedenen Gegenstände, die das Pflaster unter unserem Balkon bedecken. Manchmal eilen ein paar herzensgute Nachbarn herbei und helfen mir beim Einsammeln der Bücher, Salzfässer, Aschenbecher, Schallplatten, Schuhe, Transistorgeräte, Uhren und Schreibmaschinen. Manchmal läuten sie, die Nachbarn, auch an unserer Türe, in den Armen die Abfallprodukte des Hauses Kishon, und fragen:

»Warum geben Sie dem Baby diese Sachen zum Spielen?«

Als ob wir die Geber wären. Als ob Baby sich die Sachen nicht selbst nehmen könnte. Sie ist ein sehr gut entwickeltes Kind, unsere Renana. Die letzte Höhenmessung, die wir an der Türe markierten, belief sich auf 71 cm. Daß sie mit erhobener Hand ungefähr 95 cm erreicht, war leicht zu berechnen.

»Ephraim«, sagte die beste Ehefrau von allen, »die Gefahrenzone liegt knapp unter einem Meter.«

Unser Leben verlagerte sich auf eine dementsprechend höhere Ebene. In einer blitzschnellen Überraschungsaktion wurden sämtliche Glas- und Porzellangegenstände aus sämtlichen Zimmern auf das Klavier übersiedelt, die unteren Regale meines Büchergestells wurden evakuiert und die Flüchtlinge in höheren Regionen angesiedelt. Die Kristallschüssel mit dem Obst steht jetzt auf dem Wäscheschrank, die Schuhe haben in den oberen Fächern eine Bleibe gefunden, zwischen den Smokinghemden. Meine Manuskripte, zu sorgfältigen Haufen gestapelt, liegen in der Mitte des Schreibtisches, unerreichbar für Renana und somit ungeeignet zur Verwendung als Balkonliteratur.

Bei aller väterlichen Liebe konnte ich ein hämisches Grinsen nicht gänzlich unterdrücken:

»Nichts mehr da zum Werfi-Werfi-Machen, was, Renana?«

Renana griff zum einzig erfolgverheißenden Gegenmittel: sie wuchs. Wir wissen von Darwin, daß die Giraffe wachsen mußte, um die nahrhaften Blätter in den Baumkronen zu erreichen. So wuchs auch unsere Tochter immer höher, immer höher, bis nur noch ein paar lächerliche Zentimeter sie vom Schlüssel des Kleiderschranks trennten.

Das veranlaßte ihre Mutter zu folgender Bemerkung: »An dem Tag, an dem das Kind den Schlüssel erreicht, ziehe ich aus.«

Sie zieht immer aus, wenn die Lage bedrohlich wird. Diesmal durfte sie beinahe auf mein Verständnis rechnen. Besonders seit das mit dem Telefon passiert war. Unser Telefon stand seit jeher auf einem kleinen, strapazierfähigen Tischchen, dessen Platte leider unterhalb des olympischen Minimums liegt. Infolgedessen hatte Renana den Steckkontakt aus der Wand gerissen und das Instrument auf den Boden geschleudert. In die Trümmer hinein erscholl ihr triumphierendes Krähen: »Hallo-hallo-hallo!«

Ihre Mutter, die gerade ein längeres Gespräch mit einer Freundin vorhatte, kam zornbebend herbeigesaust, legte ihr Unmündiges übers Knie und rief bei jedem Klaps: »Pfui, pfui, pfui! Telefon nicht anrühren! Nicht Telefon! Pfui, pfui, pfui!«

Der Erfolg dieser pädagogischen Maßnahme trat unverzüglich zutage. Renana hörte auf, »Hallo-hallo-hallo!« zu rufen, und rief statt dessen: »Pfui-pfui-pfui!« Das war allerdings nicht ganz das, was wir brauchten. Ich erhöhte die Tischplatte um ein paar dicke Lexikonbände und placierte das Telefon zuoberst.

Als ich einige Tage später nach Hause kam, stolperte ich über den Band »Aach – Barcelona« und wußte, daß unser Telefon gestört war.

Vor den Resten des einstigen Apparates saß schluchzend die beste Ehefrau von allen:

»Wir sind am Ende, Ephraim. Renana vergilt uns Gleiches mit Gleichem.«

Tatsächlich hatte Renana die alte strategische Weisheit

entdeckt, daß man den Feind am besten mit seinen eigenen Waffen schlägt. Anders ausgedrückt: Sie hatte ein paar Kissen herangeschleppt und ihre Aktionshöhe dadurch auf 1,40 m hinaufgeschraubt, so daß es ihr ein leichtes war, das Telefon zu erreichen.

Unser Lebensniveau stieg aufs neue. Briefpapier und wichtige Manuskripte wanderten in das Schutzgebiet auf dem Klavier. Die Schlüssel wurden an eigens in die Wand getriebenen Nägeln aufgehängt. Meine Schreibmaschine landete auf dem Kaminsims, wo sie sich ebenso unpassend ausnahm wie das Radio auf der Pendeluhr. In meinem Arbeitszimmer hingen die Bleistifte und Kugelschreiber an dünnen Seilen von der Decke herunter.

All dessen ungeachtet, ließ des Nachbars Söhnchen, dem gegen angemessenes Entgelt das Einsammeln der vom Balkon geschleuderten Gegenstände oblag, mindestens dreimal täglich das vereinbarte Signal erschallen, welches uns anzeigte, daß wieder ein voller Korb vor der Türe stand. Unser Leben wurde immer komplizierter. Nach und nach hatten sich alle Haushaltsgegenstände in der Klavierfestung verschanzt, und wer telefonieren wollte, mußte auf den Klosettdeckel steigen.

Die beste Ehefrau von allen, weitblickend wie immer, wollte von mir wissen, was wir wohl in einigen Jahren von Renana zu erwarten hätten.

Ich vermutete, daß sie zu einem erstklassigen Basketballspieler heranwachsen würde.

»Vielleicht hast du recht, Ephraim«, war die hoffnungslos resignierte Antwort. »Sie steigt bereits auf Stühle.«

Eine Rekonstruktion des Vorgangs, der offensichtlich

nach dem Hegelschen Gesetz des Fortschritts erfolgt war, ergab, daß Renana zuerst ihren Weg auf ein paar aufgeschichtete Kissen genommen hatte, von dort auf einen Stuhl und von dort auf unsere Nerven. Unser Lebensstandard erreichte eine neuerliche Steigerung auf 1,60 m.

Alles Zerbrechliche, soweit noch vorhanden, wurde jetzt auf das Klavier verfrachtet, einschließlich meiner Schreibmaschine. Diese Geschichte schreibe ich in einer Höhe von 1,80 m über dem Teppichspiegel. Gewiß, ich stoße mit dem Kopf gelegentlich an die Decke, aber die Luft hier oben ist viel besser. Der Mensch gewöhnt sich an alles, und seine Kinder sorgen dafür, daß immer noch etwas Neues hinzukommt. So werden beispielsweise die Bilder, die bisher unsere Wände geschmückt haben, fortan die Decke verzieren, so daß unsere Wohnung zu freundlichen Erinnerungen an die Sixtinische Kapelle anregt. Sie wird überdies in zwei Meter Höhe von allerlei Drähten durchkreuzt, an denen die wichtigsten Haushaltsgeräte hängen. Unsere Mahlzeiten nehmen wir in der Küche ein, ganz oben auf der Stellage, dort, wo wir früher die unbrauchbaren Hochzeitsgeschenke untergebracht hatten. Wir leben gewissermaßen in den Wolken. Allmählich lernen wir, auf der Decke zu gehen, klettern an den Vorhangstangen hoch, schwingen uns zum Luster und weiter mit kühnem Sprung zum obersten Fach der Bibliothek, wo die Schüssel mit den Bäkkereien steht ...

Und Renana wächst und wächst.

Pfui-pfui-pfui.

Gestern abend stieß die beste Ehefrau von allen, während sie oben in einer Baumkrone mit Näharbeiten be-

schäftigt war, einen schrillen Schrei aus und deutete mit zitternder Hand nach unten:
»Ephraim! Schau!«
Unten begann Renana gerade eine Leiter zu ersteigen, behutsam und zielstrebig, Sprosse um Sprosse.
Ich gebe auf. Ich habe die beste Ehefrau von allen gebeten, meine Geschichten weiterzuschreiben und mich zu verständigen, sobald Renana zu Ende gewachsen ist. Bis dahin bin ich am Boden zerstört.

Jetzt aber wollen wir uns einem Problem zuwenden, das nichts mit der gespannten Lage im Nahen Osten zu tun hat, sondern Ewigkeitswert besitzt. Es handelt sich um das Suppenproblem.

IMMER VIEL ZU HEISS

Ich liebe Suppen.

Gewiß, auf die Umwälzungen im Gefüge unserer Gesellschaft haben derlei gastronomische Kleinigkeiten keinen Einfluß. Aber ihre menschliche Bedeutung soll man nicht unterschätzen.

Soviel ich sehen kann, ist die Menschheit in zwei scharf rivalisierende Lager geteilt; das eine Lager nimmt vor der Hauptmahlzeit eine Suppe zu sich, das andere nicht. Daneben gibt es noch ein paar Außenseiter, denen die Suppe bereits als Hauptmahlzeit gilt. Zu dieser kleinen, aber fanatischen Schar gehöre auch ich. Aus einer edlen Consommé mit zarten goldenen Fettäuglein duften mir alle Wohlgerüche kulinarischer Poesie entgegen, und schwimmen gar noch zwei oder drei Mazzesknödelchen darinnen, dann ist für mich der Gipfel der Kochkunst erreicht.

»Wer Suppen liebt, kann kein schlechter Mensch sein«, soll irgend jemand gesagt haben; es war, glaube ich, der Suppenfabrikant Campbell.

Die Sache hat nur einen einzigen Haken: Suppen sind heiß. Sie sind nicht nur heiß, sie sind, um die volle Wahrheit zu sagen, viel zu heiß. Immer viel zu heiß.

Diese Feststellung ist das Ergebnis langjährigen Forschens und harter persönlicher Erfahrung. Noch nie und noch nirgends – sei es in Restaurants, in Privathäusern, in

Klöstern oder wo immer – bin ich einer Suppe begegnet, die nicht schon beim ersten Löffel im Mund und auf der Zunge kleine Bläschen erzeugt hätte, wie sie bei Verbrennungen dritten Grades aufzutreten pflegen. Es ist eine wahrhaft höllische Situation. Die Suppe steht vor dir, dampfend, wohlriechend, appetitlich, all deine Magensäfte und Magennerven sind auf sie eingestellt, freuen sich auf sie, lechzen nach ihr – und können sie nicht genießen, weil sie zu heiß ist und dir die Lippen verbrennt.

Ich wurde mit diesem Problem bereits im Alter von drei Jahren konfrontiert. Es war eine knallrote Tomatensuppe, die mir die ersten Brandwunden meines Lebens zufügte. Damals machte mich meine gute Mutter mit dem altehrwürdigen Ritual des Umrührens vertraut, und seither rühre ich um, manchmal so lange, bis mein rechter Arm von einem Muskelkrampf befallen wird. Wenn ich nicht irre, geschah es in dem freundlichen, für seine Gulaschsuppe berühmten Städtchen Kiskunfélegyháza, daß sich diese berühmte Gulaschsuppe unter der Einwirkung meines Umrührens in eine kompakte, zementartige Masse verwandelte, aus der sich der Löffel nicht mehr herausziehen ließ. Es war ein fürchterliches Erlebnis.

Erlebnisse solcher Art haben mich zu einem scheuen, schreckhaften, introvertierten Kind gemacht. Mein ganzes junges Leben lang sehnte ich mich nach einer Suppe mit genießbarer Temperatur, aber meine Sehnsucht blieb unerfüllt. Jede Suppe, die ich bekam, war zu heiß. Aus großen, verstörten Augen blickte ich in die Welt und fragte:

»Warum?« – Es kam keine Antwort.

Sie ist noch immer nicht gekommen. Offenbar haben sich die Menschen mittlerweile an den vulkanischen Ursprung der Suppe und damit auch an die Tätigkeit des Umrührens gewöhnt. Sie betreiben es automatisch, mit jenem geistesabwesenden Gesichtsausdruck, den man bei Sträflingen auf ihrem Rundgang im Gefängnishof beobachten kann. Nach konservativen Schätzungen verbringt jeder Mensch insgesamt ein Jahr seines Lebens mit dem Umrühren von Suppen. Das bedeutet einen Verlust von Millionen Arbeitsstunden für die Volkswirtschaft. Und was tut die Regierung dagegen? Sie erhöht die Steuern.

Ein einziges Mal in meinem Leben, ich werde ewig daran denken, es war ein kleines italienisches Gasthaus – ein einziges Mal wurde mir eine Suppe serviert, die man tatsächlich sofort essen konnte, eine Minestrone. Sie war nicht zu heiß, sie war warm, sie war gerade richtig, vielleicht war sie schon in dieser Temperatur aus der Küche gekommen, vielleicht hatte der geriebene Parmesan, mit dem ich sie bestreute, eine Temperatursenkung bewirkt, ich weiß es nicht und werde es nie erfahren. Kaum hatte ich den ersten Löffel zum Mund geführt, sprang der Kellner auf mich zu und riß mir den Teller weg:

»Die Suppe ist irrtümlich nicht gewärmt worden. Entschuldigen Sie, Signor.«

Als er sie zurückbrachte, konnte ich sein Gesicht nicht sehen, weil es von dichten Dampfwolken verhüllt war. Und als ich den ersten Löffel der nunmehr gewärmten Suppe an die Lippen setzte, ließ ich ihn mit einem leisen Schmerzensschrei fallen. Die Flüssigkeit ergoß sich auf das Tischtuch. Ein kleines Brandloch blieb zurück.

Und zu Hause? Wenn eine Fliege die Unvorsichtigkeit

begeht, ihren Weg über den Topf zu nehmen, in dem die beste Ehefrau von allen eine Suppe kocht, fällt das bedauernswerte Insekt mit versengten Flügeln hinein, dem Ikarus vergleichbar, der einst der Sonne zu nahe kam.

Aus der Physikstunde wissen wir, daß Wasser bei 100 Grad Celsius kocht. Die Pilzlingsuppe, die mir neulich zu Mittag vorgesetzt wurde, hatte eine Temperatur von 150 Grad im Schatten.

»Warum, um des Himmels willen, machst du die Suppen immer so heiß?« lautet meine ständige, ebenso verzweifelte wie erfolglose Frage am Beginn jeder Mahlzeit.

»Suppen müssen heiß sein«, antwortet stereotyp die beste Ehefrau von allen. »Wenn sie dir zu heiß ist, rühr um ...«

Manchmal in meinen Träumen erscheint mir der Neandertalmensch, wie er zwei Steine gegeneinander schlägt und das Feuer entdeckt. Und wenn die Flamme hochzüngelt, lallt er mit wulstigen Lippen: »Suppe ... Suppe ...«

Aber ich gebe nicht auf. Ich setze meinen Kampf gegen die allgemeine Übereinkunft fort. Im Restaurant versäume ich niemals, dem Kellner, bei dem ich die Suppe bestelle, laut und deutlich einzuschärfen:

»Bitte nicht zu heiß. Bitte keine brodelnde Suppe. Die Suppe soll in der Küche kochen, nicht auf dem Tisch.«

Der Kellner sieht glasigen Blicks durch mich hindurch, verschwindet, kehrt hinter einer Feuersäule zurück und stellt sie vor mich hin.

»Ich habe Sie doch gebeten, mir keine brennend heiße Suppe zu bringen!«

Aus Rauchschwaden dringt die Stimme des Kellners an mein Ohr:

»Heiß? Das nennen Sie heiß?«
Meine Aufforderung, selbst nachzuprüfen und den Finger hineinzustecken, lehnt er ab. Begreiflich. Der Mann braucht die Hand für seinen Beruf und kann keine Brandwunden riskieren.
Neuerdings versuche ich es mit Eiswürfeln, die ich gleichzeitig mit der Suppe bestelle, oder ich gieße ein wenig kaltes Bier in den Teller. Natürlich ist es dann keine Suppe mehr, es ist eine übelriechende Flüssigkeit von undefinierbarer Farbe und ebensolchem Geschmack, aber sie ist wenigstens nicht zu heiß.
So werde ich älter und älter, die Kummerfalten in meinem Gesicht werden tiefer, mein einstmals aufrechter Gang ist gebückt von der Last des vergeblichen Kleinkriegs. Ich habe fast alles erreicht, was ich erreichen wollte, Erfolg und Ruhm und Anerkennung im Ausland, die Liebe der Frauen, den Neid meiner Kollegen. Nur eines ist mir versagt geblieben: eine nicht zu heiße Suppe.
Auf meinem Grabstein wird folgende Inschrift zu lesen sein:
»Hier ruht Ephraim Kishon, der bedeutende Satiriker (1924–2013). Sein Leben war ein einziges Umrühren.«

Die Kommunikationsschwierigkeiten, unter denen unsere Konsumgesellschaft leidet und ohne die es keine zeitgenössische Dramatik gäbe, rühren angeblich daher, daß ein im Unterbewußtsein klaffender Abgrund die Menschen verhindert, sich miteinander zu verständigen, manchmal pausenlos, manchmal in drei Akten. Ich erlaube mir, eine wesentlich einfachere, auf persönliche Erfahrung gestützte Theorie vorzubringen, nämlich daß einer dem andern nicht zuhört.

NIEMAND HÖRT ZU

Was ich da entdeckt habe, geht – wie so manche bedeutende Entdeckung – auf einen Zufall zurück. Ich saß an einem Tisch des vor kurzem neu eröffneten Restaurants Martin & Maiglock und versuchte ein Steak zu bewältigen, das es an Zähigkeit getrost mit Golda Meïr aufnehmen könnte. Von den beiden Inhabern beaufsichtigte Herr Martin den Küchenbetrieb, während Herr Maiglock gemessenen Schrittes im Lokal umherwandelte und jeden Gast mit ein paar höflichen Worten bedachte. So auch mich. Als er meinen Tisch passierte, beugte er sich vor und fragte:

»Alles in Ordnung, mein Herr? Wie ist das Steak?«

»Grauenhaft«, antwortete ich.

»Vielen Dank. Wir tun unser Bestes.« Maiglock setzte ein strahlendes Lächeln auf, verbeugte sich und trat an den nächsten Tisch.

Zuerst vermutete ich einen Fall von gestörtem Sensorium oder von Schwerhörigkeit, wurde jedoch alsbald eines anderen belehrt, und zwar in der Redaktion mei-

ner Zeitung. Dort war gerade eine stürmische Debatte über das Wiederengagement eines kurz zuvor entlassenen Redakteurs namens Schapira im Gang. Sigi, der stellvertretende Chefredakteur, eilte mir entgegen und packte mich bei den Rockaufschlägen:
»Hab ich dir nicht gesagt, daß Schapira in spätestens drei Wochen zurückkommen wird? Hab ich dir das gesagt oder nicht?«
»Nein, du hast mir nichts dergleichen gesagt.«
»Also bitte!« Triumphierend wandte sich Sigi in die Runde. »Ihr hört es ja!«
Sie hören eben nicht, unsere lieben Mitmenschen. Das heißt: Sie hören zwar, aber nur das, was sie hören wollen. Der folgende Dialog ist längst nichts Außergewöhnliches mehr:
»Wie geht's?«
»Miserabel.«
»Freut mich, freut mich. Und die werte Familie?«
»Ich habe mit ihr gebrochen.«
»Das ist die Hauptsache. Hoffentlich sehen wir uns bald.«
Niemand hört zu. Ich erinnere nur an das letzte Fernsehinterview unseres Finanzministers.
»Herr Minister«, sagte der Reporter, »wie erklären Sie sich, daß trotz der gespannten Lage die israelischen Bürger ehrlich und ohne zu klagen ihre enormen Steuern bezahlen?«
»Mir ist dieses Problem sehr wohl bewußt«, antwortete der Minister. »Aber solange wir zu unseren Rüstungsausgaben gezwungen sind, ist an eine Steuersenkung leider nicht zu denken.«
Tatsächlich: Die Menschen können sich kaum noch mit-

einander verständigen. Sie reden aneinander vorbei. Sie drücken auf einen Knopf und lassen den vorbereiteten Text abschnurren. Ein durchschnittlich gebildeter Papagei oder ein Magnetophonband täten die gleichen Dienste.

Vorige Woche suchte ich den kaufmännischen Direktor unserer Zeitung auf und verlangte, wie jeder andere auch, eine Erhöhung des monatlichen Betrages für meinen Wagen. Der Herr Direktor blätterte in den Papieren auf seinem Schreibtisch und fragte:

»Wie begründen Sie das?«

»Die Versicherung ist gestiegen«, erklärte ich. »Und außerdem ist nicht alles Gold, was glänzt. Nur Morgenstunde hat Gold im Munde. Eile mit Weile und mit den Wölfen heule.«

»Damit wird die Verlagsleitung nicht einverstanden sein«, lautete die Antwort. »Aber ich will sehen, was sich machen läßt. Fragen Sie Ende Oktober wieder nach.«

Niemand hört zu. Man könnte daraus ein anregendes Gesellschaftsspiel machen. Ich würde es den »Magnetophontest« nennen. Zum Beispiel trifft man einen unserer führenden Theaterkritiker und beginnt erregt auf ihn einzusprechen:

»Es gibt im Theaterbetrieb keine festen Regeln, Herr. Sie können ein Vermögen in ein neues Stück hineinstekken, können die teuersten Stars engagieren und für eine pompöse Ausstattung sorgen – trotzdem wird es ein entsetzlicher Durchfall. Umgekehrt kratzt eine Gruppe von talentierten jungen Leuten ein paar hundert Pfund zusammen, holt sich die Schauspieler aus einem Seminar, verzichtet auf Bühnenbilder, auf Kostüme, auf jedes

sonstige Zubehör – und was ist das Resultat? Eine Katastrophe.«
»Ganz richtig«, stimmt der Kritiker begeistert zu. »Die jungen Leute haben eben Talent.«
Niemand hört zu. Wollen Sie sich selbst eine Bestätigung holen? Dann wenden Sie sich, wenn Sie nächstens beim Abendessen sitzen, mit schmeichelnder Stimme an Ihre Frau:
»Als ich nach Hause kam, Liebling, hatte ich keinen Appetit. Aber beim ersten Bissen deiner rumänischen Tschorba ist er mir restlos vergangen.«
Die also Angeredete wird hold erröten:
»Wenn du willst, mein Schatz, mache ich dir jeden Tag eine Tschorba.«
Offenbar kommt es nicht auf den Inhalt des Gesagten an, sondern auf den Tonfall:
»Wie war die gestrige Premiere?«
»Zuerst habe ich mich ein wenig gelangweilt. Später wurde es unerträglich.«
»Fein. Ich werde mir Karten besorgen.«
Als ich unlängst auf dem Postamt zu tun hatte, trat ich dem Herrn, der in der Schlange hinter mir stand, aufs Hühnerauge. Ich drehte mich um und sah ihm fest in die Augen:
»Es war Absicht«, sagte ich.
»Macht nichts«, lautete die Anwort. »Das kann passieren.«
Niemand hört zu. Wirklich niemand. Erst gestern gab ich der Kindergärtnerin, die gegen das Temperament meines Töchterchens Ranana etwas einzuwenden hatte, unzweideutig zu verstehen, was ich von ihr hielt:
»Liebes Fräulein«, schloß ich, »ein Lächeln meiner klei-

nen Tochter ist mir mehr wert als alle Übel der Welt.«
»Sie sind ein Affenvater«, sagte die Kindergärtnerin.
Und da hatte sie zufällig recht.

Für ein intaktes Familienleben ist nichts so wichtig wie das Vertrauen der Kinder zu ihrem Vater. Sie müssen überzeugt sein, daß er alles weiß. Ich selbst habe an der Allwissenheit meines Vaters nie gezweifelt – bis ich ihn einmal im Alter von ungefähr sieben Jahren fragte, wieso ein Magnet ein Magnet ist. Mein Vater brummte etwas von schlechter Aussprache, und er hätte schon mehrmals bemerkt, daß ich durch die Nase spreche, und unser Hausarzt sollte mich nächstens auf Polypen untersuchen. Heute sprechen *meine* Kinder durch die Nase, und so wird es weitergehen von Geschlecht zu Geschlecht.

WER NICHT FRAGT, LERNT NICHTS

»Papi!«

So pflegen mich meine Kinder anzureden. Diesmal war es Amir. Er stand vor meinem Schreibtisch, in der einen Hand das farbenprächtige Album »Die Wunder der Welt«, in der andern Hand den Klebstoff, mit dem allerlei farbenprächtige Bildlein in die betreffenden Quadrate einzukleben waren.

»Papi«, fragt mein blauäugiger, rothaariger Zweitgeborener, »stimmt es, daß sich die Erde um die Sonne dreht?«

»Ja«, antwortet Papi. »Natürlich.«

»Woher weißt du das?« fragt Zweitgeborener.

Da haben wir's. Das ist der Einfluß von Apollo 17. Der kluge Knabe will das Sonnensystem erforschen. Gut. Kann er haben.

»Jeder Mensch weiß das«, erkläre ich geduldig. »Das lernt man in der Schule.«
»Was hast du in der Schule gelernt? Sag's mir.«
Tatsächlich: Was habe ich gelernt? Meine einzige Erinnerung an die Theorie des Universums besteht darin, daß unser Physikprofessor eine Krawatte mit blauen Tupfen trug und minutenlang – ohne Unterbrechung, aber dafür mit geschlossenen Augen – reden konnte. Er hatte schadhafte Zähne. Die obere Zahnreihe stand vor. Wir nannten ihn »das Pferd«, wenn mein Gedächtnis mich nicht trügt. Ich werde es gelegentlich einer Kontrolle unterziehen.
»Also? Woher weißt du das?« fragt Amir aufs neue.
»Frag nicht so dumm. Es gibt unzählige Beweise dafür. Wenn es die Sonne wäre, die sich um die Erde dreht, statt umgekehrt, würde man ja von einem Erdsystem sprechen und nicht von einem Sonnensystem.«
Amir scheint keineswegs überzeugt. Ich muß ihm eindrucksvollere Beweise liefern, sonst kommt er auf schlechte Gedanken. Er ist ja, das soll man nie vergessen, rothaarig.
»Schau her, Amir.« Ich ergreife einen weißen Radiergummi und halte ihn hoch. »Nehmen wir an, das ist der Mond. Und die Schachtel mit den Reißnägeln ist die Erde.«
Jetzt bin ich auf dem richtigen Weg. Die Schreibtischlampe übernimmt die Rolle der Sonne, und Papi führt mit einer eleganten Bewegung den Radiergummi und die Schachtel mit den Reißnägeln um die Schreibtischlampe herum, langsam, langsam, kreisförmig, kreisförmig ...
»Siehst du den Schatten? Wenn der Radiergummi sich

gerade in der Mitte seiner Bahn befindet, liegt die Schachtel mit den Reißnägeln im Schatten . . .«

»So?« Die Stimme meines Sohnes klingt zweiflerisch. »Sie liegt aber auch im Schatten, wenn du die Lampe hin und her drehst und die Schachtel auf dem Tisch liegen läßt. Oder?«

Man sollte nicht glauben, wie unintelligent ein verhältnismäßig erwachsenes Kind fragen kann.

»Konzentrier dich gefälligst!« Ich erhebe meine Stimme, auf daß mein Sohn den Ernst der Situation erfasse. »Wenn ich die Lampe bewege, würde der Schatten ja vollständig auf die eine Seite fallen und nicht auf die andere.«

Es ist nicht der Schatten, der jetzt fällt, sondern es fällt die Schachtel mit den Reißnägeln, und zwar auf den Boden. Wahrscheinlich infolge der Zentrifugalkraft. Der Teufel soll sie holen.

Ich bücke mich, um die über den ganzen Erdball verstreuten Reißnägel aufzulesen.

Bei dieser Gelegenheit fällt mein Blick auf meines Sohnes Socken.

»Du siehst wieder einmal wie ein Landstreicher aus!« bemerke ich tadelnd.

Was nämlich meines Sohnes Socken betrifft, so hängen sie bis über die Schuhe herunter. Das tun sie immer. Ich habe noch nie ein so schlampiges Kind gesehen.

Während ich das Material aus dem Universum rette, richte ich mich langsam auf und versuche mich an die Theorien von Galileo Galilei zu erinnern, der diese ganze Geschichte damals an irgendeinem Königshof oder sonstwo ins Rollen gebracht hat. Das weiß ich sehr gut, weil ich die gleichnamige Aufführung im Kammertheater gesehen habe, mit Salman Levisch in der Titelrolle. Er hat dem Großinquisitor, dargestellt von Abraham Ronai, heroischen Widerstand geleistet, ich sehe es noch ganz deutlich vor mir. Leider bedeutet das jetzt keine Hilfe für mich.

Auch der Himmel hilft mir nicht. Ich bin ans Fenster getreten und habe hinausgeschaut, ob sich dort oben etwas bewegt.

Aber es regnet.

Ich schicke meinen Sohn in sein Zimmer zurück und empfehle ihm, über seine dumme Frage selbst nachzudenken, damit er sieht, wie dumm sie ist.

Amir entfernt sich beleidigt.

Kaum ist er draußen, stürze ich zum Lexikon und beginne fieberhaft nach einem einschlägigen Himmelsforscher zu blättern ... Ko ... Kopenhagen ... da: Kopernikus, Nikolaus, deutscher Astronom (1473–1543) ... Eine halbe Seite ist ihm gewidmet. Eine volle halbe Seite und kein einziges Wort über die Erddrehung. Offenbar haben auch die Herausgeber des Lexikons vergessen, was man ihnen in der Schule beigebracht hat.

Ich begebe mich in das Zimmer meines Sohnes. Ich lege meinem Sohn mit väterlicher Behutsamkeit die Hand auf die Stirne und frage ihn, wie es ihm geht.

»Du hast überhaupt keine Ahnung von Astronomie, Papi«, läßt mein Sohn sich vernehmen.

Höre ich recht? Ich habe keine Ahnung? Ich?! Unverschämt, was so ein kleiner Bengel sich erfrecht!

Die Erinnerung an Salman Levisch gibt mir neue Kraft: »Und sie bewegt sich doch!« erkläre ich mit Nachdruck. »Das hat Galileo vor seinen Richtern gesagt. Kapierst du das denn nicht, du Dummkopf? Und sie bewegt sich doch!«

»In Ordnung«, sagt Amir. »Sie bewegt sich. Aber wieso um die Sonne?«

»Um was denn sonst? Vielleicht um die Großmama?«

Kalter Schweiß tritt mir auf die Stirne. Mein väterliches Prestige steht auf dem Spiel.

»Das Telefon!« Ich sause zur Türe und in mein Zimmer hinunter, wirklich zum Telefon, obwohl es natürlich nicht geläutet hat. Vielmehr rufe ich jetzt meinen Freund Bruno an, der als Biochemiker oder etwas dergleichen tätig ist.

»Bruno«, flüstere ich in die Muschel, »wieso wissen wir, daß sich die Erde um die Sonne dreht?«

Sekundenlange Stille. Dann höre ich Brunos gleichfalls flüsternde Stimme. Er fragt mich, warum ich flüstere. Ich antworte, daß ich heiser bin, und wiederhole meine Frage nach der Erddrehung.

»Aber das haben wir doch in der Schule gelernt«, stottert der Biochemiker oder was er sonst sein mag. »Wenn ich nicht irre, wird es durch die vier Jahreszeiten bewiesen ... besonders durch den Sommer ...«

»Eine schöne Auskunft, die du mir da gibst«, zische ich ihm ins Ohr. »Das mit den vier Jahreszeiten bleibt ja auch bestehen, wenn die Lampe bewegt wird und die Schachtel mit den Reißnägeln nicht herunterfällt! Adieu.«

Als nächstes versuche ich es bei meiner Freundin Dolly. Sie hat einmal Jus studiert und könnte von damals noch etwas wissen.

Dolly erinnert sich auch wirklich an das Experiment mit Fouchets Pendel aus der Physikstunde. Soviel sie weiß,

wurde das Pendel auf einem freistehenden Kirchturm aufgehängt und hat dann Linien in den Sand gezogen. Das war der Beweis.
Allmählich wird mir die Inquisition sympathisch. Freche, vorlaute Kinder, die nur darauf aus sind, ihre Altvorderen zu blamieren, sollten sich hüten! Woher ich weiß, daß die Erde sich um die Sonne dreht? Ich weiß es und Schluß. Ich spüre es in allen Knochen.
Mühsam schleppe ich mich an meinen Schreibtisch zurück, um weiter zu arbeiten. Wo ist der Radiergummi?
»Papi!« Der Rotkopf steht schon wieder vor mir. »Also bitte – was dreht sich?«
Tiefe Müdigkeit überkommt mich. Mein Kopf schmerzt. Man kann nicht sein ganzes Leben kämpfen, schon gar nicht gegen die eigenen Kinder.
»Alles dreht sich«, murmle ich. »Was geht's dich an?«
»Du meinst, die Sonne dreht sich?«
»Darüber streiten sich die Gelehrten. Heutzutage ist alles möglich. Und zieh schon endlich deine Socken hinauf!«

Manche Kinder wollen um keinen Preis rechtzeitig schlafen gehen und sprechen aller elterlichen Mühe hohn. Wie anders unser Amir! Er geht mit einer Regelmäßigkeit zu Bett, nach der man die Uhr einstellen kann: auf die Minute genau um halb neun am Abend. Und um sieben am Morgen steht er frisch und rosig auf, ganz wie's der Onkel Doktor will und wie es seinen Eltern Freude macht.

WIE UNSER SOHN AMIR DAS SCHLAFENGEHEN ERLERNTE

So gerne wir von der Folgsamkeit unseres Söhnchens und seinem rechtzeitigen Schlafengehen erzählen – ein kleiner Haken ist leider dabei: Es stimmt nicht. Wir lügen, wie alle Eltern. In Wahrheit geht Amir zwischen 23.30 und 2.15 Uhr schlafen. Das hängt vom Sternenhimmel ab und vom Fernsehprogramm. Am Morgen kriecht er auf allen vieren aus dem Bett, so müde ist er. An Sonn- und Feiertagen verläßt er das Bett überhaupt nicht.

Nun verhält es sich keineswegs so, daß der Kleine sich etwa weigern würde, der ärztlichen Empfehlung zu folgen und um 20.30 Uhr schlafen zu gehen. Pünktlich zu dieser Stunde schlüpft er in sein Pyjama, sagt »Gute Nacht, liebe Eltern!« und zieht sich in sein Schlafzimmer zurück. Erst nach einem bestimmten Zeitintervall – manchmal dauert es eine Minute, manchmal anderthalb – steht er wieder auf, um seine Zähne zu putzen. Dann nimmt er ein Getränk zu sich, dann muß er Pipi machen, dann sieht er in seiner Schultasche nach, ob alles drinnen ist, trinkt wieder eine Kleinigkeit, meistens vor dem Fernsehapparat, plaudert anschließend mit dem

Hund, macht noch einmal Pipi, beobachtet die Schnekken in unserem Garten, beobachtet das Programm des Jordanischen Fernsehens und untersucht den Kühlschrank auf Süßigkeiten. So wird es 2 Uhr 15 und Schlafenszeit.

Natürlich geht diese Lebensweise nicht spurlos an ihm vorüber. Amir sieht ein wenig blaß, ja beinahe durchsichtig aus, und mit den großen Ringen um seine Augen ähnelt er bisweilen einem brillentragenden Gespenst. An heißen Tagen, so ließ uns sein Lehrer wissen, schläft er mitten im Unterricht ein und fällt unter die Bank. Der Lehrer erkundigte sich, wann Amir schlafen geht. Wir antworteten: »Um halb neun. Auf die Minute.«

Lange Zeit gab es uns zu denken, daß alle anderen Kinder unserer Nachbarschaft rechtzeitig schlafen gehen, zum Beispiel Gideon Landesmanns Töchterchen Avital. Gideon verlangt in seinem Hause strikten Gehorsam und eiserne Disziplin – er ist der Boß, daran gibt's nichts zu rütteln. Pünktlich um 20.45 geht Avital schlafen, wir konnten das selbst feststellen, als wir unlängst bei Landesmanns zu Besuch waren. Um 20.44 warf Gideon einen Blick auf die Uhr und sagte kurz, ruhig und unwidersprechlich: »Tally – Bett.«

Keine Silbe mehr. Das genügt. Tally steht auf, sagt allseits Gute Nacht und trippelt in ihr Zimmerchen, ohne das kleinste Zeichen jugendlicher Auflehnung. Wir, die beste Ehefrau von allen und ich, bergen schamhaft unser Haupt bei dem Gedanken, daß zur selben Stunde unser Sohn Amir in halbdunklen Räumen umherstreift wie Hamlet in Helsingör.

Wir schämten uns bis halb zwei Uhr früh. Um halb zwei Uhr früh öffnete sich die Tür, das folgsame Mädchen

Avital erschien mit einem Stoß Zeitungen unterm Arm und fragte:
»Wo sind die Wochenendbeilagen?«
Jetzt war es an Gideon, sich zu schämen. Und seit diesem Abend erzählen wir allen unseren Gästen, daß unsere Kinder pünktlich schlafen gehen.
Im übrigen wissen wir ganz genau, was unseren Amir am rechtzeitigen Einschlafen hindert. Er hat sich diesen Virus während des Jom-Kippur-Kriegs zugezogen, als der Rundfunk bis in die frühen Morgenstunden Frontnachrichten brachte – und wir wollten unserem Sohn nicht verbieten, sie zu hören. Diesen pädagogischen Mißgriff vergilt er uns mit nächtlichen Wanderungen, Zähneputzen, Pipimachen, Hundegesprächen und Schneckenbeobachtung.
Einmal erwischte ich Amir um halb drei Uhr früh in der Küche bei einer illegalen Flasche Coca Cola.
»Warum schläfst du nicht, Sohn?« fragte ich.
Die einigermaßen überraschende Antwort lautete:
»Weil es mich langweilt.«
Ich versuchte, ihn eines Besseren zu belehren, führte zahlreiche Beispiele aus der Tierwelt an, deren Angehörige mit der Abenddämmerung einschlafen und mit der Morgendämmerung erwachen. Amir verwies mich auf das Gegenbeispiel der Eule, die seit jeher sein Ideal wäre, genauer gesagt: seit gestern. Ich erwog, ihm eine Tracht Prügel zu verabreichen, aber die beste Ehefrau von allen ließ das nicht zu; sie kann es nicht vertragen, wenn ich ihre Kinder schlage. Also begnügte ich mich damit, ihn barschen Tons zum Schlafengehen aufzufordern. Amir ging und löste Kreuzworträtsel bis drei Uhr früh.

Wir wandten uns an einen Psychotherapeuten, der uns dringend nahelegte, die Wesensart des Kleinen nicht gewaltsam zu unterdrücken. »Überlassen Sie seine Entwicklung der Natur«, riet uns der erfahrene Fachmann. Wir gaben der Natur eine Chance, aber sie nahm sie nicht wahr. Als ich Amir kurz darauf um halb vier Uhr früh dabei antraf, wie er mit farbiger Kreide Luftschiffe an die Wand malte, verlor ich die Nerven und rief den weichherzigen Seelenarzt an.

Am anderen Ende des Drahtes antwortete eine Kinderstimme:

»Papi schläft.«

Die Rettung kam während der Pessach-Feiertage. Sie kam nicht sofort. Am ersten schulfreien Tag blieb Amir bis 3.45 wach, am zweiten bis 4.20. Sein reges Nachtleben ließ uns nicht einschlafen. Was half es, Schafe zu zählen, wenn unser eigenes kleines Lamm hellwach herumtollte.

Es wurde immer schlimmer und schlimmer. Amir schlief immer später und später ein. Die beste Ehefrau von allen wollte ihm eine Tracht Prügel verabreichen, aber ich ließ das nicht zu; ich kann es nicht vertragen, wenn sie meine Kinder schlägt.

Und dann, urplötzlich, hatte sie den erlösenden Einfall.

»Ephraim«, sagte sie und setzte sich ruckartig im Bett auf, »wie spät ist es?«

»Zehn nach fünf«, gähnte ich.

»Ephraim, wir müssen uns damit abfinden, daß wir Amir nicht auf eine normale Einschlafzeit zurückschrauben können. Wie wär's und wir schrauben ihn nach vorn?«

So geschah's. Wir gaben Amirs umrandeten Augen jede

Freiheit, ja wir ermunterten ihn, überhaupt nicht zu schlafen:

»Geh ins Bett, wenn du Lust hast. Das ist das Richtige für dich.«

Unser Sohn erwies sich als höchst kooperativ, und zwar mit folgendem Ergebnis:

Am dritten Tag der Behandlung schlief er um 5.30 ein und wachte um 13 Uhr auf.

Am achten Tag schlief er von 9.50 bis 18.30 Uhr.

Noch einige Tage später wurde es 15.30 Uhr, als er schlafen ging, und Mitternacht, als er erwachte.

Am siebzehnten Tag ging er um sechs Uhr abends schlafen und stand mit den Vögeln auf.

Und am letzten Tag der insgesamt dreiwöchigen Ferien hatte Amir sich eingeholt. Pünktlich um halb neun Uhr abends schlief er ein, pünktlich um sieben Uhr morgens wachte er auf. Und dabei ist es geblieben. Unser Sohn schläft so regelmäßig, daß man die Uhr nach ihm richten kann. Wir sagen das nicht ohne Stolz.

Es ist allerdings auch möglich, daß wir lügen, wie alle Eltern.

Nicht ohne Grund ist die Gerechtigkeit weiblichen Geschlechts. Sie kommt nie zur Zeit.

WAS SIE BRAUCHEN, IST EIN GUTER ANWALT

Vor zehn Jahren hatte sich Billitzer für zwei Stunden die Summe von 20 Pfund von mir ausgeborgt. Er versprach, sie noch am selben Tag zurückzugeben, was jedoch nicht geschah und weshalb ich ihn anrief. Billitzer bat um eine Woche Frist. Nach Ablauf dieser Woche suchte ich ihn auf und wollte mein Geld zurückhaben. Er sagte es mir für Montag mittag fix zu. Donnerstag nachmittag beriet ich mich mit einem Anwalt. Der Anwalt richtete an Billitzer die schriftliche Aufforderung, seine Schuld innerhalb von 72 Stunden nach Erhalt dieser Aufforderung zu begleichen, widrigenfalls entsprechende Schritte eingeleitet würden. Als nach zwei Monaten noch immer keine Antwort von Billitzer vorlag, teilte mir der Anwalt mit, daß er angesichts der offenkundigen Zahlungsunwilligkeit Billitzers nichts weiter tun könne. Ich ging zu einem andern Anwalt. Wir klagten Billitzer. Fünf Monate später sollte die Verhandlung stattfinden, fand aber nicht statt, da Billitzer krankheitshalber nicht erschien. Die Verhandlung wurde auf unbestimmte Zeit vertagt. Ein Jahr später wurde sie neuerlich angesetzt. Diesmal war Billitzer verreist. Nachdem ich eineinhalb Jahre gewartet hatte, ohne daß er zurückkam, engagierte ich einen dritten, bestens bekannten Anwalt, der die Wiederaufnahme des Verfahrens zu erreichen versuchte. Der Versuch scheiterte an der Weigerung des Richters, in Abwesenheit des Beklagten zu verhandein. Wir appellierten an die nächsthöhere Instanz und wurden abschlägig beschieden, da diese Instanz für Zivilklagen, deren Streitwert weniger als 50 Pfund betrug, nicht zuständig war. Abermals wartete ich ein Jahr auf Billitzers Rückkehr. Als sie nach einem weiteren Jahr tatsächlich erfolgte, übermittelte ich ihm durch einen Notar ein zusätzliches Darlehen von 30 Pfund, um die Streitsumme auf die nötigen 50 Pfund zu erhöhen. Unter diesen Umständen ließ die höhere Instanz unsere Klage zu und erteilte der niedrigeren Instanz den Auftrag zur Verhandlung in absentia des Beklagten. Da jedoch der Beklagte nicht in absentia, sondern, wie erwähnt, mittlerweile zurückgekehrt war, wurde der Prozeß bis zur Klärung der Sachlage vertagt. Ich zog einen noch besser bekannten Anwalt heran. Wir machten eine Eingabe an den Obersten Gerichtshof, um vom Justizminister eine Stellungnahme zu erwirken, die eine Begründung enthielte, warum ich meine 50 Pfund von Billitzer nicht zurückbekommen sollte. Die Stellungnahme des Justizministers empfahl mir, eine gerichtliche Klage einzubringen. Wir brachten eine gerichtliche Klage ein. Der Prozeß wurde vertagt, weil Billitzer eine Vertagung beantragte. Jetzt wandte ich mich an den überhaupt bestbekannten Anwalt in ganz Israel und erzählte ihm meinen Fall. Er hörte mir aufmerksam zu und gab mir den Rat, zu Billitzer zu gehen und ihn zu verprügeln. Ich ging zu Billitzer und verprügelte ihn. Daraufhin gab er mir die 50 Pfund in bar zurück.

Man muß eben einen wirklich guten Anwalt konsultieren.

Die jüngsten Untersuchungen der Regierung haben ergeben, daß – von Heuschreckenplagen abgesehen – der größte Schaden für unsere Volkswirtschaft durch das hemmungslose Versenden von Neujahrskarten entsteht.

WUNSCHLOSES NEUJAHR

Der schwitzende, keuchende Postbote, der in jenen auch klimatisch höchst ungünstigen Morgenstunden tonnenschwere Säcke mit Drucksachen durch die Sanddünen unserer Städte schleppt, ist jedem Bürger ein wohlvertrauter Anblick. Daß die Herstellung dieser Drucksachen überdies einen beträchtlichen Teil unseres Nationalvermögens verschlingt und daß die Beseitigung der weggeworfenen Wunsch- und Grußkarten unsere öffentliche Müllabfuhr und andere sanitäre Dienste aufs schwerste gefährdet, sei nur der Vollständigkeit halber angeführt.

Statistischen Erhebungen zufolge nehmen 60 Prozent der Empfänger die ihnen zugedachten Wünsche überhaupt nicht zur Kenntnis, sondern werfen sie ungelesen in den Papierkorb. Weitere 30 Prozent tun nach einem flüchtigen Blick das gleiche. Die restlichen 10 Prozent der Befragten haben keine Meinung. Und selbst an der Zuverlässigkeit dieser Ziffern muß gezweifelt werden. Ein Geschäftsmann in Jaffa mit einer Versandquote von 400 Neujahrskarten antwortete auf die Frage, warum er so viele Karten verschickt habe:

»Hab ich? Ich kann mich nicht erinnern . . .«

Offensichtlich handelt es sich bei der ganzen Sache um

eine automatische, sinnentleerte Gewohnheit, eine Art Reflexbewegung der Handmuskeln, die einem unkontrollierbaren inneren Antrieb gehorchen. Ein Hobby-Experte hat berechnet, daß die letzte Drucksachenserie von »Glück und Erfolg im neuen Jahr« aneinandergereiht eine Hartpapierkette ergeben würde, die von Tel Aviv bis Bath Jam reicht, die Stadt zweimal umkreist und in einer Ambulanz nach Tel Aviv zurückkehrt.

Natürlich versuchen die Behörden diesem ökonomischen Unglück entgegenzuwirken:

»Mitbürger!« rief der Postminister in einem dramatischen Fernsehappell, »alle Israeli sind Brüder. Wir müssen uns das nicht jedes Jahr aufs neue durch die Post bestätigen. Die Regierung ist fest entschlossen, diesem Unfug ein Ende zu setzen.«

Eine bald darauf erlassene Verordnung begrenzte die glücklichen und erfolgreichen neuen Jahre auf fünf je Einwohner. Zuwiderhandelnden wurden Geldstrafen bis zu 1000 Pfund oder Gefängnisstrafen bis zu zwei Wochen angedroht. Die Einwohnerschaft kümmerte sich nicht darum. Allein in den beiden Vortagen des Neujahrsfestes brachen in Tel Aviv auf offener Straße 40 Briefträger zusammen, die Hälfte davon mit schweren Kreislaufstörungen und sechs mit Leistenbrüchen. Zwei mußten in geschlossene Anstalten überführt werden, wobei sie ununterbrochen »Glück und Erfolg ... Glück und Erfolg ...« vor sich hin murmelten.

Das Slonsky-Komitee, eine gemeinnützige Organisation zur Erforschung israelischer Charaktereigenschaften, machte die bemerkenswerte Entdeckung, daß viele Israeli den Regierungserlaß umgingen, indem sie ihre

Glück- und Erfolgswünsche nicht als Drucksache, sondern als geschlossene Briefe verschickten, also lieber ein höheres Porto bezahlten, als auf Glück und Erfolg zu verzichten. Um die Kosten einzubringen, fügten sie zum vorgedruckten Glück und Erfolg noch handschriftlich Gesundheit, Frieden, guten Geschäftsgang und Gottes Segen hinzu, was weitere Zeitvergeudung und Verluste an Produktionsenergie mit sich brachte.
Als die Regierung ihre Gegenmaßnahmen verschärfte und gelegentliche Stichproben vorzunehmen begann, protestierte eine Gruppe israelischer Bürger beim Generalsekretär der Vereinten Nationen gegen diese Einschränkung der Gruß- und Wunschfreiheit, verlangte den sofortigen Rücktritt der Regierung und drohte mit der Aufdeckung von Mißständen im Verwaltungsapparat. Die Behörden ließen sich das nicht zweimal sagen und reagierten noch schärfer: in einem mit knapper Stimmenmehrheit durchgebrachten Ausnahmegesetz wurde die Versendung von Neujahrskarten überhaupt verboten und die Strafsätze auf Gefängnis bis zu zwei Jahren erhöht. Überdies wurden speziell ausgebildete Kontrolleinheiten ins Leben gerufen, die verdächtig aussehende Briefe öffnen sollten. Binnen kurzem wurden in Tel Aviv mehrere angesehene Bürger verhaftet, unter ihnen ein Versicherungsagent, der nicht weniger als 2600 Karten mit dem Text »Glück und Erfolg im neuen Jahr innerhalb sicherer und international anerkannter Grenzen« verschickt hatte. Der Verteidiger des Angeklagten stellte sich vor Gericht auf den Standpunkt, daß es sich hier nicht um Neujahrskarten handle, sondern um ein politisches Pamphlet. Daraufhin trat die gesetzgebende Körperschaft abermals in Aktion und ergänzte das

Wunschkartenverbot durch einen Zusatz, demzufolge die Worte »Glück«, »Erfolg«, »neu« und »Jahr« sowie ihre Derivate im Postverkehr mit sofortiger Wirkung untersagt wurden. Zu den interessantesten Versuchen, dieses Verbot zu umgehen, zählten die 520 Barmizwah-Telegramme eines jungen Architekten in Haifa, die er mit »Jonas Neujahr, Präsident der Firma Glück & Wunsch« unterzeichnete.

Der Strafsatz für illegales Glückwünschen wurde auf 15 Jahre Gefängnis hinaufgesetzt, aber es half nichts. Eine Woche vor Neujahr entdeckte die Kontrolleinheit IV – sie galt als die tüchtigste von allen – ein Rundschreiben der »Landwirtschaftlichen Maschinenbau AG«, dessen letzter Satz den verdachterregenden Wortlaut hatte: »Dieses Zirkular ist vor Kälte zu schützen.« Man hielt das Blatt über eine kleine Flamme, und zwischen den vorgedruckten Zeilen erschien in fetten Blockbuchstaben der landwirtschaftliche Text: »Möge die Stärke der Arbeiterklasse im neuen Jahr blühen und gedeihen und möge den Gewerkschaften Glück und Erfolg beschieden sein! Dies ist der aufrichtige Wunsch von Mirjam und Elchanan Gross, Ramat Gan.«

Die über das findige Ehepaar verhängte Freiheitsstrafe lautete auf acht Jahre Gefängnis, verschärft durch Fasten und hartes Lager an jedem Neujahrstag.

Für die Zeit von einem Monat vor bis zu einer Woche nach Neujahr wurden alle öffentlichen Briefkästen versiegelt und von Angehörigen einer eigens geschaffenen »Wunschkarten-Miliz« bewacht. Briefe wurden während dieser Zeit nur auf den Postämtern entgegengenommen, nachdem die befördernde Person sich durch ein amtliches Dokument (Paß, Identitätskarte, Führerschein) ausgewiesen und eine eidesstattliche Erklärung abgegeben hatte, daß die betreffende Postsendung keine wie immer gearteten Glück- oder Erfolgswünsche enthielt. Ertappte Gesetzesübertreter wurden sofort vor ein Schnellgericht gestellt.

Indessen konnten all diese Maßnahmen nicht verhindern, daß die Glückwunschrate im Vergleich zum Vorjahr um neun Prozent anstieg. Eine Fernseh-Ansprache des Wirtschaftsministers begann mit den Worten: »Beinahe ein Drittel unseres Nationalproduktes ...«

Der Bevölkerung hat sich wachsende Empörung bemächtigt. Panzerwagen patrouillieren in den Straßen der größeren Städte. Gerüchte wollen wissen, daß die Regierung ein Dringlichkeitsgesetz erwägt, das die Einführung von drei Schaltjahren hintereinander ohne Neujahrstag vorsieht. Die Situation spitzt sich zu. Es riecht nach Bürgerkrieg. In den Außenbezirken von Tel Aviv sind gelegentlich Schüsse zu hören. Da hat wieder irgend jemand versucht, einem Mitmenschen Glück und Erfolg zu wünschen.

Die Juden sind bekanntlich das Volk des Buches und waren es schon, als die Welt zu bestehen anfing (ein Vorgang, der mit einiger Zuverlässigkeit nur in der hebräischen Ausgabe geschildert wird). Deshalb legen die Frommen unter uns Wert darauf, daß ihre Kinder die Heilige Schrift auswendig lernen, Vers für Vers, Satz für Satz, Letter für Letter. Außerdem wird in Jerusalem an jedem Unabhängigkeitstag ein Bibel-Quiz abgehalten, um festzustellen, wer das Buch Jeremia am wörtlichsten auswendig kann. Der Prophet selbst würde nie ins Finale kommen.

QUIZ

Der Postverkehr hat in der Geschichte des Volkes Israel seit jeher eine bedeutende Rolle gespielt. Denn das Volk Israel lebte die längste Zeit in der Diaspora, und für die zerstreuten Stämme war es lebenswichtig, untereinander Kontakt zu halten. Kein Wunder, daß eine Welle der Begeisterung durch die israelische Öffentlichkeit ging, als das Postministerium in Zusammenarbeit mit dem Ministerium für Kultur und Unterricht einen Nationalen Telefon-Quiz ankündigte.

Im ganzen Land wurden Ausscheidungskämpfe abgehalten, aus denen schließlich vier Finalisten hervorgingen. Sie versammelten sich für den Endkampf in der Großen Volkshalle zu Jerusalem. Der Rundfunk hatte seine besten Sprecher aufgeboten, um über den Verlauf des Abends zu berichten, und die Bevölkerung, soweit sie nicht an Ort und Stelle dabei sein konnte, versam-

melte sich in ihren Häusern vor den Empfangsapparaten, die Telefonbücher griffbereit zur Hand.
Auf der Bühne saßen die vier Kandidaten und boten sich den bewundernden Blicken des Publikums dar. Jedermann im Zuschauerraum wußte, welches ungeheure Ausmaß von Wissen, Intelligenz und Orientierungsvermögen diese vier so weit gebracht hatte, jedermann kannte ihre Namen. Da war Towah, Telefonistin in der Fernamtzentrale und Liebling des Publikums, Ing. Glanz, der Computer-Fachmann, Prof. Dr. Birnbaum von der Forschungsstelle für Elektronengehirne, und der Dichter Tola'at-Shani, Abkömmling einer langen Reihe von Schachspielern.
Auch ich befand mich in der Menge, um einen Blick auf die Helden der Nation zu werfen. Es herrschte ebenso festliche wie gespannte Stimmung, selbst einige Mitglieder des diplomatischen Corps konnten ihre fieberhafte Erwartung nicht verbergen. Der Minister für Post- und Verkehrswesen eröffnete den Abend mit einer kurzen Ansprache von hohem Niveau:
»Zum erstenmal seit zweitausend Jahren halten freie Juden einen Telefonquiz in ihrer eigenen Volkshalle ab«, begann er und kam sodann auf den historischen Hintergrund des Ereignisses zu sprechen, schilderte die Anfänge des Postwesens von der Taube Noahs und den Engeln Abrahams bis hin zu der erregenden Überlegung, was mit den persischen Juden geschehen wäre, wenn der böse Haman, Gott behüte, für seine Anordnungen zur Vernichtung der Kinder Israels das Telefon zur Verfügung gehabt hätte statt langsamer Boten zu Pferd oder Kamel ...
Im vergangenen Jahr hatte der Quiz auf internationaler

Basis und in Anwesenheit zahlreicher Auslandskorrespondenten stattgefunden, weshalb sich die Jury gezwungen sah, auch Fragen von minderer Wichtigkeit zuzulassen: wer das Telefon erfunden hatte, wie eine Schaltstelle funktioniert, wo das erste transatlantische Kabel gelegt wurde und dergleichen Unerheblichkeiten mehr. Demgegenüber war die heutige Konkurrenz streng regionalen Problemen gewidmet und konzentrierte sich auf wirklich Wesentliches, nämlich auf heimische Telefonnummern.

Der Rektor der Universität Jerusalem stellte in seiner Eigenschaft als Vorsitzender der Jury den Kandidaten die tiefschürfenden Fragen, die von einem eigens zu diesem Zweck einberufenen Komitee von Fachgelehrten in mehr als halbjähriger Arbeit zusammengestellt worden waren. Die erste Frage, die durch die atemlose Stille des Auditoriums klang, lautete:

»Was ist die erste Nummer auf Seite 478, Haifa?«

Ing. Glanz, ein überlegenes Lächeln auf den Lippen, antwortete unverzüglich:

»Weinstock, Mosche, Tel-Chai-Straße 12, Nummer 40-5-72.«

Stürmisches Geraschel der Telefonbücher im Zuschauerraum, stürmischer Beifall, als sich die Richtigkeit der Antwort erwies. Im übrigen dienten die ersten Fragen lediglich dem Aufwärmen der Konkurrenten und wurden von den vier lebendigen Nummernverzeichnissen mit der größten Leichtigkeit beantwortet. Nur als Towah auf die Frage des Rektors, wie viele Goldenblums im Telefonbuch von Tel Aviv enthalten wären, die Ziffer 6 angab, schien sich eine Sensation anzubahnen:

»Es tut mir leid«, sagte der Rektor, »ich sehe nur fünf.«

»Der sechste«, belehrte ihn Towah, »steht im Anhang. Goldenblum, Ephraim, Levi-Jitzchak-Straße 22, Nummer 27-9-16.«
Der Rektor griff nach dem Anhang, blätterte darin, legte ihn weg und ließ ein anerkennendes »Stimmt!« hören.
Meine Bewunderung wuchs von Minute zu Minute. Noch nie hatte ich so viel profundes Wissen auf so engem Raum versammelt gesehen. Da fiel es kaum ins Gewicht, daß Prof. Dr. Birnbaum die nächste Frage nicht beantworten konnte und daß der Dichter Tola'at-Shani erst im allerletzten Augenblick die richtige Antwort fand; die Frage hatte gelautet:
»Welche Nummer auf der Gordonstraße in Tel Aviv hat drei Nullen?«
Die Adern auf Tola'at-Shanis Stirn schwollen an und drohten zu platzen:
«Ich hab's!« rief er endlich. »Wechsler, Viola, Gesangslehrerin, 2-07-00!«
Zwar versagte Tola'at-Shanis Gedächtnis, als er nach Violas Hausnummer gefragt wurde, aber die Spielregeln sahen vor, daß Adressen in bestimmten Fällen nicht angegeben werden mußten. Tola'at-Shani bekam zwei Punkte und begeisterten Applaus.
Dann demonstrierte Towah ihre enorme Sachkenntnis in Fragen der Telefonbuch-Prosa.
»Merkspruch auf Seite 52, Jerusalem?«
»Richtig wählen erleichtert die Verbindung«, antwortete Towah mit unüberbietbarer Nonchalance.
Hingegen zeigte sich Ing. Glanz zur allgemeinen Überraschung außerstande, den Inserenten auf Seite 356, Tel Aviv, zu nennen. Jeder bessere Telefonbuch-Amateur

hätte gewußt, daß es sich um die Papierhandlung Pfeffermann handelte.

Mit der Zeit machten sich bei allen vier Kandidaten leichte Abnützungserscheinungen bemerkbar. Prof. Dr. Birnbaums Zeitlimit lief ab, ehe ihm einfiel, welche Telefonnummer in der Mitte eine Ziffer hatte, die der Differenz zwischen den beiden ersten und den beiden letzten Ziffern entsprach. Er mußte ausscheiden. Seine Frage wurde nicht ohne Mühe von Ing. Glanz beantwortet:

»Gardosch, Schoschana, Tel Aviv, Seite 180, zweite Spalte, 29. Nummer von oben, 2-3-1-6-7.«

Das Publikum bereitete ihm eine donnernde Ovation. Auch ich klatschte mit, obwohl mich um diese Zeit ein erster skeptischer Gedanke beschlich:

»Bitte«, wandte ich mich an meinen Nebenmann, »wozu soll das eigentlich gut sein, jede Nummer im Telefonbuch auswendig zu wissen?«

Der Angesprochene schien peinlich berührt:

»Was meinen Sie – wozu das gut sein soll?«

»Mißverstehen Sie mich nicht, mein Herr, das Telefonbuch ist ein unentbehrliches Nachschlagewerk, das weiß ich sehr wohl. Ohne Telefonbuch könnten wir keinen einzigen Tag am Leben bleiben. Ich wäre der letzte, die Wichtigkeit dieses Buchs zu bestreiten. Aber wozu soll man es auswendig lernen, wenn man alles, was man wissen will, nachschlagen kann?«

»Und was, wenn Sie eines Tages in der Wüste sind und kein Telefonbuch haben?«

»Dann hätte ich ja auch kein Telefon.«

»Nehmen wir an, Sie hätten eines.«

»Dann würde ich die Auskunft anrufen.«

»Pst! Ruhe!« klang es von mehreren Seiten. Andere Stimmen mischten sich ins Gespräch und bezeichneten meine Haltung als grundfalsch, respektlos und dumm. Ich mußte mir sagen lassen, daß die vier Geistesgiganten oben auf der Bühne hoch über der gewöhnlichen Masse stünden, daß sie schon in frühestem Kindesalter, echt jüdischem Brauchtum folgend, sich dem Studium eines jeden Buchstaben, einer jeden Ziffer, eines jeden Druckfehlers gewidmet hatten, bis sie zu jenen geistigen Höhen emporgestiegen waren, denen sie jetzt den Beifall und die Bewunderung aller Anwesenden verdankten.
Oben auf der Bühne hatte mittlerweile die Endrunde begonnen. Soeben machte sich Ing. Glanz an die Lösung eines scheinbar übermenschlichen Problems:
»Wenn man eine Nadel durch die dritte Ziffer der vierten Zeile der zweiten Spalte auf Seite 421 steckt, welche Ziffern würde sie auf den folgenden Seiten durchdringen?«
Ing. Glanz kam bis Petach-Tikwah, Seite 505. Dort war die Nadel zu Ende.
Das Publikum hielt den Atem an. Als die letzte richtige Ziffer durchkam, brach ein Sturm von Bravo- und Hochrufen aus. Mein Nachbar flüsterte: »Gepriesen sei der Ewige!« Einige Zuschauer weinten.
Der Rektor bat um Ruhe. Bevor er die Namen der Sieger bekanntgebe, wolle er noch eine vom Ministerpräsident eingesandte Frage stellen. Sie lautete:
»Wie macht man einen Telefonanruf?«
Die vier Champions verfielen in betretenes Schweigen. Towah murmelte etwas von Löchern und Steckkontakten, aber es war klar, daß keiner der vier die richtige Antwort wußte. Nach einigem Getuschel erhob sich der

Dichter Tola'at-Shani und gab im eigenen sowie im Namen seiner Mitspieler bekannt, daß die Frage über den Rahmen der hier veranstalteten Konkurrenz hinausginge, da sie nicht in Ziffern zu beantworten war. Die Unruhe, die sich des Publikums zu bemächtigen drohte, wurde vom Vorsitzenden der Jury geschickt abgefangen, indem er Ing. Glanz zum »Telefonbuch-Meister des Jahres 1974« proklamierte und Towah mit dem zweiten Preis auszeichnete. In einem wilden Ausbruch von Begeisterung stürmte die Menge das Podium und trug ihre Idole auf den Schultern hinaus.
Ich wollte zu Hause anrufen, um der besten Ehefrau von allen das Ergebnis mitzuteilen, aber ich hatte meine Nummer vergessen.

Genug von den zerstörerischen Wirkungen des Telefons. Richten wir unsere Aufmerksamkeit auf ein Hilfsmittel des teuflischen Instruments. Öffnen wir das Telefonbuch beim Buchstaben K.

RICHTIGE NUMMER – FALSCH VERBUNDEN

Vor ein paar Monaten mußte ich plötzlich merken, daß die Umwelt ihre Einstellung zu mir geändert hatte. Gute Bekannte hörten auf, mich zu grüßen, oder wechselten im Kaffeehaus, wenn ich mich zu ihnen setzen wollte, den Tisch – kurzum: Wo immer ich ging und stand, umgab mich ein dichter Nebel von Feindseligkeit. Die beste Ehefrau von allen behauptete, daß mein miserabler Charakter daran schuld wäre, und ich hätte ihr beinahe zugestimmt, weil ich bei näherer Betrachtung ja wirklich ein widerwärtiger Mensch bin ... Bis mich ein Zufall auf die Lösung des unheimlichen Rätsels brachte. Ich fand mich in ein Schicksal verwickelt, das noch düsterer war als die griechischeste aller antiken Tragödien. Unser Rundfunk hatte mich zusammen mit einem hervorragenden Wissenschaftler zu einer hervorragenden wissenschaftlichen Sendung eingeladen und ließ uns vom Studiowagen abholen, zuerst meinen Kollegen, dann mich. Als ich einstieg, begrüßte er mich mit einer Kälte, aus der sonst nur Spione zu kommen pflegen, aber keine Wissenschaftler. Minutenlang saß er stumm neben mir. Erst an einer Kreuzung, die uns zu längerem Aufenthalt nötigte, brach er sein eisiges Schweigen:
»Eins sag ich Ihnen, Herr. Wäre dieses Programm nicht schon vor Wochen festgelegt worden, dann hätte ich aus der unverschämten Art, wie Sie mit meiner Frau am Te-

lefon gesprochen haben, die Konsequenz gezogen und hätte es abgelehnt, mit Ihnen gemeinsam aufzutreten.«
Bestürzt und ratlos sah ich ihn an. Verheiratete Frauen zu beleidigen, ist keine Leistung, auf die man stolz sein dürfte, am allerwenigsten, wenn man sich nicht erinnern kann, mit der betreffenden Dame überhaupt gesprochen zu haben. Demgemäß informierte ich meinen Kollegen, daß seine Gattin sich nicht auf der Liste jener Personen befand, die ich für telefonische Grobheiten vorgemerkt hatte.
»Erzählen Sie mir nichts«, gab er wütend zurück. »Heute vormittag hat meine Frau bei Ihnen angerufen, um Sie zu fragen, wann der Wagen vom Studio käme. Sie empfahlen ihr, zum Teufel zu gehen, und fügten hinzu, daß Sie kein Informationsbüro sind. Halten Sie das für eine höfliche Antwort?«
Ich fühlte mein Blut erstarren. Sollte es bei mir schon so weit sein? Noch kennt und schätzt mich die Welt als hochgradig produktiven Schriftsteller . . . und in Wahrheit durchrieselt mich bereits der Kalk der Senilität. Bei allem, was mir heilig ist – und das ist wenig genug –, hätte ich schwören können, daß ich noch nie im Leben mit der Gattin meines Programmpartners ein Telefongespräch geführt hatte. Außerdem war ich heute vormittag gar nicht zu Hause. Was ging hier vor?
»Ihre Frau hat mich angerufen?« fragte ich.
»Jawohl. Heute vormittag.«
»Zu Hause?«
»Wo denn sonst? Und Ihre Nummer hatte sie aus dem Telefonbuch.«
An dieser Stelle begann sich das Geheimnis zu entschleiern. An dieser Stelle entdeckte ich meinen Doppel-

gänger, mein gestohlenes Ich. Wäre das Ganze ein Kriminalfilm, er hieße: »Der Mann, der zweimal war«, und Richard Burton würde die Hauptrolle spielen. Da es sich jedoch um ein simples menschliches Drama handelt, sei hiermit klargestellt, daß es das Israelische Postministerium war, das diese infame Persönlichkeitsspaltung an mir vorgenommen hat.

Wie man weiß, ist unser Postministerium keineswegs konservativ und wünscht seinem fortschrittlichen Ruf vor allem dadurch gerecht zu werden, daß es alle paar Monate einen Teil der Telefonnummern ändert. Es beruft sich dabei auf die fortschreitende Automatisierung des Telefonnetzes, die hauptsächlich darin besteht, daß beispielsweise alle mit 37 beginnenden Nummern plötzlich mit 6 beginnen und alle mit 6 beginnenden plötzlich mit 37. Ich spreche aus Erfahrung. Meine eigene Nummer wurde im Verlauf der letzten drei Jahre dreimal in ihr Gegenteil verwandelt, unter strikter Beobachtung der ungeschriebenen Gesetze des hebräischen Post- und Telefonverkehrs, die folgendermaßen lauten:

1. Du sollst im voraus keine Daten und Details angeben. Du sollst lediglich verlautbaren, daß »in der nächsten Zeit eine Anzahl von Telefonnummern geändert wird«.

2. Du sollst diese Änderungen immer kurz nach Erscheinen des neuen Telefonbuchs durchführen.

Aus diesen beiden Fundamentalgesetzen ergeben sich eine Unmenge vergeblicher Telefonanrufe und eine beträchtliche Steigerung der Einnahmen für das Postministerium. Mein eigener Fall ist ein gutes Beispiel dafür. Der Anrufer hat dem jetzt gültigen Telefonbuch meine Nummer entnommen, wählt die Anfangsziffer 44 und noch vier weitere Ziffern dazu und fragt:

»Ist Herr Kishon zu Hause?«
Worauf er die Antwort bekommt:
»Nicht für Sie.«
Als nächstes hört er das »Klick«, das vom abrupten Auflegen des Hörers herrührt, und der den Hörer aufgelegt hat, bin natürlich nicht ich. Es ist der Teilnehmer, der beim letzten Nummernwechselspiel meine Nummer bekommen hat. Und man kann ihm nicht einmal jede Sympathie versagen. Zweifellos hat er auf die ersten irrigen Anrufe noch sehr höflich reagiert. Aber nach einiger Zeit wurde es ihm zuviel, und seine Antworten wurden immer kürzer:
»Bedaure, Herr Kishon ist verreist.«
»Herr Kishon wurde verhaftet.«
»Kishon ist tot.« – Dann kommt das bewußte Klick.
Einer meiner Freunde berichtete mir, daß er drei Tage lang eine Verzweiflungsschlacht mit meinem Doppelgänger ausgefochten hatte und von ihm in einer Weise beschimpft wurde, die sich mit meinem Charakter einfach nicht vereinbaren ließ. Das brachte ihn endlich auf die Vermutung, daß er tatsächlich nicht mit mir sprach. Er fragte nach meiner neuen Telefonnummer und bekam von der alten folgendes zu hören:
»Sie wollen Kishons neue Nummer haben, Herr? Dann stecken Sie doch bitte Ihren rechten Zeigefinger in das kleine Loch Ihrer Drehscheibe, das durch die Ziffer 1 gekennzeichnet ist, dann in das Loch mit der Ziffer 2, und dann sind Sie mit dem Kundendienst verbunden, den Sie nach der neuen Nummer von Kishon fragen können. Ich, lieber Herr, habe nicht die Zeit, jedem hergelaufenen Plappermaul mit Auskünften zu dienen, das merken Sie ja.«

Klick.

Aber wer wollte ihm das übelnehmen. Es wäre ja wirklich zu viel von ihm verlangt, jedem Anrufer immer wieder zu sagen: »Kishons Nummer beginnt jetzt mit 41.« Der Mann ist schließlich keine Maschine. Schwer zu entscheiden, gegen wen er seinen Haß richten soll: gegen mich, dessen Nummer geändert wurde, oder gegen die Anrufer, die das nicht wissen. Wahrscheinlich verteilt Herr Klick seine Abneigung gleichmäßig auf beide Parteien. In der letzten Zeit antwortet er überhaupt nicht mehr, sondern legt den Hörer wortlos auf. Und im Grunde geschieht den Anrufern ganz recht. Wer dumm genug ist, eine im Telefonbuch verzeichnete Nummer zu wählen, hat sich alles Weitere selbst zuzuschreiben.

Wie ich von meinen erfolglosen Kontaktsuchern höre, verhält sich Frau Klick ein wenig menschlicher als ihr Mann:

»Falsch verbunden, rufen Sie die Auskunft!« sagt sie unwirsch. Aber sie sagt es.

Daß sie oder er dem Irrläufer meine neue Nummer verraten, hat sich noch nie ereignet. Und bei der Auskunft sind im Augenblick alle Nummern besetzt, werden Sie bitte nicht ungeduldig, auch wenn der Augenblick eine Ewigkeit dauert. Unsere Telefonverwaltung hat einen neuen elektronischen Apparat eingerichtet, der dafür sorgen soll, daß die Auskunft nicht ununterbrochen besetzt ist. Bisher war die Sorge vergebens.

Seit einigen Wochen hat mein Doppelgänger seine Antworten auf ein absolutes Minimum reduziert. Er sagt: »Krepier!« und macht klick.

Das spricht sich natürlich herum. Die halbe Stadt ist sich

darüber einig, daß ich ein arroganter, ungezogener Flegel bin und obendrein nicht ganz richtig im Kopf. Manchmal pirscht sich auf der Straße jemand an mich heran und zischt mir ein Schimpfwort ins Ohr. Dann weiß ich, daß er in die Kategorie 44–41 fällt.

Das Postministerium hat gegeben, das Postministerium hat genommen, fern sei es von mir, mit ihm zu hadern.

Nächste Woche kann ich mich wieder in der Öffentlichkeit zeigen. Nächste Woche erscheint das neue Telefonbuch, das meine richtige Nummer angibt. Genauer gesagt: meine vorübergehend richtige Nummer. Denn sie wird kurz nach Erscheinen des neuen Telefonbuchs automatisch geändert werden.

Die Frommen unseres Landes vertrauen vor allem auf Gott, haben jedoch zur Sicherheit auch einige politische Parteien gegründet, die im Parlament das weithin beliebte Zünglein an der Waage bilden und jedes Kabinett stürzen können, wenn man sie nicht hineinnimmt. Infolgedessen nimmt man sie hinein. Der Staat Israel besitzt – vermutlich als einziger auf Erden – eine sozialdemokratische Regierung, die unter Aufsicht des ehrw. Oberrabbinats steht. Und das ehrw. Oberrabbinat achtet streng darauf, daß Karl Marx koscher zubereitet wird.

GOTTES EIGENE MAFIA

Der Überfall auf das Bankhaus Forklewitsch war kein gewöhnlicher Bankraub.

Die Räuber, vier bärtige Männer in langen chassidischen Kaftans, steuerten geradewegs auf das Büro des Chefs zu. Dort erfolgte zunächst ein heftiger Wortwechsel zwischen Herrn Theodor Forklewitsch und seinem Schwager Rabbi Zalman, dem Anführer der Bande. Hierauf fesselten die vier Chassidim den Bankier an seinen Stuhl und stürmten den Kassenraum. Der Kassierer unterließ nach einigen kräftigen Keulenschlägen auf seine Schädeldecke jeden Widerstand und mußte hilflos zusehen, wie die Räuber den Safe entleerten und sich mit 430 000 Pfund in bar davonmachten.

Zugleich mit der Kunde von dem Raubüberfall verbreitete sich die Interpretation, daß er auf einen Familienzwist zurückzuführen war. Jedenfalls berichteten die Schüler des Rabbi von einer schweren Verstimmung zwischen dem gottlosen Bankier und seinem frommen Schwestermann, wobei der Zinsfuß, den die Bank für ihre Darlehen berechnete, eine entscheidende Rolle spielte. Rabbi Zalman hatte seinen Schwager wiederholt wissen lassen, daß er ein solches Verhalten in seiner Familie nicht dulden würde und hatte – gemäß der rabbinischen Vorschrift, die da besagt: »Wer sich durch seine Handlungsweise einer Strafe aussetzt, hat Anspruch darauf, gewarnt zu werden« – über dem Eingang zur Forklewitsch-Bank ein großes Transparent angebracht: »Du sollst von deinem Nächsten nicht Wucher noch Übersatz nehmen (Leviticus 25, 36).« Seine Warnung stieß indessen auf taube Ohren. Die Forklewitsch-Bank fuhr fort, Geld gegen Zinsen zu verleihen, wie jede andere Bank im Lande auch. Und dafür wurde sie jetzt bestraft.

Kein Wunder, daß sich daraufhin das Verhältnis zwischen den beiden Hauptbeteiligten noch weiter verschlechterte. Forklewitsch rief seine Schwester an und bat sie, bei ihrem Gatten zu intervenieren. Rabbi Zalmans einzige Antwort war ein Zitat aus dem Buch der Bücher: »Wenn du Geld leihest meinem Volke, das arm ist bei dir, so bringe es nicht zu Schaden und lege ihm keine Zinsen auf (Exodus 22, 25).«

Es war ein böses Dilemma, in dem sich Herr Forklewitsch befand. Auf der einen Seite sein Schwager, der sich dank seiner Gottesfurcht und seinem frommen Festhalten an den traditionellen Werten des Judentums allseits hohen Ansehens erfreute – auf der andern Seite seine Bank, die mangels flüssiger Zahlungsmittel in Schwierigkeiten zu geraten drohte. Einige Persönlichkeiten des orthodoxen Lagers, die Forklewitsch um Fürsprache bat, zeigten zwar ein gewisses Verständnis für seine Lage, machten aber kein Hehl daraus, daß sie ihn für den eigentlich Schuldigen hielten, und verwiesen ihn auf die Talmudlegende vom Kamel, das Hörner haben wollte und statt dessen einen Buckel bekam. Schließlich gaben sie ihm den Rat, sich mit der Bitte um eine Subvention an die Regierung zu wenden. Forklewitsch, der für Abenteuer nichts übrig hatte, bedankte sich fluchend und entschloß sich zu einem ebenso unjüdischen wie unbrüderlichen Schritt: er verständigte die Polizei.

*

Die Polizei zögerte. Offensichtlich wollte sie sich in eine Familienaffäre mit religiösem Hintergrund nicht einmischen. Erst als Forklewitsch immer dringlicher eine gesetzliche Behandlung des Falles verlangte, wurde Rabbi Zalman zu einem Gespräch auf die Polizeistation gebeten.

Der Rabbi, eine patriarchalische Erscheinung von imposanter Größe, konnte auf Vorhalt nicht bestreiten, daß Moses gesagt hatte: »Du sollst wiedergeben, was du mit Gewalt genommen hast (Leviticus 5, 23)«, hielt diesem Satz jedoch einen anderen entgegen: »Ich will euch heimsuchen, spricht der Herr, und euch bestrafen nach der Frucht eures Tuns (Jeremia 21, 14)« und stützte ihn mit zahlreichen Auslegungen rabbinischer Autoritäten.

Obwohl der Inspektor, der die Einvernahme leitete, von Rabbi Zalmans umfassender Gelehrsamkeit tief beeindruckt war, mußte er in seiner amtlichen Eigenschaft darauf hinweisen, daß Banküberfälle nach den gültigen Gesetzen nicht verübt werden dürfen und daß im übrigen alle Banken, ausnahmslos alle, Geld gegen Zinsen verleihen.

»Alle Banken interessieren mich nicht«, entgegnete Rabbi Zalman. »Mich interessiert die Bank meines Schwagers – ›denn siehe, dieser Mann ist ein Anverwandter meines Stammes (Ruth 2, 20)‹!«
»Ganz richtig«, stimmte der Inspektor zu. »Trotzdem können wir nicht darüber hinwegsehen, daß der Bestohlene in aller Form die Rückerstattung seines Eigentums verlangt hat. Das Gesetz –«
»Im Buch der Chroniken«, unterbrach Rabbi Zalman, »heißt es ausdrücklich, daß ›vom Gelde in den Tagen Salomos keinerlei Rechnung gelegt‹ wurde. Warum sollte ein Forklewitsch plötzlich Rechnung legen?«
Der Inspektor blieb vor diesem unwidersprechlichen Argument ein paar Sekunden lang stumm, dann faßte er sich und entließ den Rabbi mit der Bitte, sich die ganze Geschichte noch einmal in Ruhe zu überlegen.
Draußen wurde Rabbi Zalman von jubelnden Anhängern empfangen, die ihn auf die Schultern hoben und im Triumph nach Hause trugen.

*

Jetzt griff die öffentliche Meinung ein. Die Frage, ob der Banküberfall gerechtfertigt war oder nicht, wurde auch in der Presse lebhaft diskutiert.
Antireligiöse Kreise sahen ihren Weizen blühen:
»Ein klarer Fall von Raub«, verkündeten sie. »Ein Banküberfall am hellichten Tag. Ein krimineller Akt, begangen von orthodoxen Tätern.«
Das religiöse Lager leistete Widerstand:
»Schön und gut. In Gottes Namen und um der Diskussion willen geben wir zu, daß es sich um einen Raubüberfall handelt. Aber wer war der Räuber? Ein Fremder? Ein Unbekannter? Vielleicht gar ein Nichtjude?

Nein! Es war der Schwager des Geldbesitzers, also ein naher Verwandter. Damit ist erstens bewiesen, daß das Geld in der Familie bleibt. Zweitens, und immer vorausgesetzt, daß überhaupt ein Raub verübt wurde: warum wurde er verübt? Aus Geldgier? Aus Geiz? Aus Eigensucht? Im Gegenteil! Es geschah aus völlig unpersönlichen Motiven, es geschah zur Ehre des Ewigen, gepriesen sei Sein Name! Die Bank hat gesündigt, die Bank hat gegen die heiligen Gebote verstoßen, die Bank muß büßen.«

Die Würde dieser Entgegnung fand großen Anklang, nur bei Theodor Forklewitsch nicht, dessen Bankhaus sich immer unaufhaltsamer dem Konkurs näherte. Die Klienten gerieten in Panik, hoben ihre Guthaben ab und schienen es auf eine Bankrotterklärung des bis dahin bestens beleumundeten Finanzmannes abgesehen zu haben. Forklewitsch nahm einen Anwalt und bombardierte die Polizei mit Eingaben, die Räuber stellig zu machen und ihm sein Geld zu verschaffen.

*

Die Polizei tat ihr Bestes, um sich aus der prekären Situation herauszuhalten, erhielt jedoch vom Justizministerium den Auftrag, Nachforschungen »in angemessenen Grenzen« durchzuführen.

Alle zutage geförderten Spuren führten zur »Plonitzer Synagoge«.

Als die Untersuchungskommission dort eintraf, wurde sie von einem Sendboten der Stadtverwaltung von Tel Aviv aufgehalten: es wären Gespräche mit der religiösen Fraktion im Gang, und bis zur Klärung der Sachlage sollten keine weiteren Schritte unternommen werden.

In den Organen der orthodoxen Parteien erschienen Leitartikel, die gegen die geplante Untersuchung der Synagoge heftig protestierten und von einer Entweihung des Bethauses sprachen. »Wenn die Behörden«, so hieß es, »nicht einmal vor den heiligen Torahrollen haltmachen – was haben wir dann als nächstes zu erwarten? Wo wird dieser Sittenverfall enden?«
Unter dem Druck der öffentlichen Meinung wurde über Theodor Forklewitsch Hausarrest verhängt. Als er nach einiger Zeit gegen Kaution seine Bewegungsfreiheit zurückgewann, war er ein körperlich und geistig gebrochener Mann, fuhr jedoch fort, sein Geld zurückzuverlangen, obwohl bereits mehr als ein Jahr seit dem Bankraub vergangen war und obwohl er mit seiner läppischen Beharrlichkeit aller Welt auf die Nerven ging. Das kam sogar von seiten der Regierungspartei zum Ausdruck, als einer ihrer Mandatare in der Eröffnungsrede eines Sozialistischen Seminars erklärte:
»Ein Banküberfall mag sündig sein, aber ›die Liebe löschet alle Sünden aus‹ (Sprüche der Väter 10, 12).«
Die Affäre ging in ihr zweites Jahr, ohne daß eine Lösung in Sicht gekommen wäre. Gewiß, Theodor Forklewitsch war als geheilt aus der Psychiatrischen Klinik entlassen worden, aber sein seelisches Gleichgewicht schien noch immer gestört. Anders ließ sich nicht erklären, daß er den Kampf um sein gestohlenes Geld wieder aufnahm.
Plötzlich trat eine Wendung ein. Die Rathauskoalition in Tel Aviv ging in Brüche, Rabbi Zalman wurde in Untersuchungshaft genommen und das Verfahren gegen ihn offiziell eingeleitet. Die Anklage lautete auf bewaffneten Raub, Störung der öffentlichen Ordnung und

Steuerhinterziehung – Delikte, die für insgesamt 25 Jahre gut waren. Trotz wiederholter Befragung gab Rabbi Zalman an, nicht zu wissen, wo sich das Geld befände; möglicherweise sei es ins Ausland geschafft worden. Ein Nummernverzeichnis der Banknoten ging sofort an die Interpol.

Der Zorn der Bevölkerung richtete sich gegen Theodor Forklewitsch, weil er seinen eigenen Schwager hinter Gitter gebracht hatte, und legte sich erst, als der Rabbi entlassen wurde; denn wie es im Talmud heißt, kann niemand Zeugnis ablegen wider sein eigen Fleisch und Blut einschließlich des angeheirateten. Der Entlassene vollführte mit seinen Anhängern einen chassidischen Freudentanz, der zugleich das Wiedererstehen der Rathauskoalition von Tel Aviv feierte.

*

Obwohl Rabbi Zalman für den Mann auf der Straße bereits zum Symbol des Widerstandes gegen die Kräfte der Unterdrückung geworden war, blieb die Polizeiakte gegen ihn in Schwebe. Forklewitsch wurde von seinen sämtlichen Familienmitgliedern bedrängt, die Klage zurückzuziehen. Sie beriefen sich dabei auf Samuel 24, 14: »Nach wem zielest du? Nach einem toten Hund? Nach einem Floh? Nach dreieinhalb Jahren?«

»Aber man hat mir 430 000 Pfund gestohlen«, beharrte Forklewitsch, der unbelehrbare Fanatiker.

Endlich überredete man ihn, ein Schiedsgericht aus drei neutralen Rabbinern zu akzeptieren. Die Rabbiner berieten sechs Monate lang, prüften alle Aspekte der einschlägigen Stellen aus Bibel und Talmud samt Kommentaren und Exegesen – und kamen zu dem überraschen-

den Schluß, daß die gestohlene Summe innerhalb von achtzehn Monaten zurückerstattet werden müsse.
Der Schiedsspruch ging von der Voraussetzung aus, daß das Geld nicht gestohlen, sondern gewissermaßen entlehnt worden sei, und daß in Übereinstimmung mit der allgemein gültigen Auslegung des betreffenden Verses in den Sprüchen der Väter »der Schuldner sich in den Dienst des Verleihers begibt«. Daraus folgt, daß Rabbi Zalman, wenn er das Geld nicht gestohlen, sondern nur entlehnt habe, als Schuldner und somit als Diener des Verleihers gelte und Rabbi Theodor als sein Herr. Da der Diener dem Herrn Gehorsam schuldet, und da Leviticus 19, 10 deutlich vorschreibt: »Du sollst nicht eine *jede* Beere deines Weinbergs auflesen«, folgt weiter, daß *jeder* Pfennig der 430 000 Pfund vom Diener an den Herrn zurückzugeben ist, also an das Oberrabbinat, das nach eigenem Gutdünken über das Geld verfügen wird. Da jedoch anderseits Rabbi Theodor nach all der Unbill, die er seinen Mitmenschen verursacht hat, nicht unbestraft hingehen kann, soll er einen heiligen Eid ablegen, daß er »nie wieder Geld gegen Zinsen verleihen, noch am Sabbat rauchen, noch vom unreinen Getier essen wird, das da kreucht und fleugt, nicht vom Wiesel, nicht von der Maus, und nicht von der Schildkröte«.
Der Seufzer der Erleichterung, der daraufhin durchs Land ging, erwies sich als voreilig: nach Ablauf der achtzehn Monate stellte sich heraus, daß das Geld nicht mehr vorhanden war. Rabbi Zalman beteuerte seine Absicht, es zurückzuerstatten, erklärte sich jedoch den eingetretenen Umständen gegenüber als machtlos.

*

Einige Tage später brach im Rathaus eine neue Koalitionskrise aus. Die Polizei ging pflichtgemäß vor und verhaftete Rabbi Zalman, einen ehemaligen Minister und zwei Talmudstudenten. Auf alle vier warten schwere Strafen, vor denen sie nichts retten kann, es sei denn, daß sich eine neue Wendung in der Koalitionspolitik ergibt, wie es geschrieben steht im Buch der Prediger 1, 6: »Und es wandelten sich die Dinge aufs neue.« Oder so ähnlich.

Da es in Israel zum höheren Ruhm der Demokratie ungefähr dreißig politische Parteien gibt, darf es nicht wundernehmen, daß der Wähler auf die paradiesischen Versprechungen, mit denen er alle vier Jahre überschüttet wird, immer gleichgültiger reagiert. Die Antwort der Parteien heißt Schulz.

FERNER AUF DEM PROGRAMM

Vor ungefähr einer Woche bekamen alle Hausbewohner farbige Flugzettel unter die Türe geschoben, auf denen für Mittwoch, 19 Uhr, eine Massenveranstaltung in unserem Wohnblock angekündigt wurde, ich weiß nicht mehr, von welcher Partei. Als Redner waren die Herren Mogilewski und Karpat vorgesehen. Ferner auf dem Programm: Gershom Schulz, der beliebte Schlagersänger. Eintritt frei, jedermann willkommen, besonders Spender.

Die gesamte Bewohnerschaft entschloß sich zum Besuch der Veranstaltung, und zwar wegen Schulz. Schulz erfreut sich allseitiger Beliebtheit und hat ein paar besonders erfolgreiche Nummern in seinem Repertoire, zum Beispiel »Küß mich, Liebling« oder »Hab mich lieb, Baby«; man bekommt sie auch sehr oft im Rundfunk zu hören.

Ich machte mich rechtzeitig auf den Weg, um einen Sitz möglichst nahe bei Schulz zu ergattern, fand aber die ersten Reihen schon dicht besetzt, hauptsächlich von Angehörigen des weiblichen Geschlechts. Denn Gershom Schulz singt nicht nur sehr hübsch, er ist auch persönlich sehr anziehend und verfügt über eine gut ausgebildete

Technik, den anwesenden Damen während des Singens feurige Blicke zuzuwerfen.

Der Abend begann mit einstündiger Verspätung, weil das Mikrofon, das man endlich herbeigeschafft hatte, zuerst nicht funktionieren wollte. Nach einer Stunde wollte es. Hinter dem Tisch auf dem Podium nahmen nunmehr drei männliche Gestalten Platz, die niemand kannte. Gershom Schulz befand sich nicht unter ihnen. Zur allgemeinen Enttäuschung erhob sich einer der drei Fremden, vermutlich der Vorsitzende oder etwas dergleichen, und begann:

»Meine Damen und Herren, Veteranen und Neueinwanderer, liebe Freunde! Sie haben sich heute abend hier versammelt, um von uns zu hören, wofür unsere Partei steht, was sie anstrebt, was ihr Programm ist ...«

»Wo ist das musikalische Programm?« rief aus einer der letzten Reihen ein brillentragender Jüngling. »Wo ist Schulz?«

»Bravo!« Das war ein junges Mädchen in der ersten Reihe. »Schulz aufs Podium!«

Der Sprecher tat, als hätte er noch nie etwas von Schulz gehört, zumindest in den letzten Sekunden nicht, und wollte uns weiter darüber aufklären, warum wir uns heute abend hier versammelt hatten. Aber seine Worte wurden von immer neuen Rufen nach Schulz übertönt. Schließlich mußte er nachgeben:

»Herr Schulz hält sich bereits in unserer unmittelbaren Nachbarschaft auf und wird das musikalische Programm des Abends bestreiten.«

Allgemeiner Applaus belohnte diese verheißungsvolle Mitteilung und legte Zeugnis für die Beliebtheit des populären Schlagersängers ab. Der Redner nützte den plötzlichen Enthusiasmus, um in raschem Tempo über die Interessen der Nation zu sprechen und ein paar Schmähungen gegen alle anderen Parteien anzubringen. Den Sänger Schulz erwähnte er mit keinem Wort, was allmählich neue Unruhe hervorrief:

»Wo bleibt Schulz . . . Vielleicht kommt er gar nicht . . . Es wäre nicht das erstemal . . . Er ist ja sehr beliebt und viel beschäftigt . . . Wenn Schulz nicht kommt, hat der ganze Abend keinen Wert . . .«

Tatsächlich schickten sich einige Besucher aus den hinteren Reihen zum Verlassen des Saales an, gerade als der Vorsitzende die Notwendigkeit einer wirtschaftlichen Stabilisierung hervorhob:

»Wir brauchen auch eine bessere Kulturpolitik«, rief er geistesgegenwärtig. »Wir müssen unseren Schriftstellern bessere Arbeitsmöglichkeiten schaffen, wir müssen aber auch für unsere Sänger etwas tun, zum Beispiel für Gershom Schulz, der in wenigen Minuten erscheinen wird, um uns seine schönsten Lieder hören zu lassen.«

Die ungeduldig Gewordenen nahmen ihre Plätze ein, und der Redner sprach noch viele Minuten lang weiter. Den Abschluß bildete die herkömmliche Wendung:

»Hat jemand eine Frage?«

»Jawohl.« In der zweiten Reihe erhob sich eine distinguiert aussehende Dame. »Wo ist Schulz? Sie haben uns Schulz versprochen!«

»Ganz richtig«, bestätigte der Vorsitzende. »Und Herr Schulz wird ja auch in wenigen Minuten erscheinen, um uns aus seinem reichhaltigen Repertoire etwas vorzutragen. Bis dahin möchte ich Herrn Karpat das Wort erteilen, der Ihnen einiges über die israelische Außenpolitik zu sagen hat.«

Karpat konnte von dem erteilten Wort keinen Gebrauch machen. Von allen Seiten drangen Rufe auf ihn ein:
»Wir sind nicht neugierig ... Erst Schulz, dann Karpat ... Wir sind wegen Schulz hergekommen ... Wo ist Schulz ...«
Der Vorsitzende bat flehentlich um Ruhe:
»Sofort nach Herrn Karpats Ausführungen wird Gershom Schulz das Podium besteigen, ich gebe Ihnen mein Ehrenwort!«
»Dummes Gewäsch ... Leere Versprechungen ... Man hält uns zum besten ... Ich wollte ins Kino gehen, und jetzt sitz ich da ... Schulz, Schulz, Schulz ...«
Da der Lärm keine Anstalten traf, sich zu legen, wurde der Installateur Stux ausgesandt, um Schulz zu holen. Die Spannung wuchs ins Unerträgliche. Wenn Stux ohne Schulz zurückkäme, dann – darüber mußte sich wohl auch das Präsidium im klaren sein – wäre es das Ende der Partei.
Nach schier endlosen Minuten öffnete sich unter atemloser Stille des gesamten Auditoriums die Türe.
Ein Massenseufzer der Erleichterung wurde hörbar, als neben Stux die wohlvertraute Gestalt des populären Schlagersängers erschien. Die Damen richteten ihre Frisuren, ich richtete meine Krawatte, allgemeines Händeklatschen setzte ein, das von Schulz mit artigen Verbeugungen und Kußhändchen quittiert wurde. Dann, auf eine devot einladende Gebärde des Vorsitzenden, nahm er am Präsidiumstisch Platz. Die Atmosphäre hatte sich gewaltig gebessert.
Das ermutigte Herrn Karpat, die weltpolitische Lage zu analysieren. Niemand hörte ihm zu. Man sah nur Schulz, man erging sich in Bemerkungen über seine Her-

kunft, über sein Äußeres, über sein Alter. Aber auch das hielt nicht lange vor. Neue Schulz-Rufe wurden laut.
Karpat suchte zu retten, was zu retten war:
». . . wenn es uns gelingt, inmitten dieser prekären Balance der Großmächte unsere Unabhängigkeit zu bewahren, wenn wir keinem wie immer gearteten Druck nachgeben, komme er aus westlicher oder östlicher Richtung, dann wird Herr Schulz in wenigen Minuten mit seinen Darbietungen beginnen, und wir, meine Damen und Herren, werden im Kreis der Völker einen geachteten und gesicherten Platz . . .«
»Schluß! Aufhören!« erklang es ringsumher. »Genug! Wir wollen Schulz, wir wollen Schulz!«
Der Vorsitzende verschaffte sich Gehör:
»Das musikalische Programm wird wie geplant den Abend beschließen.«
»Nicht beschließen . . . So lange können wir nicht warten . . . Jetzt gleich . . . Küß mich, Liebling . . .«
Die Menge ließ sich nicht zum Schweigen bringen und trotzte dem Vorsitzenden einen Kompromiß ab: Schulz durfte auf Vorschuß ein Lied zum besten geben und sang mit unwiderstehlichem Charme »Hab mich lieb, Baby«. Als eine Zugabe gefordert wurde, berief sich der Vorsitzende auf die Abmachung, derzufolge jetzt wieder Karpat das Wort hätte. Karpat begann sofort zu analysieren. Bei der Analyse unserer isolierten Position im Weltsicherheitsrat brach erneuter Protest aus:
»Jetzt ist wieder Schulz an der Reihe . . . Schulz soll singen . . . Gib uns ›Oj Eilat‹, Schulz . . .«
Schulz gab uns »Oj Eilat« und machte uns damit wieder ein wenig für Karpats Analysen empfänglich. Die Sache pendelte sich ein: eine Nummer von Schulz, drei

Minuten Außenpolitik, dann wieder Schulz, und so weiter, obwohl wir auf Karpats Anteil am Programm lieber verzichtet hätten. Schließlich begab sich eine dreiköpfige, ad hoc gebildete Delegation zum Podium und ersuchte den Vorsitzenden, Schulz eine halbe Stunde ohne außenpolitische Unterbrechung singen zu lassen. Man würde dann den Ausführungen Karpats ruhig zuhören, auch wenn sie noch so langweilig wären.

Der Vorsitzende lehnte ab und unterstellte uns mit beleidigter Stimme, daß wir offenbar nur Gershom Schulz hören wollten und uns für nichts anderes interessierten. Das traf zwar zu, aber wir bestritten es heftig und drohten, für eine andere Partei zu stimmen, wenn er Schulz nicht sofort singen ließe.

Schulz winkte ab und verkündete, daß er jetzt leider gehen müsse, um noch bei zwei anderen Veranstaltungen anderer Parteien aufzutreten.

Die Versammlung löste sich auf, ohne daß wir erfahren hätten, für welche Partei er soeben aufgetreten war. Es ist ein unangenehmer Gedanke, daß wir vielleicht irrtümlich für diese Partei stimmen könnten.

Das Symbol des 19. Jahrhunderts war die goldene Taschenuhr, komplett mit dicker Kette und sinnlosem Anhänger. Unser eigenes Jahrhundert eröffnete seine segensreiche Tätigkeit im Zeichen des Aspirins, ging dann zum Bolschewismus über und entschied sich in den fünfziger Jahren für das Fernsehen. Aus den Statistiken überentwickelter Länder geht hervor, daß je drei Fernsehapparate einen Menschen besitzen: einer das Schlafzimmer, einer die Kinder und einer – aber davon soll jetzt die Rede sein.

DAS FERNSEH-TAXI

Auf den ersten Blick unterschied sich das Taxi, das ich an der Ecke der Frischmannstraße genommen hatte, durch nichts von den meisten seinesgleichen im Nahen Osten: ein wenig zerbeult, aber noch fahrbar, die Aschenbecher vollgestopft mit Nahrungsresten und Papierschnitzeln, an den Unterteilen der Sitzplätze fragmentarische Überbleibsel von Kaugummi, und auf den Sitzplätzen selbst, dort wo sich die von Zigaretten gebrannten Löcher befanden, ein paar hervorstehende Sprungfedern. Kurzum: ein ganz normales israelisches Taxi. Das einzig Ungewöhnliche war der Fahrer, ein stämmiger Bursche von vermutlich osteuropäischer Herkunft, nach seinem Profil zu urteilen. Ich urteilte nach seinem Profil, weil ich es deutlich sehen konnte. Er hielt es schräg, auch während der Fahrt, und sein Blick war starr nach unten gerichtet. Nach rechts unten. Auch während der Fahrt.

Plötzlich hörte ich einen vertrauten Staccato-Ton, ein

kurzes, rhythmisches »tatata-ta-tata«. Es war genau 21 Uhr.
»Was gibt's im Radio?« fragte ich.
»Keine Ahnung«, lautete die Antwort. »Ich hab das Fernsehen an. Simon Templar.«
Ich beugte mich ein wenig vor und sah ihm über die Schulter. Tatsächlich: zu seinen Füßen lag ein kleiner Fernsehapparat, über den gerade »Der Boß und die 40 Räuber« ihren Einzug hielten, tatata-ta-tata. Bild und Ton kamen verhältnismäßig deutlich, nur manchmal hüpfte der kleine Kasten auf und nieder, denn die Stadtverwaltung von Tel Aviv hatte sich endlich zu den überfälligen Reparaturarbeiten ihrer Hauptverkehrsadern entschlossen.
Als wir die Ben-Jehuda-Straße entlangholperten, streckte der Boß einen intellektuellen Schurken zu Boden und umarmte seine weibliche Gefangene. Aber da nahte in einem Helikopter der dicke Spion.
»Setzen Sie sich schon endlich«, sagte der Fahrer, ohne die Haltung seines Profils zu verändern. »Sie verstellen mir ja die Aussicht auf das Rückfenster.«
Ich ließ mich widerwillig in den Fond fallen:
»Wieso stört Sie das? Sie schauen ja ohnehin die ganze Zeit auf Ihre Füße.«
»Das geht Sie nichts an. Ich kenne meine Fahrbahn, auch ohne sie ständig zu beobachten.«
»Deshalb haben Sie gerade ein rotes Licht überfahren, was?«
»Pst. Sie kommen ...«
Meinem neuerlichen Spähversuch begegnete der Wagenlenker auf höchst unfaire Art, indem er den Kasten in einen für mich unzugänglichen Winkel schob. Dabei sehe

ich Simon Templar sehr gerne, noch lieber als die Bonanza-Serie.

Auf unsicheren Rädern kurvten wir in den Nordau-Boulevard ein. Soviel ich hören konnte, ging auf dem Bildschirm gerade ein wütender Kampf vor sich.

»Setzen!« herrschte das Profil mich an. »Das ist ein Mini-Apparat, nur für den Fahrer.«

Ganz knapp verfehlten wir in diesem Augenblick ein Moped in psychedelischen Farben, aber sichtlich noch ohne Fernsehapparat.

Das Profil beugte sich zum Fenster hinaus. Sein Tonfall erreichte die Stärke eines mittleren Nebelhorns im Hafen von Haifa:

»Wo brennt's denn, du Idiot? Lern zuerst fahren, du Trottel! Willst du uns alle umbringen?«

Während das Kind auf dem Roller – nach kurzer Einschätzung der Körperkräfte seines Widersachers – eilends das Weite suchte, verschaffte ich mir rasch einen Blick auf den Bildschirm: Simon war gerade dabei, dem dicken Kerl, der den Mikrofilm bei sich trug, mit dem Revolver den Schädel zu spalten, mit der anderen Hand hielt er den Agenten der Gegenseite auf Distanz, und alles das in einem ziemlich rasch dahinschlitternden Taxi.

»Ein miserables Gerät«, beschwerte sich das Profil. »Japanisches Fabrikat, kostet in Amerika 80 Dollar, aber hier verlangen sie 2000 Pfund. Nicht von mir, hehe. Da können sie lange warten. Mein Schwager aus Brooklyn hat's durch den Zoll geschmuggelt.«

Er schüttelte sich vor Lachen, hielt aber jählings inne, weil Simon soeben dem feindlichen Millionär in die Falle zu gehen drohte.

Und weil das rechte Vorderrad auf den Gehsteig aufgefahren war, von wo es mit hartem Krach wieder die Fahrbahn erreichte.
Allmählich verlor ich die Geduld:
»Warum, zum Teufel, fahren Sie nur mit einer Hand?«
»Mit der andern muß ich den Draht halten, sonst setzt der Empfang aus. Der Mechaniker hat mir gesagt, daß ich eine Art Antenne bin, wenn ich den Draht halte. Er lebt bei meiner Schwester. Schon seit zwei Jahren. Der Mechaniker. Ein feiner Kerl.«
Wir glitten in einer Entfernung von höchstens eineinhalb Millimetern an einem langen, schweren Transportlaster vorbei. Wenn das so weiterging, würde uns Simon noch in einen Unfall verwickeln.
»Das Gesetz«, stieß ich zwischen zwei wilden Sprüngen des Wagens hervor, »das Gesetz verbietet Fernsehapparate in Personenkraftwagen!«
»Das ist eine Lüge. Sie werden in keinem Gesetzbuch eine solche Vorschrift finden. Hingegen ist es streng verboten, mit dem Fahrer zu sprechen.«
»Warten Sie ab, die Polizei wird's Ihnen schon zeigen!«
»Polizei? Wieso Polizei? Simon muß immer alles allein machen. Die Polizei kommt immer erst dann, wenn man sie nicht mehr braucht. Genau wie bei uns. Und dafür werden sie auch noch dekoriert. Erzählen Sie mir nichts von der Polizei, Herr.«
Der Boß mußte in eine entscheidende Auseinandersetzung geraten sein, denn das Profil starrte unbeweglich zu Boden. Wir fuhren im Zickzack.
»Ein harter Junge, unser Simon. Läßt sich auch von den Weibern nicht drankriegen. Schmust mit ihnen herum,

aber von Heiraten keine Rede. Hält sich fit, um die Gangster zu erledigen. Und *wie* er sie erledigt! Manche Leute sagen, daß er Glück hat. Aber in diesen Dingen kann man kein Glück haben ...«

Doch. Manchmal kann man. Zum Beispiel wir, gerade jetzt. Obwohl der Wagen vor uns in rücksichtslos gleichem Tempo dahinfuhr, stießen wir nicht mit ihm zusammen. Seit der Boß dem Bombenräuber in einem gestohlenen Taxi nachjagte, hatte ich das unangenehme Gefühl, daß wir in eine entgegengesetzte Einbahnstraße eingebogen waren. »He –!«

»Setzen!« brüllte das Profil. »Wie oft wollen Sie mir noch die Aussicht blockieren?«

»Sagen Sie mir wenigstens, was auf dem Bildschirm vorgeht.«

»Verrückt geworden? Was soll ich noch alles machen? Fahren – Draht halten – zuschauen – und erzählen?«

»Achtung!!«

Bremsen kreischten. Dicht voreinander, in der allerletzten Sekunde, kamen mit ohrenbetäubendem Krach das Taxi und ein großer, dunkelroter Tanker zum Stillstand. Simon war wie durch ein Wunder unverletzt geblieben. Das Profil fuhr im Rückwärtsgang bis zur Ecke.

»Genug«, sagte ich. »Mir reicht's. Ich will aussteigen.«

»Acht Pfund siebzig.«

Er nahm das Geld entgegen, ohne mich anzusehen. Geld war ihm gleichgültig. Was ihn interessierte war Simon Templar.

Ich sprang auf die Straße. Es war eine mir völlig unbekannte Gegend.

»Wo bin ich? Das ist doch nicht Ramat Aviv!«

»Sie wollten nach Ramat Aviv? Warum haben Sie das nicht gesagt?«
Und der Fahrer entschwand, ohne mich eines Blicks zu würdigen. Er hielt ihn starr auf seinen japanischen Bildschirm gerichtet. Ein miserables Fabrikat, aber wenn man den Draht in der einen Hand hält, hat man einen leidlich guten Empfang.

Verabschieden wir uns von diesem unheilvollen Massenmedium mit einem Blick auf das gewaltigste Fernsehprogramm, von dem die Welt jemals in Fortsetzungen erobert wurde: »Die Forsyte Saga«. Was für selige Wochen, als die Geschichte dieser strapaziösen Familie vor uns abrollte und als wir uns nacheinander mit jedem einzelnen ihrer Mitglieder identifizieren konnten! Es war ein schwerer Fehler von den Ägyptern, ihren Überraschungsangriff nicht in jener Nacht zu starten, in der die Vergewaltigung der betörenden Irene durch den gierigen Soames stattfand; sie hätten ein völlig gelähmtes Israel vorgefunden. Aber wahrscheinlich haben auch die Ägypter zugeschaut.

WER IST WER AUF DEM BILDSCHIRM

»Wer ist das?« fragte ich. »Ist das der Mann, der die Bücher von Fleurs Gatten gestohlen hat?«
»Dummkopf«, antwortete die beste Ehefrau von allen. »Es ist der Cousin von Winifred, der Gattin Monts.«
»Die vom Pferd gefallen ist?«
»Das war Frances, Joans Mutter. Halt' den Mund.«
Jeden Freitag sitzen wir den Forsytes gegenüber, auch Amir, der schon längst im Bett sein sollte, und jeden Freitag verstricke ich mich ausweglos im Gezweig ihres Stammbaums. Letztesmal, zum Beispiel, hatte ich die ganze Zeit geglaubt, der Maler des neuen Modells sei der Sohn von dieser ... na, wie heißt sie doch gleich ... also jedenfalls ein Sohn, bis Amir mich belehrte, daß es sich um den Cousin von Jolyon dem Älteren handelte. Halt' den Mund.

Warum blenden sie nicht in regelmäßigen Abständen die Namen ein?
Achtung. Fleurs Gatte hält eine Rede im Unterhaus, und ich habe keine Ahnung, ob er der Sohn der vor fünf Wochen von Soames vergewaltigten Irene ist oder nicht. Obendrein dringen aus dem Zimmer unseres neu angekommenen Töchterchens Renana verdächtige Geräusche und laute Seufzer. Es ist ein wahrer Alptraum. Vielleicht hat sich das Baby in der Wiege aufgestellt und trainiert Akrobatik. Wenn sie nur nicht herunterfällt. Entsetzlicher Gedanke. Kalter Schweiß tritt mir auf die Stirn, und meiner Frau geht es nicht anders.
»Wer ist das?« frage ich aufs neue. »Ich meine den jungen Mann, der sich in Fleur verliebt hat?«
Irgendwo in der abgedunkelten Wohnung schrillt das Telefon. Niemand rührt sich. Mit Recht. Wer während der Forsyte Saga anruft, hat sich aus dem Kreis der zivilisierten Menschheit ausgeschlossen. Vor drei Wochen wurde mir kurz nach Beginn der damaligen Fortsetzung ein Kabel zugestellt. Der Botenjunge mußte zehn Minuten lang läuten. So lange dauerte das Gespräch zwischen Soames und Irene. Es drehte sich um Joans Verlobung, wenn ich nicht irre.
»Ruhe!« brülle ich in Richtung der Türe, hinter der sich die akustische Störung erhoben hatte. »Ruhe! Forsyte!«
Und ich konzentriere mich wieder auf den Bildschirm.
Plumps! Das ominöse Geräusch eines zu Boden fallenden Körpers dringt aus Renanas Zimmer, gefolgt von lautem Weinen. Kein Zweifel: Renana ist aus der Wiege gefallen.
»Amir!« Meine Stimme zittert in väterlicher Besorgnis.

»Schau nach, was passiert ist, um Himmels willen!«
»Wozu?« antwortet ruhig mein Sohn. »Sie ist doch schon heruntergefallen.«
Eine Schande. Dieses blödsinnige Fernsehen ist ihm wichtiger als seine leibliche Schwester. Auch seine Mutter läßt es bei einem verzweifelten Händefalten bewenden. Auf dem Bildschirm streitet Soames mit einem jungen Anwalt, den ich nicht kenne.
»Und wer ist *das* schon wieder? Ist er mit Helen verwandt?«
»Mund halten!«
Der Lärm, den wir jetzt hören, kommt aus unserem ehelichen Schlafgemach. Es klingt, als würden schwere Möbel verschoben und Glasscheiben zersplittert.
Der junge Anwalt kann unmöglich Helens Sohn sein. Der wurde ja schon vor drei Fortsetzungen überfahren. Nein, das war gar nicht er. Das war der Architekt Bossini, der damals unter die Räder kam.
»Jetzt will ich aber endlich wissen, wer das ist! Könnte es Marjories Bruder sein?«
»Sie hat keinen Bruder«, zischt die Mutter meiner Kinder. »Schau nach rechts!«
Ich warte, bis das Bild abblendet, dann werfe ich einen Blick in die angezeigte Richtung. Dort steht ein Mann. Er steht ganz ruhig, über dem Gesicht eine Maske und auf dem Rücken einen Sack, der sichtlich mit verschiedenen Gegenständen gefüllt ist.
In einem Wandelgang des Parlaments bekam Michael Mont, der Gatte Fleurs, soeben ein paar Ohrfeigen.
»Wer ist das, der ihn ohrfeigt?« fragt der Mann mit dem Sack. »Vielleicht Winifreds Gatte?«
»Machen Sie sich nicht lächerlich«, antworte ich. »Wini-

freds Gatte ist doch schon längst mit dieser Schauspielerin nach Amerika durchgebrannt. Mund halten.«

Mittlerweile war Soames wieder an den jungen Anwalt geraten, der ihm Saures gab.

»Was dieser arme Mensch leiden muß!« Ein Seufzer meiner Frau klang mitleiderregend durch die Dunkelheit. »Alle treten auf ihm herum.«

»Er braucht Ihnen nicht leid zu tun«, sagt eine männliche Stimme. »Erinnern Sie sich nur, wie schlecht er sich damals zu Irene benommen hat. Wer ist das?«

»Mund halten.«

Jetzt stehen bereits zwei Männer mit Säcken da.

»Setzen!« rufe ich. »Wir sehen nichts!«

Die beiden lassen sich auf dem Teppich nieder. Meine Ehe- und Fernsehgefährtin beugt sich nahe zu mir:

»Was geht hier vor?« flüstert sie. »Wer ist das?«

»Annes Bruder«, antwortet einer der beiden. »Johns zweite Frau. Pst!«

Jetzt sprechen die beiden miteinander, was gleichfalls störend wirkt. Meine Frau gibt mir durch nervöse Handzeichen zu verstehen, daß ich etwas unternehmen soll, aber das kommt unter den auf dem Bildschirm gegebenen Umständen nicht in Frage. Erst als die Haushälterin der Cousine von Soames' Schwester erscheint, eine ältliche, reizlose Frauensperson, die mich nicht weiter interessiert, schleiche ich in die Küche, um die Polizei anzurufen. Ich muß minutenlang warten. Endlich wird der Hörer abgehoben und eine verärgerte Stimme sagt:

»Wir sind beschäftigt. Rufen Sie in einer Stunde wieder an.«

»Aber in meinem Wohnzimmer sitzen zwei Räuber!«

»Hat Forsyte sie gefangen?«

»Ja. Kommen Sie sofort.«

»Nur Geduld«, sagt der diensthabende Wachbeamte. »Wer ist das?«

Ich gebe ihm meinen Namen samt Adresse.

»Sie habe ich nicht gemeint. Bewahren Sie Ruhe, bis wir kommen.« Ich eile zur Saga zurück.

»Habe ich viel versäumt? Ist das Jolly, Hollys Bruder?«

»Trottel«, weist mich der größere der beiden Räuber zurecht. »Jolly ist in der zweiten Fortsetzung an Typhus gestorben.«

»Dann kann es nur Vic sein, der Cousin des Nacktmodells.«

»Vic, Vic, Vic ...«

Das Quaken kommt von unserem Töchterchen Renana, die auf allen vieren aus ihrem Zimmer hervorkriecht und mein Fauteuil zu erklimmen versucht. Draußen wird eine Polizeisirene hörbar. Einer der Räuber will aufstehen, aber in diesem Augenblick betrat Marjorie das Spital und stand gleich darauf Fleur gegenüber, von Angesicht zu Angesicht, am Bett eines Patienten, der zweifellos ein Familienmitglied war, ich wußte nur nicht, welchen Grades. Die Spannung wurde unerträglich.

Jemand klopft wie verrückt an unsere Tür.

»Wer ist das?« frage ich. »Ist das der, den sie nach Australien schicken wollten?«

»Das war Irenes Stiefvater. Mund halten.«

Die Türe wird eingebrochen. Ich habe das dunkle Gefühl, daß hinter unserem Rücken einige Polizisten hereinkommen und sich an der Wand aufstellen.

»Wer ist das?« fragt einer von ihnen. »Hollys Gatte und Vals Frau?«

»Bitte, meine Herren –!«
Nach einigem Hin und Her lehnte Fleur die ihr angebotene Versöhnung mit Marjorie ab und ging nach Hause, um Annes Bruder zu pflegen. Fortsetzung nächste Woche.
»Nicht schön von Fleur«, ließ der Polizeisergeant sich vernehmen. »Das war doch eine sehr menschliche Geste von Marjorie. Fleur hätte sich wirklich mit ihr versöhnen können. Am Sterbebett ihres Bruders!«
Von der Türe her widersprach einer der Räuber:
»Wenn Sie's wissen wollen – Marjorie ist eine Erpresserin. Außerdem war das gar nicht ihr Bruder. Es war Bicket, der Mann von Vic. Er hat die Detektive engagiert.«
»Bicket«, rief ich den gemeinsam abgehenden Gesetzeshütern und -brechern nach, »ist vor zwei Wochen in den Fernen Osten abgereist!«
»Abgereist ist Wilfred, wenn du nichts dagegen hast«, korrigierte mich hämisch die beste Ehefrau von allen.
Sie hat's nötig! Wo sie doch zwei Fortsetzungen hindurch eine lächerliche Figur abgab, weil sie der Meinung war, daß Jolyon jr. auf der Straße Luftballons verkauft hatte, ehe er in den Burenkrieg zog. Mir wird niemand etwas über die Forsytes erzählen.

Der Kampf der Finanzbehörden gegen den exzessiven Geldumlauf gehört zu den hervorragenden Merkmalen unserer inflationären Zeit. Die Regierungen erlassen Kreditrestriktionen, erfinden neue Steuern und entziehen den Banken mit allen erdenklichen Mitteln einen etwaigen Gewinn. An dieser Maßnahme beteiligt sich in Israel auch die Bevölkerung, und zwar in Form der immer mehr in Mode kommenden »hold-ups«.

BANKRAUB WIE ÜBLICH

Es begann damit, daß ich von Weinreb einen Scheck über 16 Pfund bekam, ausgestellt auf die Abu-Kabir-Zweigstelle der Leumi-Bank. Ich fuhr hin und übergab den Scheck einem der hierfür zuständigen Beamten.

Der Beamte warf einen Blick auf den Scheck, warf zugleich einen anderen – er schielte ein wenig – auf Weinrebs Kontoauszug und sagte:

»In Ordnung. Sie bekommen das Geld an der Kasse.«

Ich trat an den Schalter, zu dem er mich gewiesen hatte:

»Schalom«, sagte ich.

»Was wünschen Sie?« fragte der Kassier.

»Das Geld«, antwortete ich wahrheitsgemäß.

»Bitte sehr«, sagte der Kassier und entnahm dem hinter ihm stehenden Safe die dort lagernden Banknotenbündel, um sie mir zu überreichen.

»Was soll das?« fragte ich.

»Ich folge Ihrer Aufforderung. Bei bewaffneten Banküberfällen leiste ich keinen Widerstand.«

Für das schallende Gelächter, in das ich daraufhin ausbrach, schien er kein Verständnis zu haben.

»Ha, ha, ha«, äffte er mich nach. »Sehr komisch, was? Das ist mein fünftes hold up in diesem Monat.«

Ich versuchte dem Mann zu erklären, daß ich keine Waffe bei mir hatte und nur mein Geld haben wollte.

»Herr Singer!« rief der Kassier einem am nächsten Schreibtisch sitzenden Beamten zu. »Bitte kommen Sie einen Augenblick her. Wir haben es mit einem etwas verwirrten Bankräuber zu tun.«

»Sofort.«

Herr Singer beendete seine Arbeit und kam mit einem Stapel gebündelter Banknoten herüber. »Mehr ist heute leider nicht in der Kassa. Erst wieder am Freitag, wenn die Gehälter ausgezahlt werden. Übrigens – warum tragen Sie keinen Strumpf überm Kopf?«

»Weil das kitzelt.«

Es war eine merkwürdige und für mich nicht gerade erfreuliche Situation. Rings um mich drängten sich Neugierige, schnitten Gesichter und redeten durcheinander. Einer von ihnen stürzte zur Tür, wo seine Frau wartete:

»Hol die Kinder, schnell! Hier gibt's einen Banküberfall.«

Immer noch lagen die hochgehäuften Banknotenbündel vor mir, immer noch versuchte ich Herrn Singer klarzumachen, daß ich sie nicht an mich nehmen würde.

»Nehmen Sie nur, nehmen Sie nur«, ermunterte mich Herr Singer. »Wir sind versichert.«

Wie ich weiter von ihm erfuhr, hatten erst in der Vorwoche zwei kleine Mädchen die Bankfiliale in Jaffa ausgeraubt, und der dortige Filialleiter hatte ihn, Singer, wissen lassen, daß die Abu-Kabir-Filiale als nächste drankäme. Seither hielt Singer in Erwartung dieses Ereignisses immer eine größere Menge Bargeld vorbereitet. »Das gehört zum Kundendienst der israelischen Banken«, sagte er nicht ohne Stolz. »Wir haben inzwischen gewisse Verhaltungsmaßregeln ausgearbeitet, nach denen sich auch unsere Kunden richten. Es läuft wie am Schnürchen.«

Tatsächlich: die Besucher, die sich zur Zeit meines bewaffneten Überfalls in der Bank aufhielten, waren mittlerweile in Deckung gegangen, lagen flach auf dem Boden und wurden dort von den Beamten bedient. Nachher krochen sie auf allen vieren zum Ausgang. Andere kamen auf allen vieren herein.

»Früher einmal«, fuhr Herr Singer in seinen Erklärungen fort, »wurden Banküberfälle noch nach dem klassischen Zeremoniell ausgeführt. Die Eindringlinge waren maskiert, gaben Schreckschüsse ab, brüllten und drohten. Heute geht das alles viel nüchterner vor sich, und die israelischen Banken lassen diesem vereinfachten Verfahren jede nur mögliche Förderung angedeihen. Erst vor wenigen Tagen wurde die Barkley-Bank in Ramatajim von zwei Männern, die nur mit einem Schraubenzieher bewaffnet waren, um 100 000 Pfund erleichtert, und bei der Leumi-Bank in Petach Tikvah wurde dem Schalterbeamten nur noch ein Eislutscher vorgehalten. Hat funktioniert. Gestern erschien ein Zeitungsinserat der Diskontbank in Haifa, das die Bankräuber aufforderte, während der Sommermonate ihre Überfälle immer nur Montag, Mittwoch und Donnerstag durchzuführen.«

»Nieder mit der Bürokratie«, warf ich ein.

»Sie sehen das falsch«, entgegnete Singer. »Es ist eine ideale Situation, von der Herzl nicht zu träumen gewagt hätte. Jetzt haben auch wir unsere Kriminellen. Jetzt sind wir endlich ein normales Volk. Batja«, wandte er sich an seine Sekretärin, »haben Sie die Polizei angerufen?«

»Ja«, antwortete Batja und kaute weiter an ihrem Kaugummi. »Aber die Nummer ist besetzt.«

»Dann lassen Sie's«, sagte Singer.

Während ich das vor mir aufgeschichtete Geld zu zählen begann, erkundigte ich mich bei Singer, wieso es hier keine Alarmanlage gäbe. Wegen des Lärms, erklärte mir Singer. In der Hapoalim-Bank hatte neulich während des Raubüberfalls die Alarmglocke eine volle Stunde lang geläutet, und der Lärm hatte zu schweren Nervenschocks unter den Angestellten geführt.

»Und wo sind Ihre bewaffneten Wächter?« fragte ich weiter.

»Irgendwo draußen. Um diese Zeit führt unser Generaldirektor seine Hunde spazieren. Dabei muß er natürlich bewacht werden.«

Inzwischen hatte der Kassier die Notenbündel in zwei kleine, von der Bank zur Verfügung gestellte Köfferchen verpackt und fragte mich, wo ich mein gestohlenes Fluchtauto geparkt hätte.

Als wir auf die Straße traten, umringten mich viele wartende Passanten, die unbedingt Schnappschüsse von mir machen wollten. Sie baten mich, mein Gesicht doch wenigstens mit einem Taschentuch zu maskieren und nicht so dumm zu grinsen.

Am Ende der Straße waren Polizisten damit beschäftigt, eine Barrikade aufzubauen.

Ich verteilte noch rasch ein paar Autogramme und unternahm einen letzten Versuch, der Bank die beiden

Koffer mit dem Geld aufzudrängen. Singer wies mich energisch zurück:

»Nicht nötig, nicht nötig. Wir haben bereits unsere Zentrale benachrichtigt, und die Versicherungsgesellschaft ist soeben dabei, unseren Kontoauszug auf den neuesten Stand zu bringen. Nur keine Komplikationen. Bleiben Sie lieber noch eine Weile hier, bis die Leute vom Fernsehen kommen.«

Dazu hatte ich leider keine Zeit, verabschiedete mich von Singer mit einem herzlichen Händedruck und fuhr zur nächsten Tankstelle.

»Wieviel?« fragte der Tankwart.

»Auffüllen!« sagte ich.

Der Tankwart öffnete meinen Kofferraum und warf alles Geld hinein, das er zur Hand hatte.

»Brauchen Sie eine Empfangsbestätigung?« fragte ich.

»Danke, nein. Ich bin versichert.«

Wie schade, dachte ich auf der Heimfahrt, wie schade, daß wir gerade jetzt eine Inflation im Land haben. Wo wir doch endlich ein normales Volk geworden sind.

Was der Hund für die Katze und der Kritiker für den Autor, ist der Verkehrspolizist für den kleinen Mann hinterm Steuer. Zwischen diesen beiden gibt es keine Kompromisse, keine Verhandlungen, keine Möglichkeit einer friedlichen Koexistenz. Es ist ein Kampf auf Biegen oder Brechen, den einer von beiden verlieren muß. Der Fahrer.

AMTSHANDLUNG MIT MENSCHLICHEN ZÜGEN

Es beginnt damit, daß man zu seinem geparkten Wagen zurückkommt, wo ein Uniformierter soeben dabei ist, ein Strafmandat auszuschreiben.

»Was steht auf dieser Tafel, Herr?« fragt er ohne aufzublicken.

»Hier steht«, antwortete ich zaghaft, »Parken verboten bis 19 Uhr ...«

»Und wie spät ist es?«

»19 Uhr 30.«

»Also?«

»Also darf ich hier parken.«

Das Auge des Gesetzes blinzelt verblüfft, sieht mich an, sieht die Verbotstafel an, dann wieder mich, dann den Wagen, dann seine Uhr, und dann das Ganze noch einmal.

»Hm ... ja ... richtig. Aber was mache ich jetzt mit dem Zettel? Wir haben strenge Vorschrift, ein einmal ausgeschriebenes Strafmandat nicht mehr zurückzuziehen. Und das ist eine sehr gute Vorschrift, Herr. Sonst würden die Fahrer, die wir bei einem Verstoß ertappen, so lange betteln und winseln, bis wir –«

»Aber ich habe ja gar keinen Verstoß begangen«, unterbrach ich.
Der Hüter des Gesetzes dachte nach:
»Was Sie da sagen, hat etwas für sich. Ich behaupte nichts Gegenteiliges. Und wenn Sie mich rechtzeitig gewarnt hätten, so hätte ich diesmal, ausnahmsweise, fünf gerade sein lassen. Aber jetzt kann ich nichts mehr machen. Sie sind zu spät gekommen, Herr. Also unterschreiben Sie hier auf der punktierten Linie und passen Sie nächstesmal besser auf die Verkehrszeichen auf.«
Ich betrachtete ihn genauer. Für einen Verkehrspolizisten wirkte er verhältnismäßig sympathisch. Er war keiner von diesen Glattrasierten ohne Schnurrbart. Er schien ein Mensch zu sein.
»Ich habe nichts verbrochen«, sagte ich. »Ich zahle keinen Cent.«
»So?« Er hob drohend die Stimme. »Und wer wird zahlen? Vielleicht ich? Von meinem Gehalt? Ich bin Familienvater, Herr!« Dann wurde er etwas sanfter. »Es sind ohnehin nur fünfzig Pfund. Wenn ich aufsässig wäre, hätte ich Ihnen den Paragraph 5/T verpassen können. Also unterschreiben Sie endlich.«
»Aber ich bin doch vollkommen schuldlos!«
»Vollkommen schuldlos?« Jetzt wurde er zornig. »Und wie oft haben Sie die Verkehrsvorschriften gebrochen, ohne daß man Sie erwischt hätte? He? Ein merkwürdiges Benehmen, das muß ich schon sagen. Wenn man Ihnen den Wagen stiehlt, rennen *Sie* sofort zur Polizei. Wenn Sie einen Unfall haben, können wir gar nicht rasch genug zur Stelle sein. Aber wenn Sie lumpige 50 Pfund zahlen sollen, werden Sie renitent!«
»Schon gut, schon gut«, sagte ich entschuldigend, unter-

schrieb und nahm das Strafmandat entgegen. »Man wird vielleicht noch fragen dürfen.«
»Aber nur, wenn's etwas zu fragen gibt«, belehrte mich das Amtsorgan und ging ab.

Jeder, der Augen zu sehen und Hände zu hupen hat, muß längst gemerkt haben, daß unsere Großstädte auf dem besten Weg sind, sich in eine einzige Verkehrsstauung zu verwandeln. Die Fahrer werden hinter den Lenkrädern ihrer steckengebliebenen Wagen verhungern, die Leichen werden unbestattet verwesen, die Pest wird ausbrechen, die Berge werden zu kreißen und zu speien beginnen und werden die ganze Stadt mit schwarzer Lava bedecken. Angesichts dieser unaufhaltsamen Entwicklung verdoppelten die Behörden die Strafmandatsgebühren für vorschriftswidriges Parken, und als auch das nichts half, beschlossen sie, eine U-Bahn zu bauen, um das Zerstörungswerk möglichst rasch zu beenden.

MIT DER U-BAHN IN DIE STEINZEIT

Bei Einbruch der Dämmerung versammelten sich die Stammesangehörigen um das Lagerfeuer. Fast alle waren gekommen: Old Dad, Onkel Griesgram, die Fährtensucher, der Chronist und andere. Einige von ihnen gingen noch aufrecht, aber die meisten zogen es vor, sich auf allen vieren den Weg durch die Schutthaufen zu bahnen. Ihre Kleidung bestand aus Fetzen von Sackleinen und zerrissenen Decken, ihre stoppelbärtigen Gesichter waren mit dem gleichen weißgrauen Staub bedeckt, der in dicken Wolken über der verwüsteten Stadt Tel Aviv hing. Sie trugen Wattebäusche in den Ohren, und manche hatten sogar eine Art von Schleiern um ihre Köpfe gebunden, niemand wußte wozu. Vielleicht wollten sie sich gegen den Höllenlärm der Baggermaschinen auf der andern Seite des großen Berges abschirmen.

Das Lagerfeuer, um das sie hockten, befand sich im Hof eines verfallenen Hauses. Sie unterhielten die Flamme mit uralten Zeitungen und dem Holz geborstener Einrichtungsgegenstände. Jetzt warfen sie noch die Blechdosen und die Verpackungspapiere der Nahrungsmittel hinein, die ein Hubschrauber der Stadtverwaltung für sie abgeworfen hatte. Dann begannen sie zu kauen, wobei sie unartikulierte Laute einer animalischen Befriedigung von sich gaben.

»Fleisch«, grunzte Old Dad. »Echtes, gutes Fleisch ...«

In Wahrheit grunzte er nicht, er röhrte. Aber solche Feinheiten in der Differenzierung menschlicher Ausdrucksweise waren längst verlorengegangen, seit das Toben der Drillbohrer aus dem nahe gelegenen Schacht der Untergrundbahn alles übertönte.

»Warum haben sie Fleisch für uns abgeworfen?« verlangte Onkel Griesgram laut schreiend zu wissen. »Warum gerade heute?«

Old Dad formte seine Hände zum Trichter:

»Es ist die Wiederkehr des Gerichtstags! Der 6. Juli!«

Die anderen brachen in lautes Wehklagen aus. Der 6. Juli, so ging die Sage, war der Tag, an dem die Knesset den Antrag des Verkehrsministers angenommen und den Bau einer Untergrundbahn beschlossen hatte. Es war der Gerichtstag. Es war der Beginn des Zusammenbruchs.

»Old Dad«, baten mit schrillem Gekreisch die Kinder, »erzähl' uns doch, wann das alles angefangen hat!«

Die Kleinen brauchten keine Watte mehr in den Ohren zu tragen. Sie waren bereits halb taub in der isolierten

Enklave geboren worden, und der Höllenlärm ringsum war für sie ein ebenso selbstverständlicher Bestandteil der Natur wie für frühere Kinder das Gezwitscher der Vögel.

Old Dad kroch auf allen vieren zu den roten Kalkstrichen auf der gegenüberliegenden Mauer. Dort hatte sich auch der Chronist des Stammes hingelagert, ein weiser, vielerfahrener Alter, der in vergangenen Zeiten die Würde eines Universitätsprofessors bekleidet hatte.

»Eins ... zwei ... drei ...«, zählte er und fuhr dabei mit zittrigem Finger über die roten Striche. »Es sind im ganzen zwölf Jahre vergangen ...«

Seit zwölf Jahren waren sie vom Rest der Welt abgeschnitten. Old Dad erinnerte sich noch ganz genau:

»Damals ging's los«, brüllte er. »Damals begann die Verkehrsmisere in Tel Aviv alle Grenzen zu übersteigen, und die Herren der Stadtverwaltung beschlossen, zum Wohle der Bevölkerung eine Untergrundbahn zu bauen. Sie kauften Maschinen. Viele, viele Maschinen ... riesige Bulldozer ... Traktoren ... Krane ... Drillbohrer ..., und sie gruben und gruben und gruben ... Tag und Nacht ... ohne Unterbrechung ...«

»Wo, Old Dad? Wo gruben sie?«

»An den Kreuzungen. An den Straßenübergängen. Jenseits des großen Berges, diesseits der hohen Schutthalde. Tiefer und tiefer gruben sie und warfen zu beiden Seiten das Erdreich auf, bis wir eines Morgens die Straße nicht mehr überqueren konnten. Wir waren gefangen. Wir saßen in der Falle. Der Ring des Untergrundbettes hatte sich um uns geschlossen. Im Rundfunk hörten wir, daß der Verkehrsminister versprochen hatte, uns zu evakuieren ...«

»Evakuieren?« fragten die Kinder im Chor. »Was ist das?«

»Uns zu retten. Uns herauszuholen. Wir warteten und warteten, aber nichts geschah. Nach einiger Zeit verstummte das Radio. Der elektrische Strom versagte, die Wasserleitungsrohre barsten, Sturzbäche ergossen sich über die Gegend, rissen die Telefonmasten um . . ., höher und höher stiegen die Berge von Schutt und Trümmern . . . und über allem der ständig wachsende Lärm der Maschinen. Viele von uns verloren ihr Gehör, die Nahrung ging uns aus, wir tranken Regenwasser . . .«

»Warum seid ihr nicht weggelaufen, Old Dad?«

»Weggelaufen?« Old Dad nickte wehmütig vor sich hin und deutete auf eine armselige Lumpengestalt, die in der Ecke des Hofes kauerte.

»Er hat's versucht, der Kletterer. Er wollte weglaufen.«

Der als »Kletterer« Bezeichnete klappte mühsam das Lid seines linken Auges hoch. Auf seinem ausgemergelten Gesicht erschien ein idiotisches Grinsen.

Mit dröhnender Stimme nahm Old Dad seine Erzählung auf:

»Vor undenklich langen Zeiten, als man noch nichts von der Zerstörung ahnen konnte, war der Kletterer ein berühmter, in den europäischen Alpen geschulter Hochtourist. Und deshalb wähnte er, den großen Schuttgipfel übersteigen zu können, damals, als man hinter dem Berg noch die Pfeiler des Elektrizitätswerkes sehen konnte, die mittlerweile längst im Untergrundschacht verschwunden sind . . . Eines Morgens also hatte der Kletterer sich auf den Weg gemacht, in voller Hochgebirgsausrüstung, mit Seilen und Pickeln und Nahrungsvorräten für eine Woche. Es hieß, daß er sich bis zur nächsten Kreuzung durchgeschlagen hätte, aber dort brach er sich den Knöchel, als er gegen ein im Schutt verborgenes Parkometer stieß. Trotzdem setzte er die gefährliche Gratwanderung fort, um in die freie Welt zu gelangen. Es glückte ihm nicht. Von einem der Kämme des großen Berges stürzte er viele Klafter tief in den Abgrund und verlor das Bewußtsein. Als er erwachte, war er stocktaub. Die Fährtensucher fanden ihn, an ein zerbrochenes Kanalgitter geklammert, das er offenbar für eine Gletscherspalte hielt. Von Zeit zu Zeit jodelte er.«

»Wieso hat man ihn überhaupt gefunden, Old Dad?«

»Die Fährtensucher machen sich jeden Tag auf den Weg«, erklärte der Alte mit gütigem Brüllen. »Sie suchen nach einem Pfad, nach einem Paß, der uns eines Tags in die Freiheit führen könnte . . .«

Auf der Ruine eines nahe gelegenen Hauses tauchten in diesem Augenblick zwei junge Fährtensucher auf, die sich an Stricken vorsichtig zur Spitze eines ragenden Schutthaufens herabließen und ein Signalfeuer entzündeten. Es stellte die letzte Verbindung des Stammes zur Außenwelt dar, seit die Brieftauben im Staub erstickt waren.

Von einem weiter entfernten Trümmerberg antworteten Blinkzeichen: große Flamme – kleine Flamme – groß – klein – klein – groß.

»Der Bürgermeister«, dechiffrierte Old Dad, »verspricht . . . die Arbeit . . . zu beschleunigen . . .«

Über der Enklave erschien ein amtlicher Hubschrauber. Er versorgte die Eingeschlossenen mit koscherer Verpflegung, neuen Wattevorräten und »Letzten Mahnungen« der Steuerbehörde.

»Old Dad«, schrien die Kinder, »werden wir nie von hier wegkommen?«
Old Dad gab keine Antwort. Er selbst, das war ihm klar, würde den Tag nicht mehr erleben. Aber den Kleinchen würde es vielleicht noch vergönnt sein, in der Untergrundbahn von Tel Aviv zu fahren. Vielleicht. Wer weiß.

In einem nicht sehr weit zurückliegenden Kapitel nannte ich als Beispiele latenter Gegnerschaft die Paarungen Hund und Katze, Kritiker und Autor, Verkehrspolizist und Fahrer. Es gibt noch zwei andere Erzfeinde: Bademeister und Badegast.

ALLZU SAUBER IST UNGESUND

Vorige Woche entschloß ich mich, das in unserer Nachbarschaft neu errichtete Schwimmbad aufzusuchen. Man hatte mir Märchen aus Tausendundeiner Nacht davon erzählt: Es sei klein aber rein, werde unablässig gepflegt, den sonst üblichen Lärm gebe es dort nicht, im Gegenteil herrsche Ruhe und Ordnung, Disziplin und Hygiene, Höflichkeit und Entgegenkommen, Wasser und Luft, Sonne und Schatten. Und das wollte ich nachprüfen.
Schon beim Eintritt konnte ich feststellen, daß die märchenhaften Schilderungen der Wirklichkeit entsprachen. Das Wasser war klar wie eine Steuerhinterziehung, man sah bis auf den Grund und auf diesem auch nicht den kleinsten Fremdkörper, nirgends ein weggeworfenes Papier oder sonstige Abfälle, überall Sauberkeit und Zivilisation.
Auf Zehenspitzen näherte ich mich der Kasse:
»Bitte um eine Eintrittskarte.«
»Schalom, mein Herr«, sagte der Kassier. »Wir grüßen hier mit Schalom.«
»Schalom«, sagte ich und wurde rot vor Scham, während ich ihm das Geld für die in geschmackvollen Farbtönen gehaltene Eintrittskarte überreichte.
Auf dem Weg zur Kabine wurde ich durch ein ohrenbetäubendes Pfeifsignal aufgehalten. Das »Huiii-huiii«

schnitt so scharf in meine Membranen, daß ich zusammenfuhr und stehenblieb.

Es kam aus der doppelläufigen Alarmpfeife des Bademeisters.

»Bitte den Schwimmanzug in der Kabine anzulegen«, rief er mir zu.

»Selbstverständlich«, antwortete ich. »Ich bin ja gerade auf dem Weg dorthin.«

»Dann bitte etwas schneller, mein Herr, um Mißverständnissen vorzubeugen.«

Damit wandte er sich ab und ließ von der Höhe seines Wachtturms die Blicke wieder über das Schwimmbecken wandern, einem Scheinwerfer vergleichbar, dem nichts verborgen bleibt.

In der Kabine entledigte ich mich meiner Kleider, hängte sie auf die nagelneuen Plastikbügel und übergab sie dem jungen, adrett gewandeten Kabinenwärter, der sich mit ausgesuchter Höflichkeit an mich wandte:

»Wollen Sie nicht lieber Ihr Hemd zuknöpfen, mein Herr? Es könnte sonst vom Träger fallen, und das wäre doch schade, nicht?«

Dankbar befolgte ich seine Anweisung und nahm aus seiner Hand eine runde Nummernscheibe entgegen, die er mir mit den besten Wünschen für einen schönen Aufenthalt und gute Gesundheit übergab.

Kaum hatte ich den Kabinenraum verlassen, überfiel mich abermals das schneidende »Huiii-huiii« des Bademeisters. Es sei, so ließ er mich wissen, aus hygienischen Gründen verboten, den Raum um das Schwimmbecken in Sandalen zu betreten; sommerliche Fußpilzerkrankungen, fügte er erläuternd hinzu, hätten diese Maßnahme im Interesse der Badegäste notwendig gemacht.

Widerspruchslos schlüpfte ich aus meinen Sandalen und trug sie in der Hand weiter.

Wenn ich geglaubt hatte, daß damit alles in Ordnung sei, belehrte mich ein scharfer Doppelpfiff sogleich eines anderen:

»Fußbekleidungen welcher Art immer dürfen nicht zum Schwimmbecken mitgenommen werden, auch nicht von Hand«, instruierte mich das hochschwebende Aufsichtsorgan.

Es blieb mir nichts übrig, als meine Sandalen zurückzutragen und sie der Obhut des adretten Jünglings zu übergeben.

Auf dem Rückweg zum Schwimmbecken erreichten mich abermals Pfiff und Mahnung des Bademeisters:

»Wünschen Sie nicht vielleicht, eine Dusche zu nehmen, mein Herr?«

Seine taktvolle Frage bedeutete nichts anderes, als daß die Benützung des Schwimmbeckens ohne vorherige Säuberung verboten war.

Noch während ich unter der Dusche stand, ertönte das »Huiii-huiii« aufs neue; diesmal kam sein Erreger sogar eigens herabgestiegen und auf mich zu:

»Entschuldigen Sie, mein Herr, aber Ihre Schwimmhose macht einen übermäßig lockeren Eindruck. Bitte wählen Sie eine andere, die nicht herunterrutschen kann. Und wählen Sie bitte rasch.«

Ich riskierte die Frage, wie er denn gemerkt haben könne, daß der Gummizug meiner Schwimmhose nicht mehr ganz vorschriftsmäßig saß. Höflich erteilte mir der kundige Experte die Auskunft, daß er bereits seit fünfzehn Jahren in seinem Beruf tätig sei und einen sechsten Sinn für ausgeleierte Gummibänder entwickelt habe. Ich nickte respektvoll, begab mich zur Verleihstelle für Schwimmanzüge, sagte Schalom, bat um ein Paar Schwimmhosen mit straffem Gummizug, legte sie an, trat hervor, schlug den Weg zum Schwimmbecken ein und hörte einen schrillen, pfeifenden Ton, der wie »Huiii-huiii« klang. Es dauerte nicht lange, bis ich entdeckte, daß es der Bademeister war. Er unterrichtete mich, daß man beim Verlassen des Schwimmbecken-Areals in den Status eines Neuankömmlings versetzt werde und gut daran täte, eine Dusche zu nehmen. Ich nahm eine zweite Dusche und wollte mich nach all den Anstrengungen auf einem der ums Bassin angeordneten Liegestühle ausruhen – aber »Huiii-huiii«: es war verboten, die Liegestühle in nassem Schwimmanzug zu benützen.

Einigermaßen gedrückt schlich ich zum Büfett und erwarb ein Sandwich, mit dem ich mich in nunmehr getrocknetem Zustand auf meinem Liegestuhl stärken wollte. Auch daraus wurde nichts. Das vertraute »Huiii-huiii« brachte mir zur Kenntnis, daß jegliche Nahrungsaufnahme nur unmittelbar am Büfett gestattet war. Ein Sklave des Bademeisters scheuchte mich weg und sprühte ein Desinfektionsmittel über den von mir mißbrauchten Platz.

Um diese Zeit traten bei mir die ersten Anzeichen von Verfolgungswahn auf. Ich kroch auf allen vieren zur Schmalseite des Bassins und machte zwischen Umrandung und Wasserspiegel eine Stelle ausfindig, wo ich mich hinter einer dicken Betonsäule dergestalt verbergen konnte, daß ich nur den Himmel sah und niemand auf Erden mich. Dort fühlte ich mich verhältnismäßig sicher und schlief ein.

Es überraschte mich nicht im geringsten, durch ein schrilles »Huiii-huiii« geweckt zu werden. Die Überraschung bestand lediglich darin, daß es aus nächster Nähe an mein Ohr drang.
Er selbst stand vor mir und rüttelte mich sanft an der Schulter:
»Hier dürfen Sie nicht schlafen, mein Herr. Sie setzen sich ja der Gefahr eines Sonnenstichs aus. Gehen Sie doch ins Wasser!«
Meine Absicht, diese Aufforderung prompt zu befolgen, wurde von einem »Huiii-huiii« in meinem Rücken jäh gebremst:
»Zuerst auf die Toilette!«
»Aber ich muß ja nicht ...«
»Doch, Sie müssen!«
Ich ging, blieb drei Minuten, kam heraus und wollte mich mit Anlauf ins Wasser stürzen, um einem neuerlichen »Huiii-huiii« zu entgehen – aber da hatte es mich schon erwischt. Der Bademeister winkte mich zu sich und untersuchte mich von allen Seiten, ob ich mir in der Zwischenzeit nicht vielleicht eine ansteckende Krankheit zugezogen hätte, Lepra oder dergleichen. Obwohl er nichts finden konnte, schickte er mich aufs neue unter die Dusche. Während die sanften Strahlen auf mich herniederrieselten, durchzuckte mich der Verdacht, daß ich in die Hölle geraten sei und es nicht gemerkt hatte, weil sie hygienisch getarnt war.
Langsam, um nur ja kein Eingreifen höherer Mächte zu provozieren, schritt ich auf das Schwimmbecken zu und schickte mich zu einem Kopfsprung an.
»Huiii-huiii!« erklang es. »Gesprungen wird nur vom Trampolin. Überall anders ist es verboten.«

Jetzt riß mir die Geduld:
»Zum Teufel!« brüllte ich. »Was ist hier eigentlich erlaubt?«
»Huiii-huiii«, antwortete der Bademeister. »Kein Lärmen und Schreien im Umkreis des Schwimmbeckens.«
Ich senkte schuldbewußt den Kopf, verzog mich in die entgegengesetzte Richtung, glitt unauffällig ins Wasser und tauchte unter, in der Hoffnung, daß er mich nicht sehen würde.
Die vorbildliche Sauberkeit des Wassers machte mir einen Strich durch die Rechnung. Kaum war ich aufgetaucht, pfiff er mich aufs neue an:
»Huiii-huiii, Sie dürfen nicht mit offenen Augen schwimmen. Das Wasser ist chlorhaltig.«
Ich schwamm mit geschlossenen Augen weiter.
»Huiii-huiii, spritzen Sie nicht!«
»Ohne Spritzen kann ich nicht schwimmen.«
»Dann schwimmen Sie nicht.«
Ich hörte auf zu schwimmen und ertrank.

Öffentliche Schwimmbäder – sei's im Binnenland, sei's am Meeresstrand – bringen noch eine andere unheilvolle Erscheinung hervor. Sie ist mit einer Kamera bewaffnet.

DER SCHNAPPSCHÜTZE

Der Leser wird gebeten, sich die Situation vorzustellen: einen heißen Sommertag, eine öffentliche Badeanstalt und mich, der ich mich an der Sonne und an den knapp geschneiderten Bikinis ringsum freue.

Plötzlich steht ein vollständig angekleideter Mensch vor mir, bringt eine Kamera in Anschlag und fragt:

»Aufnahme?«

Im allgemeinen komme ich den Angehörigen freier und insbesondere künstlerischer Berufe freundlich entgegen, nicht nur, weil sie ihr Brot durch harte Arbeit verdienen, sondern weil sie sehr leicht ausfällig werden, wenn man ihre Bestrebungen nicht unterstützt.

Deshalb sagte ich mit aller mir zu Gebote stehenden Milde:

»Nein, danke.«

»Drei Postkarten vier Pfund«, antwortete der Photograph und ging in Schnappschußposition. »Legen Sie den Arm um Ihre Frau, und Sie bekommen das schönste Familienporträt.«

Durch unmißverständliche Zeichen forderte er die neben mir sitzende Dame auf, ein frohes Lächeln zur Umarmung beizusteuern.

»Einen Augenblick!« rief ich. »Erstens habe ich Ihnen gesagt, daß ich keine Aufnahme haben will, und zweitens ist diese Dame nicht meine Frau. Ich kenne sie gar nicht.«

Die Unbekannte, die mich bereits heftig umschlungen hielt und ebenso heftig in die Kamera grinste, ließ sichtlich gekränkt von mir ab. Nicht so der Photograph:

»Zwei Bilder matt sechs mal neun kosten nur 3,50, wenn Ihnen das lieber ist. Vielleicht wollen Sie einen Handstand machen?«

»Nein. Und lassen Sie mich endlich in Ruhe.«

»Warum?«

»Was heißt warum? Weil ich nicht photographiert werden will!«

»Ein Erinnerungsbild zum Einkleben ins Album um lumpige 2,70. Auf Glanzpapier. Acht mal vierzehn. Sie können's auch einrahmen lassen.«

»Ich will nichts einrahmen und ich will nichts einkleben. Ich will, daß Sie mich in Ruhe lassen.«

»Die Badesaison geht zu Ende. Drei Abzüge matt vier mal acht um 2,50.«

»Nein!! Wenn ich mich sehen will, schaue ich in den Spiegel.«

»Sie schauen in den Spiegel? Können Sie bei einem Kopfsprung in den Spiegel schauen? Also. Ich mache Ihnen einen Vorschlag, Herr. Sie brauchen jetzt nichts zu zahlen. Sie zahlen erst, wenn die Bilder fertig sind. Zwei matt elf mal fünf.«

»Nein, zum Teufel! Schauen Sie, daß Sie weiterkommen.«

»Schon gut, schon gut. Warum sagen Sie nicht gleich, daß Sie nicht geknipst werden wollen? Ich habe keine Zeit, mit Ihnen zu debattieren.«

Er entfernte sich ungehalten. Ich mietete einen Liegestuhl, streckte mich aus und schloß die Augen. Nach einer kleinen Weile überkam mich jenes unangenehm kribbelnde Gefühl, das sich immer dann einstellt, wenn man mit geschlossenen Augen in einem Liegestuhl liegt und photographiert werden soll. Infolgedessen öffnete ich die Augen und sah den Photographen dicht vor mir, Kamera in Stellung, Finger am Abzug.

»Schon wieder?! Verstehen Sie denn kein – k'k – Hebräisch?«

Das »k'k« rührte nicht etwa von einem plötzlichen Schluckauf her, sondern vom meuchlings betätigten Auslöser der Kamera.

Ich erhob mich und trat auf den Heckenschützen zu:

»Sie wußten doch, daß ich nicht photographiert werden will. Warum haben Sie es trotzdem getan?«

»Aus künstlerischen Gründen«, antwortete mein Widersacher, während er sein Gerät versorgte. »Es war eine so schöne Abendbeleuchtung und ein so interessanter Schatten auf Ihrem Gesicht.«

»Ist Ihnen klar, daß ich das Bild nicht kaufen werde?«

»Habe ich Sie gebeten, es zu kaufen?«

»Ohne meine Zustimmung hätten Sie mich gar nicht aufnehmen dürfen. Auch aus künstlerischen Gründen nicht.«

»Das können Sie mir nicht verbieten. Künstler dürfen sich in diesem Land frei betätigen. Wir leben in einer Demokratie.«

»Möglich. Aber ich bin kein Modell.«

»Sind Sie Rumäne?«

»Nein.«

»Dann bestellen Sie drei Abzüge, sieben mal dreiundzwanzig, Glanzpapier, fünf Pfund.«

»Nein! Verschonen Sie mich!«
»Dreizehn mal sechs?«
Er zielte – ich ließ mich zu Boden fallen – k'k– der Schnappschuß verfehlte mich – ich sah seine blutunterlaufenen Augen und faßte Mut – rannte zum Bassin – er hinter mir her – ich springe ins Wasser – k'k – er mir nach – ich tauche – er versucht eine Unterwasseraufnahme – ich entwische ihm – tauche auf – klettere an Land – sause zu meinem Lehnstuhl und bedecke mein Gesicht mit einem Badetuch.
Es ist still.
Aber ich fühle, daß der schnappschußfreudige Gangster wieder vor mir steht.
Unendlich langsam kriecht die Zeit dahin.
Eines ist klar: Wenn das Badetuch verrutscht und auch nur einen Zentimeter meines Gesichts freigibt, schießt er.
Ich beginne zu schnarchen. Vielleicht täuscht ihn das.
Plötzlich fühle ich, daß jemand an meinem Badetuch zieht. Ohne im Schnarchen innezuhalten, wende ich blitzschnell den Kopf und beiße in die fremde Hand.
»Auweh!« Eine dicke Dame schreit vor Schmerz laut auf. »Ich hab geglaubt, Sie sind mein Sami.«
Und noch dazu ein abermaliges K'k.
Ich springe auf und zerschmettere ihm die Kamera. Das heißt: Ich will sie zerschmettern. Aber er muß etwas geahnt haben. Und jetzt bin's *ich,* der *ihn* verfolgt.
»Drei ... neun mal zehn ... 1.50 ...« ruft er mir über die Schulter zu.
»Nicht einmal ... wenn Sie ... bezahlen ...«
»Ein Pfund ... matt ...«, röchelt er im Rennen und streut dabei kleine weiße Kärtchen um sich. »Die Adres-

se ... meines Ateliers ... täglich geöffnet ... Kinder die Hälfte .. auch in Farbe ... sechzehn mal einundzwanzig ...«
Der verzweifelte Sprung, mit dem ich ihn knapp vor dem Ausgang abzufangen versuchte, kommt zu spät. Er ist draußen. Und ich kann ihm nicht folgen, ohne öffentliches Ärgernis zu erregen.

*

Gestern ging ich ins Atelier. Warum auch nicht. Ich meine: Warum soll ich nicht ein paar von den Bildern kaufen, vielleicht sind sie ganz gut geworden. Man sagt mir, daß ich sehr photogen bin, und die beste Ehefrau von allen wird sich bestimmt freuen, wenn sie mich in einer ungezwungenen Pose zu sehen bekommt.
Der Photograph begrüßte mich wie einen alten Freund, aber er hatte leider kein einziges Photo von mir. Es sei, so erklärte er verlegen, professionelle Gepflogenheit, die ersten Schnappschüsse immer mit einer leeren Kamera zu machen. Der Film wird erst eingelegt, wenn die Kundschaft weichgeklopft und zur Aufnahme bereit ist ...
Ich bedauerte seine vergebliche Mühe, er bedauerte meine Enttäuschung. Ich würde eine kleine Geschichte darüber schreiben, tröstete ich ihn zum Abschied. »Wie klein?« fragte er. »Fünf mal acht«, sagte ich. »Matt.«

Karate, die edle Kunst der japanischen Selbstverteidigung, hat die Filmleinwände der Welt im Sturm erobert und aus einigen in Hongkong wohnenden Produzenten Millionäre gemacht. Die neue Mode hat auch auf die israelischen Kinotheater übergegriffen. Nicht nur auf die Leinwand, sondern vor allem auf den Zuschauerraum. Das zeigt sich beispielsweise in jenem spannungsgeladenen Augenblick, da Ruben Levkowitz, vor der 15. Reihe stehend, den Billeteur am Kragen packt, ihm die Taschenlampe in den Mund stopft und ihn anbrüllt:
»Das ist nicht mein Sitz, du Stinktier!«
Der Billeteur mit der hell erleuchteten Mundhöhle rennt um sein Leben und verbringt den Rest des Abends damit, draußen vor dem Kinoeingang nach einem Polizisten Ausschau zu halten. Drinnen hat mittlerweile Levkowitz das Kommando übernommen. Er wirft brennende Zündhölzer um sich, zieht alle Mädchen in seiner Reichweite an den Haaren, und wenn oben auf der Leinwand Romeo zum erstenmal nach Julias Hand greift, springt er auf, stößt Tarzans berühmten Dschungelschrei aus und fügt lauthals hinzu:
»Pack sie doch am Hintern, Idiot!«
Im Zuschauerraum kauern 612 Männer auf ihren Sitzen, niedergedrückt vom Gewicht eines lähmenden Minderwertigkeitsgefühls. 612 Männer sind von dem ebenso brennenden wie unerfüllbaren Wunsch zerfressen, sich zu erheben, ihrer Begleiterin zuzuflüstern: »Wart einen Augenblick, Liebling, ich komme gleich zurück«, auf den randalierenden Levko-

witz zuzutreten und ihn mit einem einzigen eleganten Schlag niederzustrecken. Mit diesem uralten Wunschtraum begann

DIE EDLE KUNST »KARATE«

Man muß sich immer wieder an Theodor Herzl erinnern und an seinen historischen Ausspruch: »Wenn ihr nur wollt, ist es kein Traum.« Zwei Drittel unserer Kinos zeigen Karate-Filme, in denen ein paar untersetzte Gestalten, schwarze Leibbinden um den rundlichen Bauch geschlungen, ganze Brigaden überdimensionaler Levkowitze hinmähen. Und nicht nur das. Kurz vor Beginn des Hauptfilms betritt Gideon, der israelische Karate-Meister, die Bühne und zerschmettert mit seiner Handkante ein paar Dachziegel und Pflastersteine, als wollte er sagen:

»Was mich betrifft – mir kann im Kino nichts passieren.«

Fünf Jahre Studium in Tokio genügen, um diese Fertigkeit zu erlangen. Gideon ist einen Kopf größer als ein hochgewachsener Normalbürger, sein Arm ist so dick wie eine Normaltaille, und seine Taille – nun lassen wir das. Er spricht japanisch wie der Tenno, Japans gottähnlicher Kaiser, seine Adlernase ragt drohend in die Gegend, und seine Fäuste sind mit freiem Auge nur schwer von Preßlufthämmern zu unterscheiden. Er würde einen idealen Billeteur abgeben.

Statt dessen verschwendet er sein Talent an die Leitung einer Karate-Schule.

*

Ich betrat den Trainingssaal seines Instituts auf Zehenspitzen, weil man vorher die Schuhe ausziehen muß. Der Fußboden ist mit Matten aus mongolischem Gras be-

deckt, die einen anheimelnden Eindruck machen. Rings an den Wänden hängen Bilder von Gideon in verschiedenen Karate-Positionen, ferner von koreanischen Champions, die mit einer Hand das Horn eines Ochsen brechen, und von hilflos darniederliegenden Ochsen.
Auf den Matten trainierte gerade die sogenannte »Intellektuellengruppe«, bestehend aus einem Mathematiklehrer, einem Opernsänger, einem Innenarchitekten, dem Großindustriellen Zwecker und einem mir unbekannten Neuling. Die anderen Schüler Gideons befanden sich in häuslicher Pflege.
Alle Anwesenden waren barfuß und trugen über ihren weißen Kimonos verschiedenfarbige Gürtel, je nach dem Grad ihrer Ausbildung: weiß, gelb, orange. Alex, so wurde mir gesagt, hat es bereits zu einem grünen Gürtel gebracht, liegt aber noch im Gipsverband.
Ich setzte mich auf eine Bank am entfernten Ende der Halle, um keine überflüssige Aufmerksamkeit zu erregen.
Kurz nach 17 Uhr begann der Boden unter unseren Füßen zu zittern. Gideon trat ein. Er trug einen schwarzen Gürtel.
Sofort gaben seine Schüler eindrucksvolles Zeugnis der Disziplin, die er ihnen beigebracht hatte. Sie fielen auf die Knie, beugten den Oberkörper nach vorn und riefen »Hei«, was auf japanisch soviel bedeutet wie »Hei«.
Gideon kündigt an, daß er zu Beginn den »Schekutschu-Otschikawa«-Schlag demonstrieren wolle, der in schrägem Winkel gegen die Kehle geführt wird. Er macht zwei rasche Schritte vorwärts, stößt einen markerschütternden Schrei aus und läßt die Hand wie ein Beil durch die Luft sausen.

Aus der Schar der Schüler tritt der Innenarchitekt hervor und bittet, für heute vom Training dispensiert zu werden. Er habe Rheuma.
Gideon dispensiert ihn. Der Innenarchitekt nimmt erleichtert an meiner Seite Platz.
Unterdessen schweift Gideons Adlerblick über die Gruppe der Schüler. Jeder duckt sich, jeder versucht sich hinter dem Rücken eines anderen zu verstecken, jeder scheint sagen zu wollen: »Warum gerade ich?«
Gideon entscheidet sich für den jungen Großindustriellen:
»Stehen Sie gerade und rühren Sie sich nicht. Ich werde Ihnen nicht wehtun. Ich führe nur die Theorie des Griffs vor. Halten Sie still.«
Er nimmt Augenmaß, konzentriert sich, springt mit dem ohrenbetäubenden Aufschrei »Johaa!« vorwärts und landet einen fürchterlichen Schlag auf das Genick des Wehrlosen. Dieser, höchlichst bestürzt, weicht zurück, aber schon hat ihn Gideons langer Arm ein zweitesmal erreicht. Mit einem dumpfen Knall bricht das Opfer zusammen und kriecht auf allen vieren in den Duschraum.
»Man muß lernen, Hiebe einzustecken«, raunt mir der dispensierte Innenarchitekt sachkundig und nicht ohne Schadenfreude zu. »Wer keine Hiebe einstecken kann, wird nie Karate lernen.« Und er deutet wie zur Bekräftigung auf seine gelbe Bauchschärpe.
Im weiteren Verlauf erfahre ich, daß Gideon auf dem Fußboden eines ungeheizten Zimmers schläft, Fleischesser ist und kein Telefon hat. Seine Schüler sind ihm blind ergeben, besonders seit er ihnen den »Nihutschu-Nokita«-Schlag gezeigt hat, der gegen die Augen geführt wird. Sie folgen ihm überallhin, in der geheimen Hoff-

nung, daß irgendwo, vielleicht auf einem Supermarkt oder im Kino, irgend jemand, vielleicht eine Schlägerbande, sich über Gideon hermachen wird.
Aber das ist noch nie geschehen. Jeder Rowdy in der Stadt kennt Gideon. Einmal, in einem Kegelklub, begann eine aus acht finsteren Gesellen bestehende Bande zu randalieren. Gideon wurde eilends aus einem nahe gelegenen Kaffeehaus herbeigeholt. Bei seinem Eintritt machten die Radaubrüder Miene, sich mit geballten Fäusten, Sesselbeinen und Schlagringen auf ihn zu stürzen. Es sah ganz danach aus, als ob endlich etwas geschehen sollte. Aber da sagte Gideon ganz ruhig: »Ich heiße Gideon« – und die Bande löste sich in ihre Bestandteile auf und ließ sich nie wieder blicken.

*

Eben jetzt demonstriert Gideon den »Yoko-Kyaga«-Schlag. Die meisten der Schüler kleben bereits an der Wand. Vor ihrem geistigen Auge zieht kaleidoskopartig ihre Kindheit vorüber. Nur der Neuling ist noch übrig. An ihn wendet sich Gideon:
»Passen Sie auf. Meine Schultern liegen in einer Linie mit meinen Hüften, mein Standbein ist rechtwinkelig aufgesetzt, mein Trittbein ist gestreckt. Bewegen Sie sich nicht. Ich werde Sie nicht berühren. Ich deute nur an, wie der Schlag geführt wird. Halten Sie still.«
Noch während er spricht, retiriert der Neuling in immer wilderen Sprüngen, Gideon mit einem brüllenden »Mikshoda!« hinter ihm her, bis er ihn mit dem gestreckten Bein erreicht hat, die Schultern in einer Linie mit den Hüften. Ein markiger Tritt in den Hintern befördert den Neuling gegen die Wand. Da sich an dieser

Stelle zufällig die Türe befindet, kommt er nicht mehr zurück.

Ich beginne zu verstehen, warum diese Klasse so wenig Schüler hat.

»Gideon behandelt uns mit Glacéhandschuhen, weil wir Intellektuelle sind«, informiert mich der Innenarchitekt. »Sie sollten ihn mit den jungen Kibbuzniks arbeiten sehen ...«

Je länger ich Gideon beobachte, desto klarer glaube ich zu erkennen, worin das Geheimnis des Karate besteht: es ist der japanische Schrei. Eine Erinnerung an meine Schulzeit steigt in mir auf, an einen Knaben namens Tibor Gondos, der jede Klasse mindestens zweimal machen mußte. Und dabei war er nicht einmal ein besonders guter Fußballer. Aber als Raufbold war er sehr gut. Wenn er sich anschickte, jemanden zu verprügeln, verzerrte sich sein Gesicht mit den blutunterlaufenen Augen zu einer grauenhaften Grimasse, und wenn er dann wirklich losging, stieß er einen so furchtbaren Schrei aus, daß die meisten seiner Gegner sofort klein beigaben. Sie ahnten nicht, daß sie einem geborenen Karate-Meister unterlegen waren. Ein Wütender oder einer, der die Wut überzeugend spielen kann, ist jedem Gegner von vornherein überlegen. Danach richtet sich ja auch die Farbe des Gürtels. Der junge Neuling zum Beispiel wird lange einen blütenweißen Gürtel tragen ...

Noch ehe meine Überzeugung, daß alles vom richtigen Brüllen abhängt, sich gefestigt hat, belehrt mich der Innenarchitekt eines anderen:

»Konzentration ist alles«, sagt er. »Eigentlich besteht das ganze Karate nur aus Konzentration. Vorige Woche provozierte Jobbi Katschkes, unser Schwergewichtsmeister im Ringen, einen Streit in einem Restaurant in Jaffa. Er war schon ein wenig betrunken. Und an wen geriet er? An ein Mitglied der japanischen Handelsdelegation, die zur Mustermesse nach Tel Aviv gekommen war. Er nannte ihn einen gelben Affen, schüttete ihm Bier ins Gesicht, schnitt Grimassen und benahm sich überhaupt wie ein Irrer. Der Japaner lächelte höflich und schwieg. Sie wissen ja, Japaner sehen wie Kinder aus, klein und zierlich, nichts als Haut und Knochen, man fürchtet sich in die Suppe zu blasen, wenn einer in der Nähe ist, vielleicht bläst man ihn weg. So weit, so gut. Plötzlich macht Katschkes eine ordinäre Bemerkung zu einer Dame der japanischen Delegation. Da steht der kleine Japaner auf, ganz ruhig, macht einen Schritt zurück, verlegt sein Gewicht auf das linke Bein, hebt die rechte Hand ungefähr bis zur Hüfthöhe – und bevor man weiß, was geschieht, greift er in seine Tasche und bespritzt Katschkes aus einer Phiole mit Tränengas. Was soll ich Ihnen viel erzählen – unser Schwergewichtsmeister ist zu Boden gegangen und hat geheult wie ein kleines Kind. Hübsch, nicht?«

»Sehr hübsch«, bestätigte ich. »Aber was hat das mit Karate zu tun?«

»Katschkes hat Karate gelernt, aber er konnte sich nicht konzentrieren. Ganz wie ich sagte. Es hängt alles von der Konzentration ab . . .«

*

In diesem Augenblick wurde mein Innenarchitekt von Gideon zu einer kleinen Demonstration gerufen, ungeachtet seines Rheumas, denn außer ihm war niemand mehr da. Unter diesen Umständen zog ich mich in den

Duschraum zurück, wo ich ihn nachher zu treffen hoffte. Er kam nicht. Vielleicht war die Demonstration ein wenig zu lebhaft verlaufen.

Ich verließ das Institut. Durch die offene Türe eines anderen Klassenzimmers sah ich Ruben Levkowitz mit einem braunen Gürtel um den Bauch.

Auf dem Heimweg erstand ich einen Revolver und ein Insektenspray. Ich trainiere jetzt zu Hause. Mit einem brüllend hervorgestoßenen »Azanyad!« spritze ich die Flüssigkeit auf das Fenster, wobei ich die rechte Schulter in eine Linie mit meiner Hüfte bringe und das linke Bein gestreckt rotieren lasse. Seit gestern trage ich eine grüne Krawatte. Sie bezeichnet den vierten Grad des »Phiola«, der alten, edlen Kunst der Selbstverteidigung gegen Karate.

Wir erziehen unsern Sohn Amir in athletischem Sinn und Geist. Wir halten ihn an, durch die Nase zu atmen, vitaminreiche Kost zu sich zu nehmen und seinen Kakao brav auszutrinken. Hingegen lassen wir es nicht zu, daß er sich bei Wind und Wetter draußen herumtreibt, an gesundheitsschädlichen Wettläufen teilnimmt, sich auf Ringkämpfe mit verwahrlosten Gassenjungen einläßt oder in einen idiotischen Fußball hineintritt. Sport ist in unseren Augen eine Betätigung, die auf ruhige, zivilisierte Art ausgeübt werden soll, unter elterlicher Aufsicht und innerhalb der eigenen vier Wände.

ICH KAM, SAH UND DURFTE NICHT SIEGEN

Von einer Auslandsreise brachte ich meinem Sohn Amir ein Tischfußballfeld mit, ein sinnreiches, großartig konstruiertes Spielzeug, nicht unähnlich den illuminierten Spieltischen, um die sich in unseren Strandkaffeehäusern langhaarige Jugendliche scharen. Der Fußballtisch besteht aus einem hellgrün angestrichenen Spielfeld mit einem Tor an jedem Ende und einer Anzahl von Querstangen, an denen eine beiderseits gleiche Anzahl von grünen und roten Spielerfiguren befestigt ist. An beiden Enden jeder Querstange befindet sich ein Griff, durch dessen Drehung die Spielerfiguren so bewegt werden können, daß sie einen kleinen hölzernen Ball auf das gegnerische Tor zutreiben und womöglich ins Tor hinein. Es ist ein bezauberndes Spiel, bestens geeignet, den Geist edlen Wettkampfs in einem Kind oder sogar in einem

Erwachsenen zu wecken, zu hegen und zu pflegen, kurzum, den Spieler zu wahrer Sportlichkeit zu erziehen. Oder so heißt es jedenfalls im beigefügten Reklametext.

Amir fand an der Sache sofort Gefallen. Anfangs machte er mir den Eindruck einer gewissen Unbeholfenheit, aber es stellte sich bald heraus, daß er für das Mini-Fußballspiel überhaupt keine Eignung besaß. Nun, was soll's. Er kann sehr hübsch zeichnen und sehr gut kopfrechnen, also verschlägt's nicht viel, daß er über keine besonders hochentwickelte manuelle Geschicklichkeit verfügt. Nicht als wäre er außerstande, die Handgriffe an den Querstangen zu betätigen. Er betätigt sie. Nur gerät der Ball bei ihm niemals in die Richtung des gegnerischen Tors. Ich mache mir deshalb keine übermäßigen Sorgen. Der Junge ist für einen Siebenjährigen recht intelligent und lebhaft.

Am lebhaftesten ist sein Ehrgeiz entwickelt. Amir will unbedingt Sieger bleiben. Wann immer er ein Tischfußballspiel gegen einen seiner Klassenkameraden verliert, wird sein Gesicht so rot wie seine Haare, und dicke Tränen rinnen ihm über die Wangen. Obendrein ist er, um das Unglück voll zu machen, ein leidenschaftlicher Tischfußballspieler. Er träumt von nichts anderem als von diesem Spiel; und natürlich davon, daß er gewinnt. Er hat den Holzpuppen, die seine Mannschaft bilden, sogar Namen gegeben. Die Stürmer heißen samt und sonders Pelé, der Tormann heißt Jaschin, und alle übrigen heißen Bloch, nach dem besten Fußballspieler seiner Klasse.

Infolge der zahlreichen Niederlagen, die er von seinen Altersgenossen erdulden mußte, will Amir neuerdings nur noch gegen mich antreten. Dabei wirft er mir stumme Blicke zu, als wollte er mich beschwören: »Verlier, Papi! Bitte verlier!«

Ich muß gestehen, daß ich sein Verhalten als unfair empfinde. Warum soll ich verlieren? Auch ich ziehe es vor, zu siegen, wie jeder normale Mensch. Wenn er gewinnen will, dann soll er eben besser spielen. Als ich in seinem Alter war, sammelte ich Schmetterlinge und konnte jede Weckuhr klaglos auseinandernehmen.

Ich versuchte ihm meine Haltung logisch auseinanderzusetzen:

»Paß auf, Amir. Ich bin groß und du bist klein, stimmt das?«

»Ja.«

»Was würdest du von einem Papi halten, der sich von seinem kleinen Sohn schlagen läßt? Wäre ein solcher Papi in deinen Augen etwas wert?«

»Nein.«

»Warum machst du dann so ein Theater, wenn du verlierst?«

»Weil ich gewinnen will!«

Und er begann heftig zu schluchzen.

An dieser Stelle griff seine Mutter ein:

»Laß ihn doch nur ein einziges Mal gewinnen, um Himmels willen«, flüsterte sie mir zu. »Du mußt auf seine Selbstachtung Rücksicht nehmen. Wer weiß, was für seelischen Schaden du ihm zufügst, wenn du immer gewinnst . . .«

Ich unternahm eine übermenschliche Anstrengung, um seine Selbstachtung zu steigern. Immer wenn einer seiner Pelés den Ball gegen mein Tor trieb, holte ich meinen Tormann höflich aus dem Weg, nur um meinem armen, mißhandelten Kind eine Chance zu geben, mir wenigstens einmal ein Tor zu schießen. Aber woher denn. Er kann sehr gut kopfrechnen, aber er wird wohl nie imstande sein, einen hölzernen Ball selbst in ein Tor zu treiben.

Angesichts solcher Unfähigkeit verfiel ich auf den verzweifelten Ausweg, mir ein Eigengoal zu schießen. Ich drehte die Kurbel meines Mittelstürmers ... der Ball sprang an die Querstange ... sprang zurück ... und rollte langsam und unaufhaltsam in Amirs Tor.

Neuerliches Geheul war die Folge und wurde von einem hemmungslosen Wutausbruch abgelöst. Der leicht erregbare Knabe packte das Tischfußballspiel, schleuderte es zu Boden, mitsamt allen Querstangen, Spielern und dem Holzball.

»Du willst mich nicht gewinnen lassen!« brüllte er. »Das machst du mit Absicht!«

Ich hob das verwüstete Spielfeld auf und installierte es behutsam auf dem Tisch. Dabei merkte ich, daß drei meiner Spieler ihre Köpfe verloren hatten und nur noch halb so groß waren wie zuvor.

»Jetzt hast du mir die Mannschaft zerbrochen«, sagte ich. »Wie soll ich mit diesen Stürmern weiterspielen? Sie kippen ja um und können den Ball nicht weitertreiben.«

»Macht nichts.« Mein eigen Fleisch und Blut blieb ungerührt. »Spielen wir trotzdem weiter.«

Und in der Tat: Kaum hatten wir das Match wieder aufgenommen, drückte Amir aufs Tempo und gewann allmählich die Oberhand. Ich mochte meine verkürzten Spieler drehen und wenden, wie ich wollte – sie waren zu Statisten verurteilt. Auf Amirs Seite hingegen wanderte der Ball unbehindert von Bloch zu Pelé, von Pelé I zu Pelé II – und endlich – endlich – ich hob sicherheitshalber das eine Ende des Tisches ein wenig hoch – endlich landete der Ball in meinem Tor.

»Hoho!« Aus Amirs Siegesruf klang unverhohlener Triumph. »Tor! Tor! 1:0 für mich! Ich hab dich geschlagen! Hoho! Ich bin der Sieger . . .«

Am nächsten Tag waren alle meine Spieler kopflos. *Ich* hatte sie geköpft. Für die Hebung des Selbstbewußtseins meines Sohnes ist mir nichts zu teuer.

Es ist schon längere Zeit vergangen, seit ich zuletzt über unseren weiblichen Pseudo-Schnauzer Franzi berichtet habe, und in dieser Zeit sind wir einander viel näher gekommen. Franzi spielt immer noch die importierte Rassehündin und mißachtet immer noch alle Grundregeln der Hygiene. Außerdem habe ich noch eine Schwäche an ihr entdeckt, deren Formulierung mir einige Verlegenheit bereitet. Es handelt sich um Sex.

HUNDSTAGE

Franzi begann plötzlich Interesse an Hunden zu zeigen, sprang am Fenster hoch, wenn draußen einer vorbeiging, wedelte hingebungsvoll mit dem Schwanz, ja manchmal ließ sie sogar ein zweideutiges Bellen hören. Und siehe da: Draußen vor dem Fenster versammelten sich nach und nach sämtliche männlichen Hunde der Umgebung, wedelnd, winselnd, schnuppernd, als suchten sie etwas. Zulu, der riesige deutsche Schäferhund, der am andern Ende der Straße lebt, drang eines Tags über die rückseitig gelegene Terrasse sogar in unser Haus ein und wich erst der Gewalt.

Wir wandten uns an Dragomir, den international bekannten Hundetrainer aus Jugoslawien, der sich eine Zeitlang auch mit Franzi beschäftigt hatte. Er klärte uns auf:

»Warum Sie aufgeregt weshalb? Hündin ist läufig.«

»Hündin ist was?« fragte ahnungslos die beste Ehefrau von allen, die sich in der einschlägigen Terminologie nicht auskennt. »Wohin will sie laufen?«

Dragomir nahm seine Zuflucht zur Kinder- und Gebärdensprache:

»Kutschi-mutschi. Weibi braucht Manndi. Kopulazija hopp-hopp.«

Nachdem wir dieses Gemisch aus Kroatisch und Kretinisch dechiffriert hatten, wußten wir Bescheid.

Auch unseren Kindern war mittlerweile etwas aufgefallen.

»Papi«, fragte mein Sohn Amir, »warum will Franzi zu den anderen Hunden hinaus?«

»Sohn«, antwortete Papi, »sie will mit ihnen spielen.«

»Wirklich? Und ich hatte schon geglaubt, daß sie miteinander den Geschlechtsverkehr ausüben wollen.«

Ich gebe Amirs Äußerung in umschriebener Form wieder. Tatsächlich gebrauchte er ein wesentlich kürzeres Wort, das man in einer kultivierten Familiengemeinschaft nach Möglichkeit vermeiden sollte.

Die Zahl der Franzi-Verehrer vor unserem Haus wuchs dermaßen an, daß wir uns nur noch mit eingelegtem Besen den Weg auf die Straße bahnen konnten. Wir bekämpften die liebestrunkenen Horden unter Franzis Fenster mit Wasserkübeln, wir traten sie mit Füßen, wir zogen quer durch unseren Garten einen rostigen Drahtverhau (der von den leidenschaftlich Liebenden in Minutenschnelle durchbissen wurde), und einmal warf ich sogar einen Pflasterstein nach Zulu. Er warf ihn sofort zurück.

Währenddessen stand Franzi am Fenster und barst vor Erotik.

»Papi«, sagte mein Sohn Amir, »warum läßt du sie nicht hinaus?«

»Das hat noch Zeit.«

»Aber du siehst doch, daß sie hinaus will. Sie möchte endlich einmal . . .«
Wieder kam jener abscheuliche Ausdruck. Aber ich ließ mich nicht umstimmen:
»Nein. Erst wenn sie verheiratet ist. In meinem Haus achtet man auf gute Sitten, wenn du nichts dagegen hast.«
Mutter Natur scheint jedoch ihre eigenen Gesetze zu haben. Die Hunde draußen jaulten im Chor und begannen miteinander um die noch nicht vorhandene Beute zu raufen. Franzi stand am Fenster und winkte. Sie aß nicht mehr und trank nicht mehr und schlief nicht mehr. Schlief sie jedoch, dann war ihr Schlaf voll von erotischen Träumen. Und in wachem Zustand ließ sie erst recht keinen Zweifel daran, worauf sie hinauswollte.
»Hure!« zischte die beste Ehefrau von allen und wandte sich ab.
Damit tat sie natürlich unrecht (und wer weiß, was da an weiblichen Urinstinkten mit hineinspielte). Franzi war eben zu schön. Kein richtiger männlicher Hund konnte ihrer erotischen Ausstrahlung, dem Blitzen ihrer Augen und der Anmut ihrer Bewegungen widerstehen. Und erst das silbergraue, langhaarige Fell! Sollte es daran liegen? Wir beschlossen, Franzi scheren zu lassen, um sie vor den Folgen ihres Sexappeals zu retten, und setzten uns mit einer bewährten Hundeschuranstalt in Verbindung. Am nächsten Tag erschienen zwei Experten, kämpften sich durch die Hundehorden, die unseren Garten besetzt hielten, hindurch und nahmen Franzi mit sich. Franzi wehrte sich wie eine Mini-Löwin, ihre Verehrer bellten und tobten und rannten noch kilometerweit hinter dem Wagen her.

Wir saßen zu Hause, von Gewissenbissen gepeinigt.
»Was hätte ich tun sollen?« seufzte ich. »Sie ist ja noch viel zu jung für solche Sachen ...«
Franzi kam nicht mehr zurück. Was uns am nächsten Tag zurückgestellt wurde, war eine mißgestaltete, rosafarbene Maus. Ich hätte nie gedacht, daß Franzi innen so klein war. Und Franzi schien die schmähliche Verwandlung, der man sie unterzogen hatte, selbst zu merken. Sie sprach kein Wort mit uns, sie wedelte nicht, sie starrte reglos zum Fenster hinaus.
Und was geschah?
Unser Garten konnte die Menge der Hunde, die herangestürmt kamen, nicht mehr fassen. Sie rissen das Gitter nieder, rasten umher und sprangen mit speichelnden Lefzen an der Mauer des Hauses empor, um in Franzis Nähe zu gelangen. Waren es zuvor nur die Hunde unseres Wohnviertels gewesen, so kamen jetzt alle Hunde der Stadt, des Landes, des Vorderen Orients. Sogar zwei Eskimohunde waren darunter; sie mußten sich von ihrem Schlitten losgerissen haben und waren direkt vom Nordpol herbeigeeilt.
Kein Zweifel: In ihrem jetzigen Zustand war Franzi so sexy wie nie zuvor. Denn sie war nackt. Sie lag im Fenster und bot sich nackt den Blicken ihrer gierigen Verehrer dar. Aus unserem Haus war ein Eros-Center geworden.
Als einer der wildesten Freier, eine wahre Straßenraupe von einem Vieh, mit einem Hieb seiner mächtigen Tatze unsere Türklinke herausriß, riefen wir die Polizei, ehe die anderen Hunde die Telefonleitung durchbeißen konnten. Die Polizei war besetzt. Und wir besaßen keine Raketen, um Notsignale zu geben.

Immer enger schloß sich der Ring der Belagerer um unser Haus. Rafi, mein ältester Sohn, schlug vor, die Gartensträucher anzuzünden und unter Feuerschutz den Rückzug ins nahe gelegene Postamt anzutreten, wo wir vielleicht Verbindung zur Polizei bekämen. Aber dazu hätten wir ja das Haus verlassen müssen, und das wagten wir nicht mehr.

Plötzlich stand Zulu, der den Weg über das Dach genommen haben mußte, mitten in der Küche und verwikkelte mich in einen brutalen Zweikampf. Aus seinen Augen blitzte der wilde Entschluß, zuerst Franzi zu vergewaltigen und hernach mit mir abzurechnen. Franzi lief schweifwedelnd um uns herum und bellte für Zulu. Die Mitglieder unserer kleinen Familie suchten Deckung hinter den umgestürzten Möbeln. Von draußen die Hunde rückten näher und näher.

»Mach Schluß«, kam keuchend die Stimme meiner totenblassen Ehefrau. »Gib ihnen Franzi.«

»Niemals«, keuchte ich zurück. »Ich lasse mich nicht erpressen.«

Und dann – noch jetzt, da ich's niederschreibe, zittert meine Hand vor Erregung –, gerade als wir unsere letzte Munition verschossen hatten und das Ende unabwendbar herandrohte – dann hörte das Bellen mit einemmal auf, und die Hundehorden verschwanden.

Vorsichtig steckte ich den Kopf zur Türe hinaus und legte die Hand ans Ohr, um das schmetternde Trompetensignal der herangaloppierenden Kavallerie zu vernehmen, die bekanntlich immer im letzten Augenblick eintrifft, um die Siedler vor dem Skalpiermesser zu retten ... Aber ich konnte keine Spur einer organisierten Rettungsaktion entdecken.

Allem Anschein nach handelte es sich um ein ganz gewöhnliches Wunder.
Am nächsten Tag erklärte uns Dragomir, was geschehen war:
»Sie wissen? Sie wissen nicht. In ganzer Stadt auf einmal alle Hündinnen läufig. Kommt vor. Und sofort alles gut.«
Seither herrscht in unserem Alltag ganz normale Eintönigkeit. Aus Franzi, der rosafarbenen Maus, ist wieder eine Hündin mit weißem Fell geworden, die sich nur für Menschen interessiert. Für die Hunde der Nachbarschaft hat sie kein Auge mehr, und vice versa. Als Zulu an unserem Haus vorüberkam, drehte er sich nicht einmal um.
Woher unter diesen Umständen die kleinen Import-Schnauzer kommen, die Franzi erwartet, wissen wir nicht.

Einer alten Legende zufolge, die sich besonders in der animalischen Welt großer Beliebtheit erfreut, soll König Salomo die Fähigkeit besessen haben, mit den Tieren zu sprechen. Ich muß gestehen, daß mich das nicht beeindruckt. Es würde mir sogar recht schwerfallen, einen bellenden König zu respektieren. Da ist mir ein sprechender Hund noch lieber.

OFFENES GESPRÄCH MIT EINEM HUND

Eine Zeitlang hatte es den Anschein, als wäre Franzi, wenn überhaupt, am Geschlechtsleben nur in Form von Gruppensex interessiert, wie ich es im vorangegangenen Kapitel geschildert habe. Nach einigen Monaten mußte ich jedoch entdecken, daß sie in einen struppigen schwarzen Köter ungewisser Herkunft verliebt war, der neuerdings in regelmäßigen Intervallen bei uns auftaucht und den sie offenbar als ihr ständiges Verhältnis betrachtet.
Ich persönlich kann diesen Kerl nicht leiden. Sein ganzes Wesen widerstrebt mir. Er wirkt auf mich wie ein Hippie, und ich lasse ihn nur Franzi zuliebe ins Haus. Bei seinem letzten Besuch, als Franzi gerade in der Küche zu tun hatte, trieb ich meine Gastfreundschaft so weit, ihm den Bauch zu kraulen. Hunde haben das gern. Sie haben es so gern, daß sie sich auf den Rücken legen und die Beine von sich strecken, um das Gekraultwerden richtig zu genießen.
»Liebes Hundi, herziges Hundi«, brummte ich während des Kraulens vor mich hin. »Hundi freut sich, wenn man ihm Bauch kitzelt, nicht wahr.«
»Keine Spur«, kam laut und deutlich die Antwort. »Ich

freue mich überhaupt nicht. Aber ich kann mir nicht helfen. So ist das Leben.«

Ich war einigermaßen verblüfft. Wie? Dieser Wechselbalg von einem Köter, der sich die ganze Zeit auf der Straße herumtrieb und nicht einmal die primitivste Schulbildung besaß, sprach ein fehlerfreies Hebräisch?

»Entschuldigen Sie«, stammelte ich. »Sie verstehen die menschliche Sprache?«

»Alle Hunde verstehen die menschliche Sprache. Sie verheimlichen es nur vor den Menschen.«

»Und warum?«

»Weil uns die Menschen mit ihrem blöden Gequatsche ohnehin schon genug langweilen. Wenn sie auch noch wüßten, daß wir sie verstehen, würde es überhaupt kein Ende nehmen. Aber warum haben Sie aufgehört, meinen Bauch zu kratzen, Herr? Kratzen Sie ruhig weiter, wenn's Ihnen Spaß macht. Kümmern Sie sich nicht um mich. Ich habe gelernt, keinen Widerstand zu leisten. Soll ich auch noch die Zunge heraushängen lassen und ein bißchen mit dem Schwanz wedeln? Oder behaglich knurren?«

Ich wußte nicht recht, was ich antworten sollte. Ich habe keine Erfahrung im Gespräch mit fremden Hunden.

»Jedenfalls«, sagte ich schließlich, »gratuliere ich Ihnen, daß Sie eine so nette Hündin gefunden haben wie unsere Franzi.«

»Nett?«

»Das will ich meinen. Ich brauche nur zu pfeifen – und schon springt sie auf meinen Schoß, um mir das Kinn abzulecken. Manchmal stellt sie sich sogar auf die Hinterbeine, um vielleicht meine Nase zu erreichen. Sie ist mir aufrichtig ergeben.«

»Aufrichtig!« schnarrte der Liebhaber meiner Hündin und zündete sich eine Zigarette an. »Ergeben! Daß ich nicht lache. Sie weiß nicht einmal, was dieses Wort bedeutet. Mich zum Beispiel läßt sie nur in ihre Nähe, wenn sie läufig ist. Und sobald sie bekommen hat, was sie braucht, bellt sie mich zur Türe hinaus. Sie ist noch nie auf den Einfall gekommen, mir ihre Sprößlinge vorzustellen, an deren Zustandekommen doch auch ich beteiligt bin. Und sie hat mir noch nie auch nur einen Bissen ihres Futters übriggelassen, das sie von Ihnen für nichts und wieder nichts bekommt.«

»Zu mir«, unterbrach ich unwillig, »benimmt sie sich immer sehr lieb und freundlich.«

»Kein Wunder. Sie ist ja religiös.«

»Sie ist was?«

»Damit Sie's wissen, mein Herr: Franzi ist im Verkehr mit Hunden ein brutales, egoistisches Geschöpf. Lieb und freundlich ist sie nur zu den Göttern. Und dem Allmächtigen bringt sie eine geradezu fanatische Liebe entgegen.«

»Wer ist der Allmächtige?«

»Sie.«

»Ich?«

»Jawohl, Sie. Aus der Hundeperspektive. Sie sind groß und stark und können schlagen. Sie ernähren Franzi, Sie versorgen sie mit einem Dach überm Kopf und gewähren ihr allen behördlich erforderlichen Schutz. Und was bekommen Sie dafür? Eine tägliche Ration von Schweifwedeln, Auf-den-Hinterbeinen-Stehen, Bitte-bitte-Machen und dergleichen kindische Mätzchen. Das ist ja auch ganz in Ordnung. Menschen interessieren sich ja für einen Hund nur, solange er sich menschlich benimmt.

Dann ist er ein liebes Hundi. Na, und darauf gehen wir eben ein. Wir verfallen automatisch in Begeisterung, wenn Sie uns den Bauch kratzen. Wir sind sofort bereit, einen Stock heranzubringen, den Sie irgendwohin geworfen haben, weil wir wissen, daß Sie das glücklich macht. Uns langweilt es maßlos. Aber schließlich ist es leichter, Theater zu spielen, als hungrig durch die Welt zu streunen.«

»Aus welchen Gründen immer – Hunde sind die treuesten Freunde der Menschen.«

»Der Menschen? Welcher Menschen? Franzi ist *Ihnen* ein treuer Freund, Ihnen und niemandem sonst. Weil *Sie* es sind, der für ihre Existenz sorgt. Haben Sie noch nie das lateinische Sprichwort gehört: Ubi bene, ibi canis? Übersetzt: Der Hund ist dort, wo es ihm gut geht. Bekäme Franzi genügend Nahrung von einem andern, dann wäre *er* ihr Gott. Sie ist streng monotheistisch. Sie glaubt an einen einzigen Gott und verachtet alle anderen, besonders jene, die nicht wohlhabend sind und bei denen es nichts zu holen gibt. Haben Sie noch nie bemerkt, wie wild sie zu bellen beginnt, wenn ein Bettler oder Hausierer vor der Türe auftaucht? Bellt sie aber nicht, dann können Sie Gift darauf nehmen, daß es sich um einen Schwindler handelt, der zu Hause unter der Matratze größere Geldbeträge versteckt hält.«

»Franzi tut auf jeden Fall ihre Pflicht und bewacht unser Haus.«

»Franzi bewacht Ihr Haus? Machen Sie sich nicht lächerlich, Herr. Was Franzi bewacht ist das Haus, das sie für ihr eigenes hält. Sie bewacht ihr tägliches Brot. Und sie paßt verdammt gut auf, daß ihr kein anderer Hund was wegnimmt. Was Sie für Bewachung halten, ist der

simple Existenzkampf. Man nennt das auch Existentialismus, wenn Sie Ihren Sartre gelesen haben.«
»Ich habe ihn nicht gelesen. Ich bin kein Hund.«
»Nein, gewiß nicht. Es ist ja auch viel angenehmer, der Allmächtige zu sein. Und mit seinem Edelmut zu prunken. Und sich früh, mittags und abends von einer abhängigen Kreatur bewundern zu lassen. Nein, wirklich. Hund bei einem Menschen zu sein, ist ein merkwürdiger Beruf. Ich glaube, wir sind die einzigen Geschöpfe auf Erden, die von der Dummheit der Menschen leben. Entschuldigen Sie bitte.«
Ich verfiel in gelinde Nachdenklichkeit:
»Nun ... also dann ... was soll ich eigentlich tun?«
»Nichts. Vergessen Sie, was ich gesagt habe, mein Herr. Es war nur Spaß. Und außerdem können Hunde ja gar nicht reden ...«
Damit legte er sich auf den Rücken und streckte einladend alle viere von sich, wie es eben die Gewohnheit von Hunden ist, wenn sie am Bauch gekrault werden wollen. Ich kraulte ihn am Bauch, er sah mich an, begann behaglich zu knurren und ließ die Zunge heraushängen.
Hunde haben es sehr gern, daß man sie am Bauch krault.

Die Bewohner unseres kleinen Landes sind gewissen Unbequemlichkeiten ausgesetzt, die mit der geographischen oder politischen Lage zusammenhängen. Aber damit werden wir zur Not noch fertig. Was dem israelischen Durschnittsbürger jene Magengeschwüre einbringt, die man sich nur durch ebenso anhaltenden wie ausweglosen Ärger verschaffen kann, sind seine Wohnungsnachbarn. Näheres darüber findet sich im Hauptwerk des berühmten Geschichtsschreibers Flavius Josephus: »Der jüdische Krieg«.

DIE AFFÄRE ARISTOBULOS

Das Villenviertel, in dem wir wohnen, besteht aus hübschen, behaglichen Ein- oder Zweifamilienhäusern, von kleinen Gärten umgeben, dahinter das blaue Meer, darüber der blaue Himmel. Wir hatten die Gegend bis vor kurzem für ein Paradies auf Erden gehalten. Seit der Affäre Aristobulos sind wir nicht mehr so sicher.

Sie begann damit, daß in zwei neu errichtete, nebeneinanderliegende Einfamilienvillen, wie nicht anders zu erwarten, zwei Familien einzogen: die des Musiklehrers Samuel Meyer in die eine, die des Privatbeamten Jehoschua Obernik in die andere. Und zwar begann die Affäre sogleich in vollem Umfang. Es war von Anbeginn klar, daß die beiden Familien einander nicht schmecken konnten und es nur darauf angelegt hatten, sich gegenseitig die Hölle heißzumachen. Als Endziel schwebte jeder von ihnen die Vertreibung der anderen vor. Zwecks Erreichung dieses Endziels leerten sie ihre

Abfallkübel in des Nachbars Garten, drehten das Radio zu einer Lautstärke auf, daß die Fensterscheiben zitterten, setzten seine Fernseh-Antenne außer Betrieb und taten alles, was man in solchen Fällen sonst noch zu tun pflegt. Angeblich soll Meyer sogar versucht haben, Oberniks Badewanne an die Hochspannungsleitung anzuschließen. Aber selbst wenn das nicht zutraf, gab es keinen Zweifel, daß über kurz oder lang eine der beiden Familien ausziehen müßte. Die Frage war, wer die besseren Nerven hatte. In unserer Straße standen die Wetten 3:1 für Meyer.

*

Bis hierher ist das eine ganz gewöhnliche Geschichte, wie sie sich in jedem von Juden bewohnten Häuserblock zutragen kann. Die Wendung zum Ungewöhnlichen trat ein, als die Oberniks einen Hund erwarben. Er hieß Aristobulos und war von unbestimmter Rasse, obwohl er angeblich einer hochklassigen skandinavischen Zucht entstammte. Die Oberniks hüteten ihn wie einen Augapfel und entließen ihn nur des Nachts ins Freie, offenbar aus Furcht vor feindlichen Attacken – eine nicht ganz unbegründete Furcht, denn das Bellen des Aristobulos war durchaus geeignet (und wohl auch darauf gerichtet), einen Nachbarn um den Verstand zu bringen, zumal wenn es sich bei diesem Nachbarn um einen Musiklehrer mit absolutem Gehör handelte.

Aristobulos stimmte sein keifendes, infernalisch durchdringendes Gebell zu den widerwärtigsten Stunden an: um 5.15 Uhr am Morgen, zwischen 14 und 16 Uhr (also zu einer Zeit, da sich Herr Meyer seinem Nachmittagsschläfchen zu widmen liebte), dann wieder gegen Mitternacht und um 3.30 Uhr. Natürlich bellte er auch zwischendurch, aber die obengenannten waren seine Hauptbellzeiten. Bei Nacht verlegte er sie in den Garten.

Nach ungefähr einer Woche, während des üblichen Nachmittagskonzerts, trat Frau Meyer vors Haus und ließ in Richtung Obernik die folgende Verlautbarung ergehen:

»Sorgen Sie dafür, daß Ihr Hund zu bellen aufhört, sonst kann ich für nichts garantieren. Mein Mann ist imstand' und erschießt ihn.«

Da man wußte, daß Samuel Meyer eine Jagdflinte besaß, nahm sich Frau Obernik die Warnung zu Herzen und sprach fortan, sowie Aristobulos zu bellen begann, mit besänftigender Stimme auf ihn ein:

»Ruhig, Aristobulos! Du störst Herrn Meyer. Schäm dich. Hör auf zu bellen. Kusch!«

*

Aristobulos kuschte in keiner Weise. Im Gegenteil, er steigerte sein Gekläff, als wollte er für die Freiheit des Bellens demonstrieren.

Meyer wandte sich an seinen Anwalt, um gesetzlichen Schutz anzufordern. Zu seiner Erbitterung mußte er erfahren, daß das Halten von Hunden zu den unveräußerlichen Bürgerrechten gehört und daß einem Hund von Gesetzes wegen nicht vorgeschrieben werden kann, wie und wann er zu bellen hat.

So griff denn Samuel Meyer eines Nachts zum Jagdgewehr und setzte sich in seinen Garten, wo er, von einem Strauch gedeckt, auf das Erscheinen des Hundes Aristobulos wartete. Aristobulos erschien nicht. Er bellte zwar genau zu den gewohnten Stunden (0.00, 3.30, 5.15), aber er bellte im Haus. Von Zeit zu Zeit glaubte Meyer ihn an der Türe kratzen und jämmerlich winseln zu hören, ohne daß sich die Türe geöffnet hätte. Entweder ahnte Obernik etwas von der lauernden Gefahr, oder er tat's aus purer Grausamkeit.

Als sich an diesem rätselhaften Ablauf auch in den folgenden zwei Nächten nichts änderte, entschloß sich Meyer, der dem Geheimnis auf die Spur kommen wollte, zu einem riskanten Schritt. Er schlich in der Dunkelheit an das Obernikscne Schlafgemach heran, spähte aus schrägem Winkel vorsichtig durchs halb geöffnete Fenster – und wollte seinen Augen nicht trauen (übrigens auch seinen Ohren nicht): Jehoschua Obernik lag mit gelangweiltem Gesichtsausdruck im Bett und bellte. Neben ihm lag Frau Obernik und sagte von Zeit zu Zeit ohne besondere Anteilnahme:

»Ruhig, Aristobulus. Du mußt Herrn Meyer schlafen lassen. Kusch.«

Samuel Meyer war hart daran, sein Jagdgewehr in Anschlag zu bringen, besann sich jedoch und ging auf die nächste Polizeistube, wo er dem dienstschlafenden Beamten die ganze Geschichte erzählte. Die Antwort des Beamten lautete:

»Na und?«

»Was heißt hier na und?!« brüllte Meyer. »Der Kerl ruiniert mich! Ich kann seit Wochen nicht schlafen! Außerdem schädigt er meine Gehörnerven, die ich zur Berufsausübung brauche!«

»Bedaure«, bedauerte das Amtsorgan. »Gegen Lautsprecher nach Mitternacht kann ich einschreiten – gegen jemanden, der bellt, nicht. Oder nur dann, wenn er gleichzeitig eine Schmieraktion unternimmt. Außerdem

fällt diese Angelegenheit in die Kompetenz der Stadtverwaltung.«
Am nächsten Morgen, nachdem Aristobulos ihn pünktlich um 5 Uhr 15 geweckt hatte, suchte Samuel Meyer abermals seinen Rechtsberater auf und informierte ihn, daß Jehoschua Obernik sich sozusagen als Selbsthund zu Hause hielt. Der Anwalt zog seine Gesetzbücher zu Rate und schüttelte den Kopf:
»Im britischen Mandatsgesetz kann ich nichts finden, was die Nachahmung von Tierstimmen verbieten würde. Auch die ottomanischen Gesetze, die ja auf zahlreichen Gebieten unseres öffentlichen Lebens noch in Kraft sind, enthalten nichts dergleichen. Hingegen schreiben sie ein Entgelt für Personen vor, die zu Bewachungszwecken angestellt sind, also die Funktionen eines Wachthundes ausüben. Wir werden daher gegen Herrn Obernik Anzeige erstatten, weil er keine amtliche Bewilligung zum Halten eines Wachthundes beziehungsweise einer Wachtperson besitzt.«
Die Anzeige wurde erstattet. Sicherheitshalber fügte der gewiegte Jurist noch hinzu, daß Herr Obernik keine Hundesteuer für sich bezahlte, und verlangte die sofortige Verhaftung des Säumigen wegen gemeingefährlicher Steuerhinterziehung.
Die Reaktion der Behörde war niederschmetternd: Herr Obernik hatte nicht nur die vorgeschriebene Bewilligung eingeholt, sondern auf ein Jahr im voraus die Hundesteuer für sich bezahlt.
Aristobulos bellte immer lauter, immer unablässiger, immer durchdringender. Die Schlacht hatte ihr entscheidendes Stadium erreicht.
In einem letzten verzweifelten Gegenangriff verstän-

digte Samuel Meyer das Gesundheitsministerium, daß sein Nachbar Aristobulos an Tollwut litte und im wohlverstandenen Interesse der Öffentlichkeit raschest vertilgt werden müßte.
Das Ministerium entsandte einen Tierarzt, der Herrn Obernik nach sorgfältiger Untersuchung ein amtliches Gesundheitszeugnis ausstellte. Die Kostenrechnung ging an Samuel Meyer. Sie war beträchtlich.
Obernik hatte gesiegt. Am nächsten Monatsersten zog Meyer samt Familie aus.
»Recht geschieht ihm«, sagte Frau Krassnitzer. »Warum hat er nicht zurückgebellt?«

Die Tiere werden entsprechend ihrer Nützlichkeit in zwei Kategorien eingeteilt: wilde Tiere und Haustiere. Die einzige Ausnahme ist der Esel, der beide Merkmale in sich vereint. Gott allein weiß, in welcher Absicht oder zu welchem Zweck ER den Esel erschaffen hat. Warum gab ER sich nicht mit dem Pferd zufrieden?

ERHOLUNG IM KIBBUZ

Alljährlich, wenn der Frühling kommt und das Pessachfest bevorsteht, wird mir klar, daß es keine Rettung vor den Mazzes gibt – außer im Kibbuz. Ehefrauen und Zahnärzte empfehlen den Kibbuz als ideale Erholung von den täglichen Bröseln, als einzigen Ort, wo es dem geplagten Städter vergönnt ist, am Busen der Natur zu ruhen, Milch aus einwandfreier Quelle zu beziehen und in Schlomohs Arme zu fallen. Schlomoh ist irgendwie verwandt mit mir, ein Gliedcousin oder etwas Ähnliches, aber auch wenn er nicht mit mir verwandt wäre, würde ich ihn zu Pessach besuchen. Er hat mich nicht besonders gern, wahrscheinlich deshalb, weil ich immer dann auftauche, wenn der Kibbuz von Verwandten, Bekannten, Freunden und sonstigen Gästen der Kibbuzniks überfüllt ist. Um die Wahrheit zu sagen: Auch ich kann Schlomoh nicht leiden, und manchmal frage ich mich, wie ein solcher Mensch überhaupt in unsere Familie gekommen ist.
Heuer, wie schon angedeutet, besuchte ich Schlomoh abermals zu Pessach im Kibbuz. Ich fand ihn in der Küche hinter einer Säule von schmutzigen Tellern und wurde von ihm mit herzlichem Widerwillen begrüßt:

»Tut mir leid – ich habe noch mindestens sechs Stunden hier zu tun. Schau dir inzwischen die Farm an. Wir haben ein neues Kalb bekommen.«
Das interessierte mich sehr, denn mir geht nichts über ein zartes Schnitzel.
Auf dem Weg zu den Stallungen traf ich einen von Schlomohs Freunden.
»Ist es nicht zu heiß zum Herumlaufen?« fragte er. »Warum nimmst du dir nicht einen Esel und reitest ein wenig?«
»Genosse«, antwortete ich, »ich bin ein Intellektueller.«
»Macht nichts. Wir haben ein paar sehr sanfte Esel. Der dort, mit dem weißen Fleck auf der Stirne . . .«
Und schon rief er den in unserer nächsten Nähe grasenden Meister Langohr heran:
»He, Tzuki! Komm her, Tzuki! He! Schön herkommen, Tzuki! Rock-rock-rock . . .!«
Ich wollte wissen, was Rock-rock-rock zu bedeuten hatte.
»Es ist ein Lockruf, den die Esel gerne hören. Sie reagieren sofort. He, Tzuki! Rock-rock-rock! Also komm schon, Tzuki! He! Na so komm doch! Tzuki! Rock-rock-rock . . .!«
Tzuki stand unbeweglich und glotzte uns an. Nach einer Weile drehte er sich zur Seite und verzehrte einige Disteln.
»Ich hab's eilig«, sagte Schlomohs Freund. »Du kannst ruhig auf ihm reiten. Ist ja nicht schwer.«
Er gab mir noch rasch ein paar Tips, wie ich aufsteigen und den Esel behandeln sollte. Als Zurufe empfahl er »Hopp!« fürs Traben, »Woah!« zur Beschleunigung,

»Ho!« zum Bremsen und »Brrr!« zum Stehenbleiben. Dann brach er von einem Strauch eine Reitgerte für mich ab und entfernte sich in die pastorale Kulisse.
Ich empfand seine Anweisungen als überflüssig. Kraft meiner Intelligenz wußte ich mit Tieren mindestens ebenso gut umzugehen wie diese primitiven Kibbuzniks. Ruhig und gelassen, ohne jedes He oder Hopp, trat ich an Tzuki heran und ergriff den Strick, den er um den Hals trug.
»Rock«, sagte ich, »Rock, rock und nochmals rock.«
Das war alles, was ich sagte. Kein Wort mehr.
Tzuki verhielt sich ruhig und spitzte eines seiner Ohren, als spürte er die Autorität, die von mir ausging. Ich schwang mich mühelos auf seinen Rücken und saß im nicht vorhandenen Sattel wie der Sohn eines Beduinenscheichs, und zwar wie jener Sohn, der in der Stadt aufgewachsen ist; vielleicht hat er auch die Universität besucht.
»Und jetzt«, wandte ich mich an Tzuki, »wollen wir ein wenig traben, mein Junge.«
Sofort senkte Tzuki den Kopf und begann Gras zu fessen.
»Hopp!« sagte ich etwas deutlicher. »Heia-hopp!«
Tzuki rührte sich nicht. Offenbar hatte er sich mit meiner Gegenwart noch nicht angefreundet. Aber das sollte mich zu keiner voreiligen Handlung veranlassen. Ich klopfte mit leichter Hand auf seine Flanke, um ihm in Erinnerung zu rufen, daß ich auf ihm saß und reiten wollte.
Tzuki stand da und wartete.
»Hopp-hopp«, bemerkte ich abermals.
Tzukis anhaltende Reglosigkeit konnte mich nicht an

der Gewißheit irremachen, daß ich ihn früher oder später durch gutes Zureden in Gang setzen würde. Ich schnalzte ihm ein paarmal die Reitgerte um die Ohren und rief:
»Rock! Hopp! Woah! Hopp Tzuki!«
Nichts geschah. Auch daß ich ihm den Schuhabsatz mehrmals in den Bauch stieß, fruchtete nichts. Als nächstes versuchte ich es mit einem rechten Schwinger gegen sein Maul. Als nächstes mit ein paar weiteren Fußtritten. Als nächstes legte ich eine kleine Ruhepause ein. Dazu war ich ja schließlich hergekommen: um mich auszuruhen.
Unterdessen hatte sich Tzuki an den in seiner Reichweite befindlichen Gräsern und Pflanzen gütlich getan.
Ich bog meine Reitgerte zurecht und bohrte sie in seinen Hintern:
»Woah!« brüllte ich. »Heiho! Rock-rock! Rühr dich schon endlich, du Vieh!«
Dann stieg ich ab. Genau genommen, stieg nicht ich ab, sondern wurde abgeworfen. Tzuki hatte sein Hinterteil in einem Winkel von 45 Grad ruckartig erhoben, und ich wollte mich in der Luft auf keinen Kampf mit ihm einlassen. Erst als ich wieder fest auf den Beinen stand, ergriff ich den Strick und schwang mich abermals auf seinen Rücken, energischer als zuvor und mit keuchendem Atem. Es ging jetzt nicht länger um einen Vergnügungsritt, verbunden mit einer Besichtigung der Kibbuz-Farm. Es ging um meine Selbstbehauptung. Er oder ich. Einer von uns beiden war hier überflüssig.
»Tzuki hopp, Tzuki he, Tzuki woah!« Meine Stimme erreichte eine Lautstärke, die ich mir niemals zugetraut hätte. Nicht einmal das Klatschen der Reitgerte konnte sie übertönen. »Heia, Tzuki! Hopp! Woah! Brrr! Rock-

rock! Rühr dich! Peng! Plopp! Vorwärts wups! Tzuki! Grumpf! Grapsch! Kripp-kripp! Hopp-hopp! Woah! Boah! Buh! Burr-burr-burr ...!«
All diese mannigfachen Ermunterungsrufe, manche davon noch Urlaute aus prähistorischen Zeiten, gingen spurlos an Tzukis idiotisch langen Ohren vorüber. Tzuki graste ruhig weiter. Er schien nicht den Eindruck zu haben, daß etwas Ungewöhnliches vorging.
»Tzuki«, flüsterte ich, »ich bitte dich, Tzuki ...«
Seit Jahren hatte ich mich nicht so erschöpft gefühlt. Selbst zum Absteigen war ich zu müde. Die Abenddämmerung setzte ein. Ich haßte Schlomoh aus ganzer Seele. Ein Traktor rumpelte zur Nachtarbeit aufs Feld.
»Hallo!« rief der Fahrer. »Was machst du auf dem Esel?«
»Ich bin unterwegs zum Stall. Warum?«
»Warte, ich komm schon.«
Der Fahrer sprang ab, befestigte Tzukis Strick an seinem Traktor, stieg auf und gab Gas. Unter ohrenbetäubendem Getöse setzte sich der Traktor in Bewegung. Der Strick straffte sich.
Tzuki graste ungestört weiter. Der Fahrer drückte das Gaspedal so tief durch, als es sich drücken ließ, so tief, daß der Strick, ein heimisches Erzeugnis, entzweiriß.
Daraufhin begann der Fahrer in einer mir unbekannten slawischen Sprache zu fluchen, verschwand und kam mit einer Eisenkette zurück. Es war klar, daß auch er in Tzuki die Herausforderung seines Lebens erblickte.
Das Stahlmonstrum heulte auf, die Erde erbebte, die Räder kreischten, die Eisenkette ächzte und ... und Tzuki setzte sich in Bewegung! Mit mir auf dem Rücken!

»Hopp, Tzuki!« rief ich in trunkener Ekstase. »Woah! Rock-rock! Bumm-bumm!«
Ich fühlte mich versucht, in einen Cowboy-Song auszubrechen, aber da waren wir schon beim Stall angelangt. Wieder einmal hatte technisches Können die wilden Kräfte der Natur gezähmt.

Um diese Trilogie über die israelischen Haustiere zu vervollständigen, möchten wir noch die geflügelte Schallplatte anführen: den Papagei. Die in unserem Land auftretende Abart produziert ihre Sprechkünste per Telefon.

EINE ABWECHSLUNGSREICHE KONVERSATION

Vor einigen Tagen suchte ich das Büro einer großen Fluggesellschaft auf, bei der ich einen Flug buchen wollte, und sprach mit einer der Damen am Buchungsschalter. Sie hatte ein sehr junges Gesicht, das einen reizvollen Kontrast zu ihrem grauen, in einen Pferdeschwanz gebundenen Haar ergab. Zum Abschluß unseres Gesprächs bat sie mich, meine Adresse zurückzulassen, worauf ich meiner Brieftasche eine Visitenkarte entnahm und sie ihr übergab. Am nächsten Tag mußte ich feststellen, daß bei dieser Gelegenheit die Notizblätter mit den Telefonnummern herausgefallen waren, kleine, rechteckig geschnittene Blätter, blau liniert, mit einem roten Querstreifen, sehr übersichtlich. Und sehr wichtig. Ich rief sofort im Büro der Fluggesellschaft an. Eine weibliche Stimme sagte: »Guten Morgen.«

»Guten Morgen«, antwortete ich. »Ich war gestern bei Ihnen und habe mit einer Ihrer Beamtinnen gesprochen, ihren Namen weiß ich nicht mehr, sie hat ein sehr junges Gesicht und trägt ihr graues Haar in einem Pferdeschwanz. Sie bat mich, meine Adresse zurückzulassen, und als ich meiner Brieftasche eine Visitenkarte entnahm, müssen einige Papiere herausgefallen sein, mit Telefonnummern, die ich dringend brauche. Bitte würden Sie –«

»Einen Augenblick, mein Herr. Ich bin nur die Telefonistin. Ich verbinde Sie mit dem Sekretariat.«

»Danke.«

»Hallo.« Das war jetzt eine männliche Stimme. »Hier das Sekretariat.«

»Es handelt sich um folgendes«, begann ich. »Ich war gestern bei Ihnen und habe mit einer Ihrer Beamtinnen gesprochen, ihren Namen weiß ich nicht mehr, sie hat ein sehr junges Gesicht und trägt ihr graues Haar in einem Pferdeschwanz. Sie bat mich, meine Adresse zurückzulassen, und ich erinnere mich sehr deutlich, daß ich meine Brieftasche herauszog und ihr eine Visitenkarte entnahm. Zu Hause habe ich festgestellt, daß bei dieser Gelegenheit auch einige Blätter mit wichtigen Notizen herausgefallen waren, und –«

»Bitte warten Sie«, unterbrach mich die männliche Stimme. »Ich gebe Sie zum Buchungsschalter durch.«

Es vergingen nur wenige Minuten, bis eine weibliche Stimme sich am Buchungsschalter meldete.

»Ich weiß nicht, ob Sie es waren, mit der ich gestern vormittag gesprochen habe«, begann ich. »Es war jedenfalls eine Ihrer Beamtinnen, eine Dame mit sehr jungem Gesicht und grauen Haaren in einem Pferdeschwanz. Sind Sie das?«

»Leider nicht. Aber vielleicht kann ich Ihnen trotzdem helfen?«

»Danke vielmals. Also die Dame, mit der ich zu tun hatte, bat mich, meine Adresse zurückzulassen, und ich erinnere mich deutlich, daß ich meine Brieftasche herausgezogen habe, um ihr eine Visitenkarte zu entnehmen. Bei dieser Gelegenheit sind einige wichtige Notizblätter –«

»Wann ist das passiert?«
»Gestern vormittag. Am frühen Vormittag, Fräulein.«
»Ich bedaure. Gestern hatte ich keinen Dienst. Sie müssen mit Alissa sprechen. Bitte blieben Sie am Apparat.«
Nach einer Pause meldete sich eine neue Frauenstimme:
»Guten Morgen.«
»Guten Morgen, Fräulein. Ich war gestern in Ihrem Büro und sprach mit einer Ihrer Buchungsbeamtinnen, an ihren Namen erinnere ich mich nicht mehr, aber sie hat ein junges Gesicht mit einem grauen Ponyschwanz und bat mich, meine Adresse –«
»Verzeihen Sie, daß ich unterbreche. Hier ist wieder die Telefonistin. Sie haben heute schon einmal angerufen, nicht wahr? Mit wem wollen Sie jetzt verbunden werden?«
»Mit Fräulein Alissa.«
»Sofort ... Alissa! Du wirst am Telefon verlangt ... Bitte sprechen Sie.«
»Guten Tag, Fräulein Alissa. Man hat mich wegen dieser herausgefallenen Notizblätter an Sie gewiesen. Ich war gestern in Ihrem Büro und habe am Buchungsschalter mit einer Ihrer Damen gesprochen, ihren Namen weiß ich nicht mehr, ich erinnere mich nur, daß sie ein junges Gesicht und graue Haare in einem Pferdeschwanz hatte und daß ich meine Brieftasche herausnahm, um ihr eine Visitenkarte zu geben, weil sie meine Adresse haben wollte, und –«
»Welche Alissa meinen Sie? Alissa von der Luftfracht oder Alissa von der Buchung?«
»Von der Buchung.«
»Das bin nicht ich. Ich gebe Sie an die Zentrale zurück.«

»Hallo?« flötete die Zentrale. »Was wünschen Sie?«
»Alissa von der Buchung.«
Ein kurzes Geräusch, ein kurzes Knacken, ein abgehobener Hörer.
»Fräulein Alissa von der Buchung?« fragte ich.
»Ja.«
»Endlich. Ich habe eine Anfrage, weiß aber nicht, ob ich mit der richtigen Abteilung verbunden bin.«
»Sagen Sie mir bitte, um was es sich handelt. Dann werden wir's wissen.«
»Ich war gestern bei Ihnen. Gestern vormittag. Eine Ihrer Beamtinnen, ich erinnere mich nicht mehr an ihren Namen, sie hat ein sehr junges Gesicht und trägt ihr graues Haar in einem Pferdeschwanz, also diese Dame bat mich, meine Adresse zurückzulassen –«
»Nein, nein«, unterbrach mich Alissa. »Das war nicht meine Abteilung. Haben Sie schon mit dem Sekretariat gesprochen?«
»Ja. Mit einem Herrn.«
»Mit Stern?«
»Möglich. Ich konnte das durchs Telefon nicht erkennen.«
»Sicherlich war es Stern. Ich verbinde.«
»Guten Abend«, sagte Stern. »Hier Stern.«
»Habe ich vor einigen Stunden mit Ihnen gesprochen, Herr Stern?«
»Worüber?«
»Über die Visitenkarte aus meiner Brieftasche, gestern vormittag, und über die verlorenen Notizblätter mit den Telefonnummern.«
»Nein, das muß jemand anderes gewesen sein. Um was handelt es sich?«

»Es handelt sich um folgendes. Gestern vormittag war ich bei Ihnen, das heißt am Buchungsschalter, wegen einer Buchung. Die Beamtin, eine Dame mit sehr jungem Gesicht und grauem Haar in einem Pferdeschwanz, wollte meine Adresse haben –«

»Entschuldigen Sie, hier herrscht ein solcher Lärm, daß ich Sie nicht hören kann. Bitte bleiben Sie am Apparat. Ich melde mich aus einem anderen Zimmer.«

Tatsächlich meldete er sich etwas später aus einem anderen Zimmer:

»Hallo? Ja, jetzt ist es besser. Also wenn ich richtig verstanden habe, dann waren Sie gestern bei uns ...«

»Stimmt. Gestern vormittag. Und ich habe mit einer Ihrer Beamtinnen gesprochen, ihren Namen weiß ich nicht mehr, sie hat ein sehr junges Gesicht und trägt ihr graues Haar in einem Pferdeschwanz. Sie bat mich, meine Adresse zurückzulassen, und als ich meiner Brieftasche eine Visitenkarte entnahm, müssen einige sehr wichtige Notizblätter herausgefallen sein –«

»Das kann vorkommen«, tröstete mich Stern. »Ich nehme an, daß diese Blätter irgendwo bei uns liegen. Lassen Sie mich doch einmal herumfragen ...«

Ich hörte seine gedämpfte Stimme, die der Belegschaft im Nebenraum bekanntgab, daß gestern vormittag jemand hier gewesen sei und mit einem der Mädchen gesprochen hätte, einem Mädchen mit jungem Gesicht und grauem Ponyschwanz, wahrscheinlich Stella, er wollte ihr seine Adresse geben und hatte sein Taschenbuch herausgenommen und bei dieser Gelegenheit sein Notizbuch verloren oder die Blätter mit den wichtigen Telefonnummern ...

»Augenblick«, hörte ich eine andere Stimme rufen. »Ich

glaube, der Portier hat etwas davon gesagt, daß er ein Notizbuch gefunden hat.«

Es dauerte nicht lange, und ich war mit dem Portier verbunden.

»Waren es rechteckige Blätter, blau liniert?« fragte er.

»Richtig. Und es standen Telefonnummern drauf.«

»Ich habe die Blätter heute an Ihre Adresse geschickt. Sie müßten morgen in der Post sein.«

»Danke. Danke vielmals.«

»Was war denn eigentlich los?«

»Nichts Besonderes. Ich hatte vorgestern in Ihrem Büro mit einer Ihrer Damen gesprochen, ihren Namen weiß ich nicht mehr, sie hat ein sehr junges Gesicht und trägt ihr graues Haar in einem Pferdeschwanz. Sie bat mich, meine Adresse zurückzulassen, und als ich meiner Brieftasche eine Visitenkarte entnahm, müssen diese Papiere herausgefallen sein, mit Telefonnummern, die ich sehr dringend brauche –«

»Na, Hauptsache, daß sich die Blätter gefunden haben«, sagte der Portier.

»Ja, wirklich. Das ist die Hauptsache. Gute Nacht.«

»Gute Nacht«, sagte der Portier.

Eines schockiert mich immer wieder, daß die Mafia der internationalen Modeschöpfer fast ausschließlich aus Männern besteht und daß ihre diktatorischen Maßnahmen dennoch nur dem weiblichen Geschlecht zugute kommen. Haben die Kerle noch nichts von Solidarität gehört?

MIT DEN FRAUEN GEHT ES AUFWÄRTS

In der letzten Zeit mußte ich an mir ein beunruhigendes physiologisches Phänomen feststellen: ich schrumpfe. An sich ist das bei Personen von intellektueller Prägung nichts Außergewöhnliches, zumal wenn sie älter sind als vierzig Jahre. Ich jedoch verliere in einem noch nicht dagewesenen Ausmaß an Höhe. Seit meiner Erschaffung galt ich immer als hochgewachsener Mann und konnte mit den meisten meiner Mitmenschen von oben herab verkehren – jetzt verringere ich mich mit einer Schrumpfungsrate von 1,3 mm im Monat. Bis vor kurzem wußte ich zum Beispiel mit absoluter Sicherheit, daß ich, bequem in meinem Stuhle lümmelnd, die Frisur der besten Ehefrau von allen direkt in Augenhöhe hatte, wenn sie vor mir stand. Im Januar dieses Jahres traf mein Blick im Sitzen nur noch auf ihre Stirne, im März standen wir einander Aug in Aug gegenüber, und seit April reiche ich ihr bestenfalls bis zum Kinn. Wenn das so weitergeht, werde ich ihr demnächst wie ein ungezogenes Kind unter den Armen durchschlüpfen. Das ist ein peinlicher Gedanke, besonders im Hinblick auf unsere ungezogenen Kinder.

»Liebling«, wagte ich endlich zu bemerken, »möchtest

du nicht endlich aufhören, diese verdammten neumodischen Schuhe zu kaufen?«

»Warum? Sie sind doch sehr hübsch!« lautete die unwidersprechliche Antwort der besten Ehefrau von allen. Ich war also zu einem Zwergendasein verurteilt, nur weil die internationale Mafia der Schuhfabrikanten beschlossen hatte, die Absätze und Sohlen der weiblichen Erdbevölkerung in direkter Proportion zur Abwertung des Dollars zu erhöhen. Wenn meine Frau in ihrem Maxirock neben mir auf der Straße geht, sieht niemand, wie es um ihre Schuhe bestellt ist; die Leute sehen nur eine schlanke, große Frauensperson und neben ihr einen brillentragenden Gnom. Jeder Blick in den Spiegel erschüttert mich aufs neue. Und in der Abenddämmerung gehe ich mit meiner Frau überhaupt nicht mehr aus, weil mich die Schatten, die wir aufs Pflaster werfen, zutiefst deprimieren.

Die beste Ehefrau von allen tut, als merke sie nichts:

»Sei nicht kindisch«, sagt sie. »Gewöhn' dir endlich deine lächerlichen Minderwertigkeitsgefühle ab.«

Natürlich habe ich Minderwertigkeitsgefühle. Wie sollte ich nicht. Ein Mann von meiner Statur – um nicht zu sagen: von meinem Format – ist plötzlich gezwungen, zu seiner Frau aufzublicken! Und sie versäumt keine Gelegenheit, mich diese beschämende Neuordnung fühlen zu lassen. Sie bückt sich demonstrativ, wann immer sie eine Türe durchschreitet. Der Elevationsquotient ihrer jüngst erworbenen Fußbekleidung beläuft sich auf 12 cm, und die internationalen Schuhgangster in Zürich drohen uns bereits ein Modell mit einer Absatzhöhe von 20 cm an. Wie soll sich ein Mensch von natürlichem Wachstum gegen diesen Unfug behaupten?

Auch das allgemeine Straßenbild hat sich dementsprechend verändert. Wohin das Auge fällt, sieht man Schwärme riesenhafter Amazonen, wahre Gullivers in Weibsgestalt, zwischen denen männliche Lilliputaner vorsichtig umhertrippeln und scharf achtgeben müssen, um nicht von ihnen zertreten zu werden. Nur in den Restaurants ist die Lage halbwegs erträglich geblieben. Dort, während sie sitzen, halten die Frauen noch die traditionelle Position, die unsere Gesellschaftsordnung ihnen zuweist. Aber wenn sie aufstehen, gnade uns Gott . . .

Mein Nachbar Felix Selig ist von Haus aus einen Kopf größer als seine Gattin Erna. Das heißt, er war es. Gestern sah ich Erna in der Türe stehen und hörte sie rufen:

»Felix, wo bist du?«

Felix stand dicht vor ihr, auf lächerlich flachen Schuhsohlen. Er mußte in die Höhe springen, um von ihr überhaupt bemerkt zu werden.

Es ist sehr schwer, sich an die neue Situation zu gewöhnen. Wenn unsere Frauen zu Hause von ihren Kothurnen heruntersteigen, hat man immer das Gefühl, daß sie in die tiefe Kniebeuge gehen. Vergangene Nacht beobachtete ich meine Frau, wie sie sich auf halbmast hißte. Besaß sie überhaupt Beine? Oder ist alles an ihr nur noch Schuh?

Und ist es das, wofür die Frauenemanzipation kämpft? Soviel ich weiß, kämpft sie für die Gleichberechtigung der Frauen. Aber was wäre das für eine Gleichberechtigung, wenn der eine Teil oben auf dem Bergesgipfel thront und der andere tief unten im Tale hockt?

Neuerdings habe ich zu einer Gegenmaßnahme gegriffen. Wenn zwischen uns ein ehelicher Disput ausbricht, springe ich mit affenartiger Behendigkeit auf den Tisch und führe das Gespräch von dort aus, um mich als gleichrangig zu erweisen. Auch trainiere ich das Gehen auf Stelzen. Stehen kann ich schon.

Die gute alte Tradition, attraktive junge Damen zur Erlangung politischer Geheiminformationen einzusetzen, kommt wieder zu Ehren. Manch einer, der streng vertrauliches Material verwaltet, ist auf scharfem Auslug nach einer neuen Mata Hari, der er für eine möglichst langfristige Operation zum Opfer fallen könnte. In den »Korrespondenz«-Rubriken großer Tageszeitungen erscheinen bereits Inserate ungefähr folgenden Wortlauts: »Staatsbeamter, Anfang Vierzig, im Besitz wichtiger top secrets, wünscht Bekanntschaft mit erfahrener Blondine aus dem Agentenfach. Spätere Erpressung nicht ausgeschlossen.«

ORGIE UNTER KONTROLLE

»Ziegler! Bitte kommen Sie einen Augenblick in mein Büro. Und machen Sie die Türe hinter sich zu.«

»Jawohl, Herr Schultheiß.«

»Setzen Sie sich.«

»Danke, Herr Schultheiß.«

»Jetzt möchten Sie natürlich wissen, warum ich Sie hereingerufen habe.«

»Jawohl, Herr Schultheiß.«

»Heute ist Freitag.«

»Wie bitte?«

»Die Woche geht zu Ende.«

»Ja, das stimmt. Aber –«

»Warten Sie. Im allgemeinen pflegen wir uns nicht in Dinge einzumischen, die außerhalb des Amtsgebäudes vor sich gehen. Trotzdem fühle ich mich als Leiter dieser Abteilung für mein Personal verantwortlich.«

»Gewiß, Herr Schultheiß.«

»Ich will ganz offen mit Ihnen reden, Ziegler. Es sind merkwürdige Gerüchte über Sie im Umlauf.«

»Über mich?«

»Und über die ausschweifenden Parties, an denen Sie teilnehmen. Immer am Wochenende.«

»Ich?«

»Ja, Sie. Ich rate Ihnen in Ihrem eigenen Interesse, alles zu gestehen.«

»Herr Schultheiß, ich weiß wirklich nicht, was es da zu gestehen gibt. Ein paar junge Leute kommen in einer Wohnung zusammen, das ist alles.«

»In einer Privatwohnung?«

»In einer Privatwohnung. Natürlich sind auch Mädchen dabei. Wir tanzen ein wenig . . .«

»Es gibt Musik?«

»Zum Tanzen. Wir tanzen zur Musik.«

»Ich verstehe. Und die Kleidung, Ziegler?«

»Ganz normal. Hosen, Hemden, Pullis.«

»Ich meine: was die Callgirls tragen.«

»Wer?«

»Die Mädchen.«

»Sie tragen Röcke.«

»Miniröcke?«

»Auch.«

»Das wollte ich nur wissen. Erzählen Sie weiter.«

»Wie ich schon sagte, Herr Schultheiß: Wir lassen den Plattenspieler laufen . . . wir tanzen . . . wir unterhalten uns . . . was ist denn schon dabei? Jeder macht das.«

»Möglich. Aber nicht jeder hat Einblick in vertrauliche Papiere und geheime Regierungsakten. Von hier zur Spionage ist nur ein kleiner Schritt. Oder wollen Sie vielleicht behaupten, Ziegler, daß Sie sich an alles erinnern, was Sie bei diesen Gelagen ausgeplaudert haben?«

»Gar so viel wird bei uns nicht gesprochen, Herr Schultheiß.«

»Wenig genügt. Wer an Orgien teilnimmt, ist Erpressungen ausgesetzt. Haben Sie das je bedacht?«

»Eigentlich nicht.«

»Eben. Was trinken Sie?«

»Hie und da einen Wodka.«

»Pur?«

»Mit Tomatensaft.«

»Ein Drittel zu zwei Dritteln?«

»Ja.«

»Dacht' ich's doch. Das nennt man ›Bloody Mary‹, mein Lieber. Wie Sie sehen, sind wir sehr genau informiert. Und jetzt habe ich eine kleine Überraschung für Sie. Hier, dieses Photo, ein Ausschnitt aus einer Zeitung wurde gestern nacht in Ihrer Schreibtischschublade gefunden. Sie hatten es unter einem Tätigkeitsbericht versteckt. Darf ich um eine Erklärung bitten?«

»Das ... dieses Photo, Herr Schultheiß ... es zeigt eines der Mädchen von unserer Party. Sie hat auf einer Strandkonkurrenz in Herzlia einen Schönheitspreis gewonnen. Wir nennen sie deshalb die Herzogin von Herzlia.«

»Warum trägt sie einen Bikini?«

»Das ist kein Bikini, Herr Schultheiß. Das ist eine Art Spray.«

»Was heißt das?«

»Der Bikini wurde über sie gesprüht. Es gibt solche Präparate.«

»Und wovon werden ihre Brüste gehalten?«
»Von gar nichts.«
»Wollen Sie damit sagen, daß die Dame nackt ist?«
»Bis auf den Spray.«
»Also nackt. Ihrer Meinung nach sind nackte Damen ein geeigneter Umgang für Regierungsbeamte.«
»N-nein, Herr Schultheiß.«
»Und die geeignete Unterhaltung besteht in Striptease ... Bauchtänzen ... Gruppensex ...«
»Wieso Gruppen?«
»Unterbrechen Sie mich nicht! Ich kann mir gut vorstellen, wie es bei euch zugeht. Zuerst werden diese nackten Callgirls verlost, dann verschwindet ihr paarweise in verdunkelte Zimmer ... wälzt euch mit ihnen auf Lotterbetten mit rotem Plüsch ... in wilder Ekstase ... und laßt euch dabei die wertvollsten Staatsgeheimnisse entlocken, von denen ihr im Rahmen eurer Tätigkeit Kenntnis erlangt habt.«
»Herr Schultheiß, das ist –«
»Ein wahres Sodom und Gomorrha, das ist es. Erst gestern habe ich mit meiner Frau darüber gesprochen. In Ihrem Alter, junger Mann, hat es für mich nichts dergleichen gegeben, nicht einmal im Traum. Wir haben an solche Perversitäten gar nicht gedacht. Wir haben uns durch keinen Gruppensex beschmutzt und erniedrigt. Wir haben keine nackten Mädchen unter uns verlost, um dann mit ihnen in dunkle Zimmer zu verschwinden und uns in wilder Ekstase auf Lotterbetten mit rotem Plüsch herumzuwälzen. Für uns, Ziegler, war Moral noch ein ernst zu nehmender Begriff. Ist sie blond?«
»Wer?«
»Die mit dem Spray. Die Herzogin von Herzlia.«

»Sie ist rothaarig, Herr Schultheiß.«
»Aha. Wahrscheinlich grüne Augen?«
»Ja.«
»Das sind die Gefährlichsten.«
»Kann ich jetzt das Photo zurückhaben?«
»Es ist beschlagnahmt. Wir brauchen es für die Disziplinaruntersuchung, die gegen Sie eingeleitet wird.«
»Disziplinar . . . um Himmels willen . . .«
»Weinen Sie nicht. Es ist zwecklos.«
»Herr Schultheiß, ich verspreche Ihnen, daß ich nie wieder zu einer Party gehen werde. Nie wieder!«
»Das ist keine Lösung, mein Junge. Ich bin gewohnt, den Dingen auf den Grund zu gehen. Und damit Sie es wissen: Ich selbst habe die Untersuchung gegen Sie in die Hand genommen.«
»Herr Schultheiß persönlich?«
»Jawohl. Solange ich diese Abteilung leite und das Vertrauen meiner vorgesetzten Stellen genieße, trage ich die volle Verantwortung für alles. Ich werde Sie an diesem Wochenende begleiten.«
»Aber ich . . . aber wir . . . wir sind ja nur ein paar junge Leute . . .«
»Seien Sie unbesorgt, Ziegler. Ich bin sehr flexibel und kann mich anpassen. Ich werde tanzen, ich werde trinken, ich werde notfalls auch an der Verlosung der nackten Mädchen teilnehmen und mit einer von ihnen verschwinden, um in einem dunklen Zimmer in wilder Ekstase auf rotem Plüsch –«
»Ich weiß, was Sie meinen, Herr Schultheiß.«
»Desto besser. Dann sind wir ja einig. Und jetzt kein Wort weiter, auch nach außen nicht. Diese ganze Angelegenheit muß streng vertraulich behandelt werden.

Geheime Dienstsache, verstanden? Soll ich eine Flasche mitbringen?«
»Eine Flasche?«
»Gut, dann bringe ich also zwei Flaschen Champagner. Außerdem kann ich sehr gut Witze erzählen. Wird sie da sein?«
»Wer?«
»Die Herzogin.«
»Herr Schultheiß, ich bitte um meine Entlassung.«
»Abgelehnt. Wir treffen uns morgen nach Büroschluß am Ausgang.«

Eines Tages gegen Ende der dreißiger Jahre begegneten einander zwei führende amerikanische Impresarios in einer New Yorker U-Bahn-Station. Beide hatten ein wenig über den Durst getrunken.

»Ich kann«, sagte der eine – er trug einen graugestreiften Anzug und lallte ein wenig –, »ich kann jeden beliebigen jungen Mann in ein Filmidol verwandeln. Auch jeden beliebigen älteren.«

»Kannst du nicht«, sagte der andere.

»Willst du wetten?« fragte der Graugestreifte. Und er schloß mit seinem Kollegen an Ort und Stelle eine Wette ab, daß er aus dem ersten männlichen Wesen, das ihnen entgegenkäme, einen weltberühmten Star machen würde.

Er hatte Pech. Als erstes männliches Wesen kam ihnen ein blasser, schmächtiger Jüngling entgegen, dessen ausdrucksloses Gesicht am ehesten einer verschrumpften Weintraube glich und der insgesamt an einen vom Turnunterricht enthobenen Ziegenbock gemahnte.

Der Graugestreifte zuckte resigniert die Achseln:

»Wette ist Wette«, sagte er.

Und so begann der kometenhafte Aufstieg des Frank Sinatra.

FRANKIE

Ich möchte nicht mißverstanden werden: Ich weiß zwischen Sinatra dem Teenager-Idol und Sinatra dem Philantropen sehr wohl zu unterscheiden. Sinatra kommt nach Israel und widmet den Gesamtertrag seiner sieben Konzerte – ungefähr eine Million Pfund – der Er-

richtung eines interkonfessionellen Waisenhauses in Nazareth. Das ist sehr schön von ihm. Aber hat er sich damit auch schon jeder konstruktiven Kritik entzogen?
Es stört mich nicht, daß er ein Millionär ist und sich eine eigene Luftflotte hält. Mir kann's recht sein, wenn er für eine Minute im Fernsehen eine halbe Million Dollar bekommt. Warum nicht. So ist das Leben. Zumindest seines. Er steht gegen Mittag auf, fährt ins Studio, krächzt sein »Hiya, what's doin'?« ins Mikrofon, geht zur Kassa, holt die halbe Million ab und braucht bis ans Ende seiner Tage nicht mehr zu arbeiten. Na und? Wo steht geschrieben, daß man nur Suppen und Rasierklingen über ihrem Wert verkaufen darf, aber keine Sänger? Ich gönne ihm das Geld von Herzen.
Was ich ihm mißgönne, sind seine Erfolge beim weiblichen Geschlecht.

*

Wenn die Großen der Flimmerleinwand, des Fernsehens, der Konzertsäle und der Schallplattenindustrie das Bedürfnis haben, jede Nacht mit einer anderen wohlproportionierten Blondine zu verbringen, so ist das ganz und gar ihre Sache. Und wenn ihnen immer wieder die erforderlichen Damen zum Opfer fallen, so sympathisiere ich mit den Opfern. Sie können sich nicht helfen. Sie werden vor diesen unwiderstehlichen Muskelprotzen mit der athletischen Figur, vor diesen Charmeuren mit dem betörenden Lächeln, von diesen Elegants mit dem verheißungsvollen Mienenspiel ganz einfach bewußtlos und schmelzen dahin. Schön und gut. Aber Frankie? Diese unterernährte Zitrone? Was ist an ihm so großartig? Das soll man mir endlich sagen!
»Ich weiß es nicht«, sagte die beste Ehefrau von allen.

»Er ist ... er ist göttlich ... Nimm die Hand von meiner Gurgel!«
Göttlich. Das wagt mir meine gesetzlich angetraute Lebensgefährtin ins Gesicht zu zwitschern. Ich halte ihr die heutige Zeitung mit dem Bild des runzligen Würstchens unter die Augen:
»Was ist hier göttlich? Bitte zeig's mir!«
»Sein Lächeln.«
»Du weißt, daß in Amerika die besten künstlichen Gebisse hergestellt werden. Was weiter?«
Meine Frau betrachtet das Bild. Ihre Augen umschleiern sich, ihre Stimme senkt sich zu einem verzückten Raunen:
»Was weiter, was weiter ... Nichts weiter. Nur daß er auch noch singen kann wie ein Gott.«
»Er singt? Dieses Photo singt? Ich sehe einen weit aufgerissenen Mund in einem läppischen Dutzendgesicht, das ist alles. Wer singt hier? Hörst du Gesang?«
»Ja«, haucht die beste Ehefrau von allen und entschwebt.
Zornig verlasse ich das Haus und kaufe zwei Eintrittskarten zum ersten Konzert. Ich möchte das Wunder persönlich in Augenschein nehmen.
Meine Frau schlingt die Arme um mich und küßt mich zum erstenmal seit vielen Stunden:
»Karten für Sinatra ... für mich ...!«
Und schon eilt sie zum Telefon, um ihre Schneiderin anzurufen. Sie kann doch nicht in alten Fetzen zu einem Sinatra-Konzert gehen, sagt sie.
»Natürlich nicht«, bestätige ich. »Wenn er dich in deinem neuen Kleid in der neunzehnten Reihe sitzen sieht, hört er sofort zu singen auf und –«

»Sprich keinen Unsinn. Niemand unterbricht sich mitten im Singen. Da sieht man, daß du nichts verstehst ...«

*

Ich brachte Bilder von Marlon Brando, von Curd Jürgens und von Michelangelos »David« nach Hause. Sie wirkten nicht. Nur Frankie wirkt. Nur Frankie. »Sah Liebe jemals mit den Augen? Nein!« heißt es bei Shakespeare, der kein Frankophiler war.

Am nächsten Tag entnahm ich der Zeitung eine gute Nachricht und gab sie sofort an meine Frau weiter:

»Dein Liebling Frankenstein bestreitet nur das halbe Programm. Nur eine Stunde. Die andere Hälfte besteht aus Synagogalgesängen und jemenitischen Volksliedern. Was sagst du dazu?«

Die Antwort kam in beseligtem Flüsterton:

»Eine ganze Stunde mit Frankie ... Wie schön ...«

Ich nahm das Vergrößerungsglas zur Hand, das ich auf dem Heimweg gekauft hatte, und unterzog Frankieboys Photo einer genauen Prüfung:

»Seine Perücke scheint ein wenig verrutscht zu sein, findest du nicht?«

»Wen kümmert das? Außerdem singt er manche Nummern im Hut.«

Im Hut. Wie verführerisch. Wie sexy. Wahrscheinlich wurde der Hut eigens für ihn entworfen, mit Hilfe eines Seismographen, der die Schwingungen weiblicher Herzbeben genau registriert. Er hat ja auch eine ganze Schar von Hofschranzen und Hofschreibern um sich, von denen die Presse mit wahrheitsgemäßen Schilderungen seiner Liebesabenteuer versorgt wird. Überdies befinden sich in seinem Gefolge fünf junge Damen, die sich geschickt unter den Zuschauern verteilen und beim ersten halbwegs geeigneten Refrain in Ohnmacht fallen, was dann weitere Ohnmachtsanfälle im weiblichen Publikum auslöst. Sein Privatflugzeug enthält ferner Ärzte, Wissenschaftler und Meinungsforscher, ein tragbares Elektronengehirn, einen Computer, Ton- und Stimmbänder, drei zusammenlegbare Leibwächter, einen Konteradmiral und zahlreiche Nullen, darunter ihn selbst.

*

Obwohl ich die Häusermauern unserer Stadt mit der Aufschrift FRANKIE GO HOME! bedeckt hatte, war das Konzert schon Tage zuvor ausverkauft.

Gestern verlautbarte die Tagespresse, daß Frankie nur eine halbe Stunde lang singen würde. Der Kinderchor von Ramat-Gan, die Tanzgruppe des Kibbuz Chefzibah und Rezitationen eines Cousins des Veranstalters würden das Programm ergänzen.

»Gut so«, stellte die beste Ehefrau von allen nüchtern fest. »Mehr als eine halbe Stunde mit Frankie könnte ich ohnehin nicht aushalten. Es wäre zu aufregend . . .«

Unter diesen Umständen verzichtete ich darauf, das Konzert zu besuchen. Meine Frau versteigerte die zweite Karte unter ihren Freundinnen. Für den Erlös kaufte sie sich ein Paar mondäne Schuhe (neuestes Modell), mehrere Flaschen Parfüm und eine neue Frisur.

*

Zum Abschluß dieses traurigen Kapitels gebe ich noch den wahren Grund bekannt, warum ich mich entschloß, zu Hause zu bleiben. Es war ein Alptraum, der mich in der Nacht vor dem Konzert heimgesucht hatte:

Ich sah Frankie auf die Bühne kommen, umbrandet vom donnernden Applaus des überfüllten Saals . . . Er tritt an die Rampe ... verbeugt sich ... das Publikum springt von den Sitzen ... Hochrufe erklingen, die Ovation will kein Ende nehmen ... Frankie winkt, setzt das Lächeln Nr. 18 auf ... Jetzt fallen die ersten Damen in Ohnmacht ... Frankie winkt abermals ... Und jetzt, was ist das, die Lichter gehen an, jetzt steigt er vom Podium herab und kommt direkt auf die neunzehnte Reihe zu ... nein, nicht auf mich, auf meine Frau ... schon steht er vor ihr und sagt nur ein einziges Wort ... »Komm!« sagt er, und seine erstklassigen Zähne blitzen ... Die beste Ehefrau von allen erhebt sich schwankend ... »Du mußt verstehen, Ephraim«, sagt sie ... und verläßt an seinem Arm den Saal.

Ich sehe den beiden nach. Ein schönes Paar, das läßt sich nicht leugnen.

Wenn meine Frau nicht diese neuen Schuhe genommen hätte, wären die beiden sogar gleich groß.

Am Anfang war das alte Trichtergrammophon mit der Handkurbel. Dann kamen Tonarm, Langspielplatte, Hi-Fi und La-Di-Da, und sie waren fruchtbar und mehrten sich und erzeugten das Stereo, mit zwei Lautsprechern, mit vier Lautsprechern, mit sechzehn Lautsprechern, mit nichts als Lautsprechern. Übrig blieb die Frage: Was soll man spielen?

SCHALLPLATTEN OHNE SCHALL

Einem alten jüdischen Brauchtum folgend, kaufte ich zu Chanukah – unserem Lichterfest zur Erinnerung an das achttägige Wunder des Öllämpchens im zurückeroberten Tempel – alljährlich eine Langspielplatte. Es ist schön, am feiertäglich zugerichteten Tisch zu sitzen und eine neue Langspielplatte zu hören. Es ist ein kleines Wunder für sich. Und es hält genauso lange vor wie das große: Nach acht Tagen haben wir die Platte satt und begraben sie bei den anderen, die wir satt haben und nie mehr hören wollen.

So kann ich jedes Jahr zu Chanukah eine neue Platte kaufen, und dazu schickte ich mich auch diesmal wieder an.

Die gewaltige Anzahl der inzwischen auf den Markt geworfenen Produkte ließ mich erbleichen.

»Entschuldigen Sie«, wandte ich mich an eine der Verkäuferinnen, ein anmutiges junges Mädchen, und wies auf einen Plattenumschlag, der unter dem Titel »Gezwitscher aus dem Wienerwald« ein anmutiges junges Mädchen auf einer Waldlichtung zeigte. »Was ist das?«

»Das ist eine Originalaufnahme aus dem Wienerwald«,

antwortete das anmutige Mädchen hinter dem Verkaufspult. »Hauptsächlich für Städter, die zu Hause gerne ein wenig Vogelgezwitscher hören möchten. Eine volle Stunde Zirpen und Zwitschern, Stereo. Wollen Sie es haben?«

»Eigentlich nicht«, gab ich zurück. »Mir genügt das Zirpen und Zwitschern meines Töchterchens Renana.«

Eine weitere Durchsicht des aufgehäuften Materials förderte immer unwahrscheinlichere Extreme zutage. Das Feld der klassischen Musik mit all seinen Langspiel-Opern, Symphonien, Ouvertüren und Oratorien ist ja längst abgegrast, Jazz, Beat und Pop haben ihre Ein-Stunden-Schuldigkeit getan, Chöre, Sängerknaben, Wunderkinder und liturgische Gesänge sind von Tanz- und Turnplatten abgelöst worden. Jetzt hält man bei Bestsellern in Prosa und bei den großen Dramen der Weltliteratur.

»Vielleicht wollen Sie zu Hause den Hamlet spielen?« fragte das anmutige Mädchen. »Wir haben gerade die einstündige Langspielaufnahme der Old-Vic-Produktion hereinbekommen. Eine interessante Novität: Hamlets Text ist ausgespart, so daß ihn der Zuhörer selbst sprechen kann, und die größten englischen Schauspieler antworten ihm auf Stichwort . . .«

»Vielen Dank«, sagte ich. »Ich suche eine Platte für meine Frau.«

»Leider«, sagte die Anmutige. »Eine Ophelia-Ausführung haben wir nicht.«

Wir gingen durch die weiteren Vorräte und stießen auf »Nixons Rede in Ostberlin«, »Yehudi Menuhin liest das Alte Testament« und »Original-Tonaufnahmen von der Rennbahn in Ascot«.

»Halt – haben Sie vielleicht das Fußballmatch England gegen Ungarn?«
»Bedaure. Ausverkauft.«
Das anmutige Mädchen schlug mir eine Trappistenplatte vor: »Stille im Kloster von Grâce de Dieu«. Ich log ihr vor, daß wir diese Platte schon hätten. Und die Langspielplatte »Beatles essen Peanuts« war zwar angekündigt, aber noch nicht ausgeliefert.
Chanukah kam immer näher. Ich mußte eine Entscheidung treffen und entschied mich für etwas Politisches: »Henry Kissinger denkt bei Harfenbegleitung nach.«

Einer der bewundernswertesten Fehlschläge der Zivilisation ist die Einrichtung der Ehe. Ursprünglich um der Kinder willen geplant, nahm sie keinerlei Rücksicht auf die Interessen der Eltern, was zu unausweichlichen Zerwürfnissen zwischen den beiden Ehepartnern führte. Gewöhnlich beginnt das Unheil mit der Frage: »Was ist mir damals nur eingefallen?« und endet mit einem Toast auf eine lange, glückliche Scheidung. Nach Meinung mancher Experten besteht die einzige Möglichkeit einer erfolgreichen Ehe darin, sie nicht zu schließen. Oder sie möglichst weit zu lockern.

DIE VOLLKOMMENE EHE

Wie das bei gesellschaftlichen Veranstaltungen mit intellektueller Schlagseite üblich ist, zogen sich die Damen in eine entgegengesetzte Ecke des Salons zurück, und wir Männer blieben für den Rest des Abends unter uns. Der Bogen unserer Gesprächsthemen reichte von den Problemen der Einkommensteuer über die Watergate-Affäre bis zum »Letzten Tango in Paris«, bei dem wir uns ein wenig länger aufhielten, wahrscheinlich deshalb, weil die meisten Anwesenden im ungefähr gleichen Alter standen wie Marlon Brando.

»In diesem Alter«, bemerkte Ingenieur Glick, »kommt man als Mann nicht länger um die Erkenntnis herum, daß die Institution der Ehe eine Katastrophe ist.«

Wie eine sofort durchgeführte demoskopische Umfrage ergab, sind 85 Prozent aller Ehen schlecht, 11 Prozent schlechthin unerträglich, 3 Prozent gehen gerade noch an und von einer weiß man's nicht.

Wäre es möglich, so fragten wir uns, daß die Schuld an diesen deprimierenden Ziffern bei uns Männern läge? Die Ansichten divergierten. Jemand erzählte von seinem Wohnungsnachbar, der seit 32 Jahren glücklich verheiratet sei, allerdings mit fünf Frauen hintereinander.

»Das ist keine Kunst.« Einer der bisher schweigsamen Gäste namens Gustav Schlesinger meldete sich zu Wort. »Sich scheiden lassen und immer wieder eine andere heiraten – mit solchen Tricks kann man natürlich glücklich verheiratet sein. Aber nehmen Sie Clarisse und mich. Wir leben seit zwanzig Jahren miteinander in vollkommen harmonischer Ehe.«

Alle starrten den gutaussehenden, eleganten, an den Schläfen schon ein wenig ergrauten Sprecher an.

»Nicht als wäre Clarisse ein Himmelsgeschöpf«, fuhr er fort. »Oder als wären unsere Kinder keine ungezogenen Rangen. Nein, daran liegt es nicht. Sondern wir haben entdeckt, warum so viele Ehen auseinandergehen.«

»Warum? Was ist der Grund?« Von allen Seiten drangen die wißbegierigen Fragen auf ihn ein. »Erklären Sie sich deutlicher! Was ist es, weshalb die meisten Ehen scheitern?«

»Es sind Kleinigkeiten, meine Herren. Es sind die kleinen Dinge des Alltags, die täglichen Reibereien, die zwei miteinander verbundenen Menschen das Leben zur Hölle machen. Lassen Sie mich einige Beispiele anführen.

Ich möchte schlafen gehen – meine Frau möchte noch lesen. Ich erwache am Morgen frisch und tatendurstig – meine Frau fühlt sich müde und wünscht noch zu schlafen. Ich lese beim Frühstück gerne die Zeitung – meine

Frau würde es vorziehen, mit mir zu plaudern. Ich esse gerne Radieschen – sie kann keinen Lärm vertragen. Ich gehe gerne spazieren – sie hört gerne Musik. Ich erwarte einen dringenden geschäftlichen Anruf aus New York – sie plappert stundenlang mit einer Freundin über das Dienstbotenproblem. Ich lege Wert darauf –«
An dieser Stelle wurde er von mehreren Gästen unterbrochen:
»Keine Details, bitte. Wir wissen, was Sie meinen. Sie sprechen zu erfahrenen Ehegatten. Was ist die Lösung des Problems?«
»Die Lösung liegt im guten Willen der Beteiligten. Man muß die kleinen Gegensätzlichkeiten, wie sie sich unter Eheleuten zwangsläufig ergeben, im Geiste der Toleranz, der Güte, des wechselseitigen Verständnisses bewältigen. Ich erinnere mich eines Abends, als Clarisse den von unserm heimischen Fernsehen ausgestrahlten Tarzan-Film, ich hingegen im jordanischen Fernsehen die Darbietung der vermutlich auch Ihnen bekannten Bauchtänzerin Fatimah sehen wollte. Damals hätte es beinahe einen Krach gegeben. Aber dazu kam es nicht. Mitten in der Auseinandersetzung hielten wir plötzlich inne und begannen zu lachen. ›Warum‹, so fragten wir einander, ›warum sollte jeder von uns nur seine eigenen Handtücher haben? Warum machen wir von dieser Methode nicht auch bei anderen Anlässen Gebrauch?‹ Und am nächsten Tag kaufte ich ein zweites Fernsehgerät für Clarisse. Von da an waren alle Streitigkeiten über die Frage, welches Programm wir einschalten wollten, endgültig vorbei.«
Gustav Schlesinger machte eine Pause.
»Ist das alles?« wurde er gefragt.

»Nein, das war erst der Anfang. Nach und nach setzte sich dieses dualistische Prinzip auch für die anderen Aspekte unseres Zusammenlebens durch. Ich abonnierte je zwei Exemplare der von uns bevorzugten Zeitungen und Zeitschriften, wir hatten zwei Transistoren zu Hause, zwei Filmkameras, zwei Kinder. Ich schenkte Clarisse einen Zweitwagen, um ihre Bewegungsfreiheit zu fördern, und wir vermauerten unseren Balkon, um für mich ein zweites Schlafzimmer daraus zu machen.«

»Aha!« Beinahe einstimmig brach der Kreis der Umstehenden in diesen Ruf aus. »Aha!«

»Kein Aha«, replizierte Schlesinger. »Im Gegenteil, unsere eheliche Beziehung erklomm einen neuen Gipfel, und der Erwerb eines zweiten Telefons beseitigte die letzte Möglichkeit einer Störung unserer Harmonie.«

»Aber all diese Dinge kosten doch eine Menge Geld?« lautete die jetzt an Schlesinger gerichtete Frage.

»Für eine glückliche Ehe darf kein Opfer zu groß sein. Mit etwas gutem Willen lassen sich auch die finanziellen Probleme bewältigen, die durch den guten Willen entstehen. So habe ich zum Beispiel ein Atelier im obersten Stockwerk unseres Hauses gemietet, obwohl ich dafür einen Bankkredit aufnehmen mußte.«

»Atelier? Was für ein Atelier?«

»Meines. Der umgebaute Balkon war zweifellos eine große Hilfe, aber es blieben immer noch ein paar kleinere Reibungsflächen übrig. Etwa das gemeinsame Badezimmer. Oder unsere Kleiderablage. Oder unsere Gespräche. Als Clarisse in Erfahrung brachte, daß oben ein Atelier frei würde, war unser Entschluß sogleich gefaßt, und eine Woche später übersiedelte ich hinauf. Sie können sich nicht vorstellen, wie gut das unserer Ehe getan hat. Am Morgen brauchten wir einander nicht mehr mit gelangweilten Gesichtern gegenüberzusitzen, ich konnte Radieschen essen, soviel ich wollte, die Post wurde uns gesondert zugestellt –«

»Wie das?«

»Clarisse hatte wieder ihren Mädchennamen angenommen. Damit begann eine der glücklichsten Perioden unserer Ehe. Aber nichts ist so gut, daß es sich nicht verbessern ließe. Nach wie vor mußte ich damit rechnen, meiner Frau im Stiegenhaus zu begegnen, wenn weder sie noch ich für eine solches Zusammentreffen in der richtigen psychologischen Verfassung wären. Auch der Lärm der Kinder könnte mich stören. Deshalb beschlossen wir meine Übersiedlung ans andere Ende der Stadt.«

»Und das hatte keine nachteiligen Auswirkungen auf Ihr Eheleben?«

»Sie meinen ...«

»Ja.«

»Nun, schließlich gibt es ja noch Hotels. Auch im Kino begegneten wir einander dann und wann, oder auf der Straße. Bei jeder solchen Gelegenheit winkten wir einander freundlich zu. Und was die Hauptsache war: Es bestanden keine Spannungen mehr zwischen uns. Darüber waren wir für alle Zeiten hinaus. Der einzige vielleicht noch mögliche Streitpunkt hätte sich im Zusammenhang mit den Kindern ergeben können. Aber auch hier fanden wir einen Ausweg. Als ich meinen Wohnsitz nach Jerusalem verlegte, nahm ich meinen Buben mit mir, und das Mädchen blieb bei Clarisse. Ich kann Ihnen versichern, daß sich dieses Arrangement hervorragend bewährt hat.«

»Und Ihre Frau ist mit alledem zufrieden?«

»Sie ist entzückt. Die letzte Ansichtskarte, die sie mir im Sommer schrieb, war von echter Herzlichkeit getragen. Wir sind stolz, daß es uns gelungen ist, die Probleme unseres täglichen Zusammenlebens mit den Mitteln der Vernunft und des guten Willens aus der Welt zu schaffen. Deshalb möchte ich Ihnen einen Rat geben, meine Freunde: Bevor Sie mit der Idee einer Scheidung zu spielen beginnen, bevor Sie erwägen, aus dem Hafen der Ehe auszulaufen, oder an irgendeine andere mondäne Lösung denken, sollten Sie eine gemeinsame Anstrengung unternehmen, die kleinen, unwesentlichen Schwierigkeiten, mit denen Sie es zu tun haben, im gegenseitigen Einverständnis zu beseitigen. Dann werden Sie eine ebenso glückliche Ehe führen wie ich.«
Gustav Schlesinger lehnte sich in seinen Sessel zurück und bot sich nicht ohne Selbstgefälligkeit unseren neidischen Blicken dar.
»Trotzdem«, sagte Ingenieur Glick. »Ich bleibe dabei, daß es mit dem ehelichen Zusammenleben in unserer Zeit nicht mehr richtig funktioniert. Ihr Fall ist eine Ausnahme.«

Die Ameise zählt zu den intelligentesten unter Gottes Insekten. Aber was heißt das: »die« Ameise? Es gibt ja nicht nur eine. Es gibt ihrer 1 000 000 000 000 000 oder noch etwas mehr. Abzüglich der drei, die wir gestern in der Küche umgebracht haben. Der Rest hat sich neu gruppiert.

KOEXISTENZ MIT AMEISEN

Ebenerdige Wohnungen haben einen Vorteil und einen Nachteil. Der Vorteil: daß man keine Stiegen steigen muß. Der Nachteil: daß auch die Ameisen keine Stiegen steigen müssen.

Jeden Morgen überschreitet eine Armee von Ameisen unsere Schwelle, kriecht die Küchenwand hinauf, bis sie den Brotkorb erreicht hat, und verteilt sich über die Abwaschbecken. Von diesen Ausgangspositionen beginnt ein nimmermüdes Kommen und Gehen, das den ganzen Tag lang anhält, zweifellos nach einem wohldurchdachten System, von dem wir aber nichts weiter zu sehen bekommen als die Ameisen. Und heuer ist ein besonders ameisenreicher Sommer.

»Nur ein paar von ihnen zu erschlagen, hilft nichts«, entschied die beste Ehefrau von allen. »Man muß das Nest aufspüren.«

Wir verfolgten die Prozession in entgegengesetzter Richtung; sie führte in den Garten, verschwand kurzfristig unterm Gesträuch, kam wieder an die Oberfläche und verlief im Zickzack nach Norden.

An der Stadtgrenze hielten wir inne.

»Sie kommen von auswärts.« Schwer atmend wandte

meine Frau sich um. »Aber wie haben sie den Weg in unser Haus gefunden?«

Solche Fragen kann natürlich nur die Ameisenkönigin beantworten. Die arbeitenden Massen vertrauen ihren Gewerkschaftsführern, erfüllen ihr Arbeitspensum und schleppen ab, was abzuschleppen ist.

Nach einigen Tagen sorgfältiger Beobachtung kaufte meine Frau ein bestens empfohlenes Ameisenpulver und bestreute das Aufmarschterrain von der Hausschwelle bis zur Küche und weiter hinauf mit dem tödlichen Gift. Am nächsten Morgen kamen die Ameisen nur langsam vorwärts, weil sie die vielen kleinen Pulverhügel übersteigen mußten. Eine andere Wirkung zeigte sich nicht. Als nächstes setzten wir eine Insektenspritze ein. Die Vorhut fiel, die Hauptstreitkräfte marschierten weiter. »Sie sind sehr widerstandsfähig, das muß man ihnen lassen«, stellte meine psychologisch geschulte Gattin fest und wusch die ganze Küche mit Karbol. Zwei Tage lang blieben die Ameisen weg. Wir auch. Nach Abschluß der kurzen Feier erschienen die Ameisenregimenter in voller Stärke und legten noch größeren Eifer an den Tag als zuvor. Unter anderem entdeckten sie den Tiegel mit dem Hustensirup. Sie haben nie wieder gehustet.

Die beste Ehefrau von allen distanzierte sich von ihren anfangs verkündeten Grundsätzen und begann, die Ameisen einzelweise zu töten, Tausende an jedem Morgen. Dann ließ sie es sein.

»Es kommen immer neue«, seufzte sie. »Eine unerschöpfliche Masse. Wie die Chinesen.«

Irgend jemand gab ihr einen Tip: Angeblich können Ameisen den Geruch von Gurken nicht vertragen. Am nächsten Tag war unsere Küche mit Gurken gepflastert, aber die Ameisen hatten die Neuigkeit offenbar nicht gehört und nahmen ihren Weg nach kurzem Schnuppern zwischen den Gurken hindurch. Einige kicherten sogar. Wir riefen das Gesundheitsamt an und baten um Rat: »Was tut man, um Ameisen loszuwerden?«

»Das möchte ich selbst gerne wissen«, antwortete der Beamte. »Ich habe die Küche voller Ameisen.«

Nach ein paar weiteren, kläglich gescheiterten Abwehrversuchen entschlossen wir uns, den ungleichen Kampf aufzugeben. Während wir frühstücken, zieht die Ameisenprozession an uns vorüber und nimmt die gewohnten Stellungen ein, ohne uns weiter zu stören. Wir brauchen uns nicht darum zu kümmern, ob alles in Ordnung ist. Es ist alles in Ordnung. Die Ameisen gehören zum Haus. Sie kennen uns bereits und behandeln uns mit reservierter Höflichkeit, wie es unter Gegnern, die gelernt haben, einander zu respektieren, zur Tradition gehört. Es ist ein nachahmenswertes Beispiel friedlicher Koexistenz.

Die griechischen Philosophen haben festgestellt, daß es nichts Schlimmeres gibt, als den Sinn für die richtigen Maße zu verlieren. Seither ist die Menschheit auf der Suche nach dem verlorenen Maßstab. Vor kurzem war sie es bei mir zu Hause.

MASS FÜR MASS

Eine ausgewählte Schar von Gästen hatte sich in unserer Wohnung versammelt, lauter hochklassige, gebildete, intelligente Persönlichkeiten: Dr. Schoschana, der angesehene Internist, Joseph Mogilewski, der allseits geschätzte Ästhet, Ivan Berez-Tap, der bekannte Zeitungsherausgeber, und einer unserer Kibbuz-Freunde, der gerade einen Offizierskurs in Tel Aviv absolvierte.

Seit Jahren hatte mich die beste Ehefrau von allen geplagt, ein paar nette, wichtige Leute zu uns einzuladen. »Sonst verkümmern wir ja«, sagte sie immer wieder. »Wir müssen Anschluß an die maßgebenden Kreise finden.« Und jetzt war es endlich soweit.

Dr. Schoschana begann die Unterhaltung, wobei er sogleich seine distinguierte Weltläufigkeit durchschimmern ließ:

»Ein hübscher, großer Raum, den Sie da haben. Viel größer als der städtische Durchschnitt. In den alten Häusern maßen die großen Zimmer bestenfalls 4,5 mal 4 mal 3,5 und die kleineren in der Regel nicht mehr als 3,2 mal 3 mal 3,5. Ihr Salon hingegen mißt, wie mir scheint, mindestens 5 mal 4,5 mal 3,5.«

»Das glaube ich nicht«, widersprach Ivan Berez-Tap. »Mein Salon mißt 4,5 mal 4,5 mal 3 und kommt mir bedeutend größer vor als dieser hier. Aber das wird sich ja feststellen lassen.«

Damit erhob er sich und, einen Fuß behutsam vor den anderen setzend, schritt oder besser trippelte er die Länge des Zimmers ab. Wir folgten ihm mit angehaltenem Atem. Das Resultat betrug 16 Schuh und 1 Absatz. Er gab es triumphierend bekannt.

»Die Länge meines Schuhs«, erläuterte er, »ist 28 Zentimeter. Das heißt, daß dieses Zimmer nur 4,5 Meter lang ist.«

Wir hätten uns mit dieser Auskunft des namhaften Publizisten glatt zufriedengegeben, aber da machte ihn seine Gattin Selma darauf aufmerksam, daß er heute nicht seine tatsächlich 28 cm langen Schlangenlederschuhe trug, sondern die neuen schwarzen, die besonders bei feuchtem Wetter mit mindestens 29 cm zu veranschlagen wären.

Das peinliche Schweigen wurde von Joseph Mogilewski gebrochen:

»Zählen wir doch ganz einfach die Parkettfliesen. Auf die kann man sich bei jedem Wetter verlassen. Eins, zwei, drei, vier . . .«

Es ergab sich eine Gesamtsumme von 22 Fliesen der Länge nach und 19,5 der Breite nach, nicht gerechnet die Zwischenräume zu je einer Viertelfliese. Wir mußten zweimal nachzählen, weil Berez-Tap 417 als Endziffer herausbekommen hatte und Mogilewski 418.

»Dann sind's also 48 Kubikmeter«, resümierte der Offiziersaspirant Gad. »Da unser Speisesaal 225 Kubikmeter hat, würde dieses Zimmer ungefähr fünfmal hineingehen.«

»Aber, aber!« Dr. Schoschana wies den leichtsinnigen

Kadetten indigniert zurecht. »Dieses Zimmer ist weit entfernt von 48 Kubikmetern. Es hält keinen Vergleich mit den 52 Kubikmetern meiner Veranda aus. Wie hoch ist es denn eigentlich?«

Wir brachten einen Besen und verwendeten ihn als Meßlatte. Das Zimmer war 2,5 Besen hoch, der Besen war 6 Fliesen und 1 Schuh lang, und daraus ergab sich eine Zimmerhöhe von rund 3 Metern, wenn man eine 20-cm-Fliese als Maßeinheit nahm.

»Unmöglich!« Berez-Tap konnte seine Erregung nur schlecht meistern. »Ausgeschlossen! Da muß ein Irrtum passiert sein. Überprüfen wir das Ergebnis. Wenn Selma mich an den Hüften hochhebt, erreiche ich mit ausgestreckten Armen eine Höhe von 2,70 m ...«

Selma hob ihn an den Hüften hoch, und wirklich: zwischen Berez-Taps Fingerspitzen und der Decke klaffte die Länge eines ganzen Besens.

Damit waren die Maße des Zimmers endgültig klargestellt: Höhe 3,50 m, Rauminhalt 56 Kubikmeter.

Meine Frau brachte Erfrischungen auf einem Tablett der Größe 55 mal 25, und die Konversation nahm ihren Fortgang.

»Gestern hatte ich ein interessantes Erlebnis«, berichtete Mogilewski. »Ich besuchte einen unserer bedeutendsten Maler, den Namen möchte ich nicht verraten –.«

»Augenblick!« unterbrach Dr. Schoschana. »Mißt sein Atelier 8 mal 6 mal 4,5?«

Mogilewski nickte bestätigend:

»Dann wissen Sie also, wen ich meine. Ich beschäftige mich nämlich mit einer Studie über die Arbeitsbedingungen unserer Künstler. Daher mein Interesse für die

Maße dieses Ateliers. Ich habe sie aufgeschrieben: Länge 48 Meter, Breite 37 Meter, Höhe 12 Schuhlängen.«

»Sind Sie vielleicht die Wand hinaufgeklettert?«

»Sehr witzig. Natürlich nicht. Ich habe einen Schuh ausgezogen und mich auf einen Sessel gestellt. Genügt Ihnen das? Übrigens ist mein Schuh 19 cm lang.«

»Das ergibt 169 Kubikmeter für das Atelier«, ließ abermals Gad sich vernehmen. »Dreimal so groß wie dieses Zimmer.«

»Hören wir doch endlich auf, über dieses Zimmer zu reden!« Dr. Schoschana ließ deutliche Anzeichen von Unwillen erkennen. »Für halbwegs intelligente Menschen müßte es doch noch andere Gesprächsthemen geben. Schließlich weiß jedes Kind, daß im Nordbezirk von Tel Aviv die Mindestlänge eines Zimmers 5 Meter betragen muß!«

Ehe wir uns dessen versahen, lag der bekannte Internist auf dem Bauch, stützte sich mit den Fußsohlen gegen die Wand und markierte mit seiner Füllfeder die Stelle, wo sich sein Scheitel befand, auf den Fliesen. Diesen Vorgang widerholte er ein zweites und ein drittes Mal. Dann hatte er die gegenüberliegende Wand erreicht und stand wieder auf:

»Da haben wir's. Ich bin 1,65 groß. Dreimal 1,65 macht 4,95. Ein Irrtum von 5 Zentimetern bleibt innerhalb der Toleranzgrenze. Sie werden zugeben, daß es keinen Sinn hat, über diesen Punkt noch länger zu streiten.«

Das konnte niemand leugnen, und eben darum bemächtigte sich unserer Gäste spürbare Übellaune. Ein richtiges Gespräch kam nicht mehr in Fluß. Es war auch schon spät geworden.

Als sie gegangen waren, schüttelte die beste Ehefrau von allen den Kopf:

»Und sowas hält sich für die Intelligenz unseres Landes«, murmelte sie.

Dann legte sie sich mit ausgestreckten Armen auf den Fußboden und robbte bis zur Markierung I weiter.

Ein altes hebräisches Sprichwort besagt, daß nichts auf der Welt den Dichter so sehr anspornt wie der Neid seiner Kollegen. Hoffentlich gilt das nicht für die Dichter von Schlagertexten. Das ist nämlich eine Spezies, die ich glühend beneide. Mit ein paar schwachsinnigen Zeilen machen sie ein Vermögen und haben obendrein die Genugtuung, daß ihr Werk auf jedermanns Lippen ist. Demgegenüber hat kein noch so großartiger Roman es jemals erreicht, von einer Köchin geträllert zu werden.

EIN BLICK HINTER DIE KULISSEN DER SCHLAGERINDUSTRIE

Zweifellos kennen meine geneigten Leser den erfolgreichen »Cookie-Song«, die Nummer 2 der Gesamt-Hitparade des abgelaufenen Jahres. Es wird in unserem Land wohl kaum einen Menschen geben, der die muntere Weise mit dem ohrengängigen Text noch nicht vor sich hingesummt hätte. Wie wohltuend sich dieser Text von den sonstigen Produkten der Industrie unterscheidet, ersieht man aus dem folgenden Refrain:

Cookie, Cookie, Cookie, Cookie,
Du bist süß wie Zucki, Zucki
Und dein blaues Augengucki
Macht mich ganz verrückt!

Bitte schenk mir, Cookie, Cookie,
Noch ein Blicki, noch ein Blucki,
Sag mir Schnucki, Schnucki, Schnucki,
Dann bin ich beglückt!

Ein einfaches, anspruchsloses Lied, in sprachlicher Hinsicht vielleicht nicht ganz einwandfrei, aber dafür von einer kindhaften Liebenswürdigkeit und leicht zu behalten. Deshalb wird es auch mindestens zweimal täglich im Rundfunk gesendet.

Der Text ist von mir.

Ich hatte bis dahin noch nie einen Schlagertext geschrieben, weil ich nicht wußte, daß ich dafür begabt war. Es kommt ja oft genug vor, daß jemand seine eigene Begabung nicht kennt. Bernard Shaw zum Beispiel begann erst mit vierzig Jahren Theaterstücke zu schreiben. Und David mußte erst mit Goliath zusammentreffen, um zu entdecken, daß er ein besonderes Talent zum Steineschleudern besaß.

Vielleicht wäre auch aus mir niemals ein Textdichter geworden, wenn ich nicht die Gewohnheit hätte, bei längeren Gesprächen allerlei Sinnloses auf ein Papier zu kritzeln.

Es geschah auf der Terrasse eines Kaffeehauses in Tel Aviv. Wir sprachen über die amerikanische Jugend und ihren Mangel an Idealen, und während ich mein Scherflein Mißbilligung zum Gespräch beisteuerte, begann ich auf einer Papierserviette abstrakte Figuren zu entwerfen, zu denen sich alsbald nicht minder abstrakte Wortbildungen gesellten: Cookie ... Zucki ... Schnucki ... Pucki ...

Plötzlich fiel der Blick des bekannten Schlagerkomponisten Eli Distel auf die Serviette.

»Genial!« japste er. »Absolute Spitze!«

Er zog mich beiseite und ergänzte seinen Ausruf dahingehend, daß die von mir so achtlos hingeworfenen Letternfolgen das ideale Gerippe eines Schlagertextes darstellten, den ich nur noch ausarbeiten müßte. Er empfahl mir sogar, das unverzüglich zu tun.

»In jedem erfolgreichen Schlagertext gibt es nur ganz wenige Worte, die im Gedächtnis haftenbleiben«, fügte er hinzu. »Der Rest ist gleichgültig. Cookie-Zucki-Schnucki genügt.«

»Und was ist mit Pucki?« fragte ich.

»Es fällt ein wenig ab. Schnucki ist stärker. Fang' an zu dichten!«

Trotz der kleinen Kränkung zog ich mich an einen freien Tisch zurück und schrieb in zehn Minuten den »Cookie-Song«, der heute in aller Munde ist. Distel entschuldigte sich, daß der Markt im Augenblick ein wenig stagniere, und zahlte mir 500 Pfund, was ich gar nicht so schlecht fand. Den wütenden Blicken des an unserem Tisch sitzenden Popsong-Texters Uri Ben-Patisch legte ich weiter keine Bedeutung bei.

Am nächsten Morgen bekam ich ein Telegramm:

»erwarte dich zwoelf uhr eingang zoo strengstes stillschweigen geboten benpatisch.«

Aus purer Neugier ging ich hin. Ben-Patisch verband mir die Augen mit einem Taschentuch und zerrte mich in einen Wagen, der sofort startete und ungefähr drei Stunden lang in gesetzwidrigem Tempo dahinsauste. Während dieser drei Stunden fiel kein einziges Wort.

Als wir endlich anhielten und Ben-Patisch mir die Augenbinde abnahm, standen wir vor einer einsamen Ruine in Obergaliläa. Wir traten ein.

In einem halbverfallenen Raum, der von einem flakkernden Öllämpchen nur notdürftig erhellt wurde, erwarteten uns, um ein morsches Klavier geschart, drei weitere Pop-Lyriker.

»Nimm Platz«, sagte Ben-Patisch. »Und fürchte dich nicht. Du bist unter Freunden. Was du hier siehst, ist die israelische Popsong-Fabrikations-GesmbH, die insgesamt vier Mitglieder umfaßt.«
»Freut mich sehr.« Ich verbeugte mich in Richtung GesmbH.
»Wir vier haben bisher alle erfolgreichen Texte geschrieben«, eröffnete mir Ben-Patisch, und in seiner Stimme schwang deutlicher Unmut mit. »Jetzt, da auch du mit dem Schreiben angefangen hast, müssen wir dich in unsere Geheimorganisation aufnehmen.«
»Warum ist sie geheim?«
»Das kann ich dir erklären. Es gibt ein Geheimnis, das bisher nur vier Männern im ganzen Land bekannt war. Von nun an werden es fünf sein. Das Geheimnis besteht in der bitteren Wahrheit, daß jeder Mensch Schlagertexte schreiben kann. Wir haben dich hergebracht, um dich zu warnen. Wenn du unser Geheimnis verrätst ...«
»Ihr könnt euch auf mich verlassen.«
»Danke. Aber das ist noch nicht alles. Unsere Organisation hat ihre eigenen Gesetze, von deren strikter Beobachtung unsere materielle Existenz abhängt. Erstes Gesetz: ›Man darf nie sofort einen Text schreiben.‹ Diesem Gesetz hast du – allerdings noch ohne es zu kennen – zuwidergehandelt. Sei dir bitte im klaren darüber, welches Verhängnis uns droht, wenn man plötzlich dahinterkäme, daß ein erfolgreicher Schlagertext in zehn Minuten herstellbar ist. Du mußt für einen Text immer eine Woche Zeit verlangen, das ist das mindeste. Wie lange du wirklich für ihn brauchst, geht niemanden etwas an. Meinetwegen schreib ihn auf dem Weg zum Verleger. Zweites Gesetz: ›Gib niemals die Erlaubnis, auch nur

ein einziges Wort zu ändern.‹ Die Leute müssen überzeugt sein, daß dein Text das Ergebnis langer, aufreibender Arbeit ist, daß du an jedem Wort, auch wenn es noch so simpel oder gar dumm erscheinen mag, stundenlang gefeilt hast. Drittes Gesetz: ›Laß deinen Text niemals ohne Musik hören.‹ Wenn er gesungen wird, nimmt man ihn gewissermaßen nebenbei mit. Aber ohne Musik würde man merken, daß es der reine Stumpfsinn ist.«

»Allerdings.«

»Unterbrich mich nicht. Ich komme jetzt zum wichtigsten Punkt, nämlich zur Frage des Honorars. Es ist absolut verbrecherisch, für einen Text weniger als 1200 Pfund zu nehmen. Sonst glaubt dir ja niemand, welche ungeheure Mühe, welche geistige und emotionelle Anstrengung er dich gekostet hat. Deshalb empfiehlt es sich auch, von Zeit zu Zeit über Kopfschmerzen und Müdigkeit zu klagen. Und schließlich noch eine Vereinbarung. Nicht direkt ein Gesetz, eher eine Art Gentlemen's Agreement: Kein Mitglied unserer Organisation darf mehr als tausend Texte im Jahr schreiben ...«

Ich erklärte mich mit den Bedingungen einverstanden, wurde in einer kurzen, eindrucksvollen Zeremonie vereidigt und erhielt die Mitgliedskarte Nr. 5.

Gegen Mitternacht schlossen wir die Geheimkonferenz unter Absingung des improvisierten Textes:

Wir sind die Di-,
Wir sind die Di-,
Wir sind die Dichter.
Wir zeigen nie
Unsre Gesi-
Unsre Gesichter.

Ich weiß nicht, ob es wieder ein griechischer Philosoph oder einer unserer Nachbarn war, der den Ausspruch tat: »Im Alter bleibt dem Menschen nichts als die Erinnerung.« Es erhebt sich jedoch die Frage, inwieweit das Erinnerungsvermögen vom Alter abhängt.

WENN ICH NICHT VERGESSE

Ich traf meinen alten Freund Weinreb vor der Oper und nützte das sofort aus, um ihn zu erinnern, daß er morgen in der schwebenden Angelegenheit unbedingt meinen Anwalt anrufen müsse.

»Gern«, sagte Weinreb. »Wenn ich nicht vergesse.«

»Warum sollten Sie vergessen?« fragte ich. »Sie wissen so gut wie ich, daß es sich um eine äußerst wichtige Sache handelt.«

»Natürlich weiß ich das. Aber ich bin so beschäftigt, daß ich morgen bestimmt nicht mehr daran denke. Rufen Sie mich doch bitte um sieben Uhr früh an und erinnern Sie mich.«

»Um sieben Uhr früh stehe ich unter der Dusche. Vielleicht sind Sie so freundlich und erinnern sich ohne Anruf.«

»Ich werde es versuchen. Aber versprechen kann ich's Ihnen nicht. In den Morgenstunden bin ich immer ein wenig verschlafen. Bevor ich meinen Kaffee getrunken habe, kann ich mich überhaupt nicht zurechtfinden.«

»Und nachdem Sie Ihren Kaffee getrunken haben?«

»Muß ich sofort das Haus verlassen. Machen Sie sich keine Illusionen: wie ich mich kenne, wird mir die Sache mit Ihrem Anwalt schon längst entfallen sein.«

»Also was tun wir da?«

»Keine Ahnung.«

Eine Weile standen wir in ratlosem Schweigen. Dann kam mir ein Einfall:

»Hören Sie, Weinreb. Wie wär's und Sie machen sich einen Knoten ins Taschentuch?«

»Nützt nichts. Bis morgen vergesse ich, wozu ich den Knoten gemacht habe. Es gibt keine andere Lösung als daß Sie mich um sieben Uhr anrufen.«

»Gut. Wenn ich nicht vergesse.«

»Was heißt das – wenn Sie nicht vergessen?«

»Ich bin in der letzten Zeit ein wenig zerstreut. Wissen Sie was? Rufen Sie mich zehn Minuten vor sieben Uhr an und erinnern Sie mich, daß ich Sie anrufen soll.«

»Jetzt müßte Ihnen doch schon klarsein, daß ich vergessen werde.«

»Machen Sie sich eine Notiz auf einen Zettel.«

»Und was wird mich an den Zettel erinnern?«

»Das!« Damit versetzte ich ihm einen wuchtigen Tritt ans Schienbein. »Jetzt werden Sie nämlich hinken, und das wird Sie bei jedem Schritt daran erinnern, daß Sie mich anrufen sollen.«

Weinreb massierte mit schmerzverzerrtem Gesicht die verletzte Stelle.

»Möglich«, seufzte er. »Aber vielleicht vergesse ich zu hinken. Erinnern Sie mich telefonisch.«

Den Gefallen kann ich ihm tun. Wenn ich nicht vergesse.

Zu den menschlichen und besonders männlichen Urtrieben gehört das Bedürfnis, ein illustriertes Wochenblatt herauszugeben, in dem alles über Zuckermann veröffentlicht werden kann, wie er Konkurs gemacht hat und wie er zur gleichen Zeit mit seiner Sekretärin in einem anrüchigen Hotel gesehen wurde, ein verheirateter Mensch, Vater von drei Kindern, man sollte es nicht für möglich halten. Um diese ebenso wichtigen wie interessanten Tatsachen ans Licht zu bringen, braucht man eine Wochenzeitung. Das Unglück ist, daß die Wochenzeitung auch Leser braucht.

UNSERE WIRKWAREN-WELT

Ein neues israelisches Wochenblatt entsteht gewöhnlich dann, wenn Herr Steiner, Besitzer der gutgehenden Lebensmittelhandlung im Parterre, einen Stock höher steigt, um den dort wohnhaften Journalisten Hanoch Goldberg zu besuchen und ihm folgendes mitzuteilen: »Mein lieber Goldberg, Sie glauben doch nicht, daß ich immer mit Lebensmitteln gehandelt habe? Keine Spur! Es gab Zeiten, in denen ich ein geschätzter Mitarbeiter verschiedener Zeitungen war. Aber das ist nicht der Grund, warum ich zu Ihnen komme. Obwohl sich sehr wichtige Zeitschriften darunter befanden, zum Beispiel die ›Zvadrashenvaja Fortzishnovka Ukrajinskaja‹. Und hier in Israel habe ich mehrere Artikel für ein bekanntes Modejournal geschrieben, die müssen Sie einmal lesen. Ja, was ich sagen wollte: Wie wär's, wir geben zusammen eine neue Wochenzeitung heraus? Eine, die anders ist als alle anderen, etwas wirklich Neues, ein Blatt, das eine Marktlücke füllt und den Publikumsgeschmack trifft. Nein, unterbrechen Sie mich nicht. Ich finanziere die Sache. Aber nur, wenn Sie mit Ihrer großen journalistischen Erfahrung die Chefredaktion übernehmen. Machen Sie sich keine Sorgen, ich werde mich nicht in Ihr Ressort mischen. Ich bin nur der Geldgeber. Und da ich ganz genau weiß, daß eine neue Zeitschrift am Anfang Geld verlieren muß, bin ich fürs erste Jahr auf ein gewisses Defizit vorbereitet. Meinetwegen auch fürs zweite. Also. Wir haben das nötige Geld und wir haben die nötige Lizenz. Nehmen Sie den Posten an?«

Goldberg überlegte. Im Augenblick verdiente er 745 Pfund monatlich für Übersetzungen ins Polnische. Was hatte er zu verlieren?

»Ich nehme den Posten an«, sagte er. »Setzen Sie sich.«

Die Details der Neugründung wurden besprochen und schriftlich niedergelegt. Um die vorhandenen Wochenblätter zu übertrumpfen, würde das neue in einem Umfang von 64 großformatigen Seiten und im Vierfarbendruck erscheinen. Preis im Einzelverkauf 2 Pfund. Bei einem Absatz von 30 000 Exemplaren wären die Kosten gedeckt, mit dem 30 001. Exemplar beginnt der Profit, der sich nach und nach auf 18 000 bis 20 000 Pfund im Monat belaufen müßte.

An dieser Stelle der Verhandlungen schlug Steiner vor, den Reingewinn 50:50 zu teilen, aber Goldberg entschied sich für ein fixes Monatsgehalt von 835 Pfund.

Die Zeitschrift würde den Namen »Unsere Wirkwaren-Welt« führen. Eigentlich hätte sie »Unsere Welt« heißen sollen, aber Steiner hatte die Lizenz von der eingestellten Vereinspublikation der Wirkwarenhändler erworben, und das Gesetz verpflichtete ihn, den Originaltitel in jede auf dieser Lizenz basierende Druckschrift einzubeziehen.

Das neue Wochenblatt sollte leicht lesbar und unterhaltend, zugleich jedoch seriös und informativ sein. Für eine solche Publikation bestand zweifellos größter Bedarf.

Nach Unterzeichnung der Verträge in einem Anwaltsbüro machte sich Goldberg ungesäumt an die Zusammenstellung seines Redaktionsstabs. Er engagierte in einem nahe gelegenen Kaffeehaus elf ständige Redakteure und sieben Korrespondenten, von denen drei an Ort und Stelle zu Auslandskorrespondenten befördert und sofort nach Europa geschickt wurden. Hinzu kamen fünf Photografen, zwei Botenjungen und eine Sekretärin. Sie alle bezogen ihre Arbeitsplätze in Steiners Wohnung.

Nach einmonatiger Vorbereitungszeit war die sensationelle Eröffnungsnummer fertig. Auf dem Titelblatt sah man einige israelische Kleinkinder im Sand spielen, Bildunterschrift: »In Israel wächst eine glückliche neue Generation heran.« Daneben machten rotgedruckte Titel auf die Beiträge im Innern des Blattes neugierig: »Safed, die malerische Touristenattraktion (mit Farbphotos)«, »Was will Rußland?«, »Proteine stärken den Körper« und »Die Welt des Theaters« von Carmela Green. Weitere Ankündigungen verhießen dem Leser eine Rundfunk- und Fernseh-Rubrik, einen psychologischen Ratgeber, Hanoch Goldbergs regelmäßige Kolumne »Ich melde mich zu Wort«, ausführliche Sportberichte, Kreuzworträtsel, eine reichhaltige Literatur-Rubrik, eine Beilage »Der Lebensmittelhändler«, die Rubriken »Von fern und nah«, »Israel und die Welt«,

»Die Welt und Israel« und das erste Kapitel des Fortsetzungsromans »Die Liebe einer Krankenschwester« von Hanoch Goldberg. Überdies startete »Unsere Wirkwaren-Welt« ein Preisausschreiben für Kurzgeschichten sowie eine großzügige, mit Preisen bedachte Abonnenten-Werbung und lud ihre Leser ein, Zuschriften an die Redaktion zu richten: »Ihr Wochenblatt – für Sie gegründet – für Sie gedruckt – für Sie redigiert – jede Woche für Sie.«

Die Eröffnungsnummer begegnete unleugbar einer gewissen Resonanz im Publikum. Herr Steiner hörte aus glaubhafter Quelle, daß man dem Kolporteur in Eilat die ersten Exemplare buchstäblich aus der Hand gerissen hätte, und Goldberg brachte dank seiner guten Verbindungen eine Notiz im Organ der Gewerkschaft »Druck und Papier« unter: »Unter dem Titel ›Unsere Wirkwaren-Welt‹ erschien soeben die erste Nummer einer neuen Zeitschrift, die an allen üblichen Verkaufsstellen erhältlich ist.« Laut Goldberg bedeutete das soviel wie einen offiziellen Segen für das neue Unternehmen und den Verkauf von mindestens 5000 Exemplaren. Bedenklich war, daß keine Leserzuschriften kamen und daß für das Preisausschreiben nur eine einzige Kurzgeschichte von Oscar Wilde eintraf, die er unter dem Pseudonym »Oskar Friedmann, Haifa« eingesandt hatte. Die Auslieferungsfirma erklärte auf Fragen nach den Bestellungen, daß es noch zu früh wäre, sich ein Urteil zu bilden, aber aus der Gegend des Toten Meeres wären sehr ermutigende Reaktionen gekommen.

Als Steiner die ersten Anzeichen von Nervosität bekundete, weil der erhoffte Profit auf sich warten ließ, wurde er von Goldberg daran erinnert, daß er auf ein- bis zweijähriges Defizit vorbereitet gewesen sei. Zugegeben, antwortete Steiner, aber es müsse ja nicht alles, worauf man vorbereitet sei, unbedingt eintreffen. Er beschloß, in die redaktionelle Gestaltung des Blattes einzugreifen und für ein höheres Niveau zu sorgen. Denn wenn die erste Nummer nicht richtig eingeschlagen hätte, so konnte das nur daran liegen, daß sie nicht seriös genug war.

Infolgedessen trug die zweite Nummer auf dem Titelblatt ein Porträt des neuen israelischen Ministerpräsidenten mit der Unterschrift: »Der neue israelische Ministerpräsident.« Die Nummer enthielt ferner eine medizinische Seite, eine Kurzgeschichte von W. Shakespeare, eine Ballade des bedeutenden israelischen Lyrikers Jochanaan Teppler, eine erkleckliche Anzahl von Leserbriefen mit Antworten von »Zippora« (Steiners nom de plume), Modeberichte und eine Rubrik »Wohin am Abend?«. Zu den technischen Veränderungen, die Steiner vornahm, gehörte die Kündigung von 14 Korrespondenten, 5 Photografen, 2 Botenjungen und einer Sekretärin. Statt dessen engagierte er einen Anwalt, der die Klagen auf Vertragsbruch zu behandeln hatte. Die Anzahl der Illustrationen wurde reduziert, und einige Photos aus der ersten Nummer wurden mit anderen Unterschriften nachgedruckt.

Obwohl die Kolporteure der zweiten Nummer mit großen Plakaten – »HALT! DIE NEUE NUMMER UNSERER WIRKWAREN-WELT!« – ausgerüstet waren, wollte sich die Vertriebsstelle auf keine Auskünfte festlegen. Steiner strich inkognito um einen Zeitungskiosk herum, um den Absatz seines Wochenblatts zu beobachten. Als nach sechs Stunden noch kein Exemplar verlangt worden war, gab er auf und erkundigte sich in einigen Buch- und Zeitschriftenläden nach dem Verkauf der »Wirkwaren-Welt«. Die Ladeninhaber waren überrascht, von der Existenz dieser Zeitschrift zu hören. Steiner begann ernsthaft zu zweifeln, daß er die als Minimum eingesetzte Verkaufsziffer von 30 000 Exemplaren jemals erreichen würde, eilte nach Hause und delogierte den restlichen Redaktionsstab mit Ausnahme Goldbergs, der bereits vierzehn Monatsgehälter im voraus bezogen hatte.

»Man raubt mich aus!« brüllte Steiner und unternahm einen letzten verzweifelten Versuch, sein Geld zurückzubekommen: Die dritte Nummer erschien nur noch in einem Umfang von 18 Seiten und im Zweifarbendruck. Auf dem Titelblatt sah man eine nackte Negerin und die Ankündigung folgender Beiträge: »Das Märchen von der Potenz der Schwarzen«, »Geständnisse einer Prostituierten«, »Die Pille und du«, »Die überschätzte Jungfernschaft (Tatsachenbericht eines vergewaltigten Mädchens)«, »Interview mit einem homosexuellen Spion« und »Erotische Fachausdrücke«. Die Fotos wurden von einer pornograpischen Filmfirma gegen ein Gratisinserat bereitgestellt.

Die von der Vertriebsstelle gemeldeten Absatzziffern besagten, daß von der ersten Nummer 84 Exemplare und von der zweiten Nummer 17 Exemplare verkauft worden waren. Nummer 3 erbrachte ein rätselhaftes Phänomen: Die Vertriebsstelle retournierte um ein Exemplar mehr, als sie bezogen hatte.

Steiner schwor, sich an Goldberg, dem wahren Urheber dieses katastrophalen Verlustgeschäfts, fürchterlich zu rächen. Goldberg übersiedelte nach Eilat. Die Lizenz der

»Wirkwaren-Welt« wurde an einen Exporteur nach Jaffa verkauft. Er hat die Absicht, eine neue Wochenzeitung herauszugeben, die anders ist als alle anderen und etwas wirklich Neues.

Die Anwendung von Gewalt als Mittel zur Lösung gesellschaftlicher Probleme ist vor einigen Jahren in Mode gekommen und hat seither die freie Welt im Sturm erobert. Heute kann man ohne große Mühe am frühen Vormittag in Irland von zwei verschiedenen Seiten beschossen werden, am Nachmittag in Deutschland einem Sprengstoffattentat entgehen und am Abend in Griechenland die Zähne eingeschlagen bekommen. Aber so wohltuend der Gedanke auch sein mag, daß wenigstens in dieser Hinsicht die nationalen Grenzen gefallen sind – das Land der unbegrenzten, sozusagen klassischen Gewalttätigkeit ist noch immer Amerika.

JOE, DER FREUNDLICHE STRASSENRÄUBER

Als ich vor ein paar Wochen zu Besuch nach New York kam und an der Wohnungstür meiner im Herzen des Broadway wohnhaften Tante Trude klingelte, erschienen nach längerer Pause zwei ängstliche Augen hinter dem Guckloch:

»Bist du allein?« fragte eine verschreckte Stimme. »Ist dir niemand nachgeschlichen?«

Nachdem ich Tantchen beruhigt hatte, drehte sie den Schlüssel zweimal um, schob drei Riegel zurück, entfernte die Vorhängkette und setzte vorübergehend die elektrische Alarmanlage außer Betrieb. Dann öffnete sie mit der einen Hand die Tür; in der anderen zitterte ein Revolver.

Da man erst kurz zuvor, wie mir Tante Trude unverzüglich berichtete, einen Bewohner des 17. Stockwerks erdrosselt aufgefunden hatte, beschlossen wir, daß ich für die Dauer meines zweiwöchigen Aufenthalts in New York das Haus überhaupt nicht verlassen würde.

»Ich selbst war schon seit Monaten nicht mehr auf der Straße«, fuhr Tante Trude in ihrer Berichterstattung fort. »Es ist zu riskant. Man wird jetzt schon am hellichten Tag ermordet. Bevor man sich umdreht, hat man ein Messer im Rücken. Deshalb werden wir hübsch zu Hause bleiben und uns immer das beste Fernsehprogramm aussuchen. Außerdem werde ich dir sehr gute Sachen kochen.«

Wie sich zeigte, braucht man auch zum Einkaufen nicht mehr auszugehen. Alles wird ins Haus geliefert. Und selbst hier ist Vorsicht geboten. Als der Bote vom Supermarkt liefern kam, öffnete Tante Trude erst, nachdem sie sich durch telefonischen Rückruf vergewissert hatte, daß es wirklich der Bote vom Supermarkt war und nicht der Würger von Boston.

*

Trotzdem und dessenungeachtet: Ich mußte meiner Frau eine Handtasche mitbringen. Nur unter dieser Bedingung hatte sie mir die Reise nach New York überhaupt gestattet. Eine Handtasche aus schwarzem Krokodilleder mit Spangenverschluß.

Drei Tage und drei Nächte hindurch hatte Tante Trude mich umzustimmen versucht: Das Lederwarengeschäft an der Ecke würde mir gerne eine größere Anzahl von Mustern heraufschicken. Aber ich blieb hart, und am vierten Tag machte ich mich auf den Weg.

Es war früh am Vormittag, und die meisten New Yorker waren von den Rauschgiften, die sie während der Nacht zu sich genommen hatten, noch ein wenig be-

nommen. So konnte ich ziemlich unbehindert die Häusermauern entlangschleichen und entging ohne sonderliche Mühe etlichen lallenden Alkoholikern, torkelnden Huren und sonstigen Großstadterscheinungen, die mir begegneten.
In guter Verfassung langte ich vor der Lederhandlung an. Hinter der versperrten, durch ein Gitter abgesicherten Glastüre erschien die Gestalt einer Verkäuferin, der ich durch die Höranlage mitteilte, wer ich war und von wo ich kam. Nach einem Kontrollanruf bei Tante Trude ließ sie mich ein.
»Es tut mir leid«, entschuldigte sie sich, »aber erst gestern wurde die Metallwarenhandlung gegenüber ausgeraubt und der Besitzer an die Wand genagelt.«
Ich gewann allmählich den Eindruck, daß es um die öffentliche Sicherheit in New York nicht zum besten bestellt sei, und wollte meine Besorgung möglichst rasch hinter mich bringen. Schon nach kurzem Suchen fand ich eine passende Krokodilledertasche.
»Wir haben noch viel hübschere«, sagte die Verkäuferin und deutete auf ein Prachtstück mit goldenem Henkel in Form eines Krokodilrachens. »Diese hier würde Ihnen ganz ausgezeichnet stehen.«
»Ich trage keine Handtaschen«, wies ich sie zurück. »Die Tasche ist für meine Frau.«
»Oh, Verzeihung. Es ist heute sehr schwer, einen Mann von einer Frau zu unterscheiden. Da Sie keine langen Haare tragen, habe ich Sie für eine Frau gehalten.«

*

Auf dem Heimweg geschah es.
Vor einem Pornographieladen, dem dritten hintereinander, an der Ecke der 43. Straße, pflanzte sich ein rie-

senhafter, salopp gekleideter Neger vor mir auf und hielt mir die geballte Faust unter die Nase:

»Geld her!« sagte er mit großer Bestimmtheit.

Zum Glück fiel mir in diesem Augenblick der Ratschlag eines israelischen Reiseführers ein: In gefährlichen Lagen empfiehlt es sich, hebräisch zu sprechen.

»Adoni«, begann ich in der altehrwürdigen Sprache unserer heiligen Bücher, »lassen Sie mich in Ruhe oder ich müßte zu drastischen Maßnahmen greifen. Sind Sie einverstanden?«

Mein Gegenüber glotzte aus aufgerissenen Augen und ließ mich ziehen.

Zu Hause erzählte ich Tante Trude von meinem Erlebnis. Sie erbleichte:

»Großer Gott«, flüsterte sie und hielt sich am Tischrand fest, um nicht in Ohnmacht zu fallen. »Hat man dir nicht gesagt, daß du dich niemals wehren darfst? Wenn einem an der Ecke der 43. Straße ein Neger den Weg vertritt, spricht man nicht, sondern man zahlt. Nächstesmal gib ihm alles, was du bei dir hast. Oder noch besser: bleib zu Hause.«

*

Ich blieb nicht zu Hause. Unter dem Vorwand, meinen Rückflug bei der El-Al buchen zu müssen, machte ich einen Spaziergang in verhältnismäßig frischer Luft und wieder zurück. Nur ein einziges Mal hielt ich inne, und zwar vor dem Aushängekasten eines Sex-Kinos, wo ich meine Erinnerungen an den Vorgang des Kindermachens auffrischte.

Seltsamerweise war es wieder die Ecke der 43. Straße, an der mir jener riesenhafte Neger entgegentrat. Diesmal packte er mich sofort an den Rockaufschlägen:

»Geld her!« fauchte er.
Ich fand mich blitzschnell zurecht, zog meine Brieftasche hervor und fragte nur ganz leise:
»Warum?«
Der riesenhafte Neger schob sein Gesicht so nahe an das meine, daß ich die von ihm bevorzugte Whiskymarke zu erkennen glaubte:
»Warum? Warum, du weißes Schwein? Weil du ein weißes Schwein bist!«
Ringsum herrschte plötzlich gähnende Leere. Was es an Fußgängern gegeben hatte, war längst in den Haustoren verschwunden. In der Ferne entwichen zwei Polizisten auf Zehenspitzen. Wortlos drückte ich dem schwarzen Panther zwei Dollarnoten in die Hand, riß mich los und rannte nach Hause.
»Ich habe gezahlt!« jauchzte ich in Tante Trudes fragendes Gesicht. »Zwei Dollar!«
Tante Trude erbleichte auch diesmal:
»Zwei Dollar? Du hast es gewagt, ihm zwei lumpige Dollar zu geben?«
»Ich hatte nicht mehr bei mir«, stotterte ich schuldbewußt.
»Geh nie wieder aus, ohne mindestens fünf Dollar mitzunehmen. Der Kerl hätte dir die Kehle durchschneiden können. Wie groß war er?«
»Vielleicht ein Meter neunzig.«
»Nächstens nimm zehn Dollar mit.«

*

Bei meinem folgenden Ausgang wurde ich schon an der Ecke der 40. Straße von einem unrasierten Zeitgenossen um eine einmalige Schenkung ersucht, mußte sie ihm jedoch verweigern:

»Bedaure, ich werde an der Ecke der 43. Straße überfallen.«
Er nahm meine Ablehnung zur Kenntnis. Auch in diesen Kreisen scheint ein Regulativ gegen Doppelbesteuerung zu gelten. Man zahlt entweder an der 40. oder an der 43. Straße, aber nicht zweimal.
An der 43. Straße angelangt, hielt ich nach meinem Neger Ausschau, aber er zeigte sich nicht. Das enttäuschte mich ein wenig, denn ich hatte für ihn eine fabrikneue Zehndollarnote vorbereitet. Ich begann, die umliegenden Kneipen abzusuchen, und fand ihn schließlich in einer Bar für lesbische Nudisten. Joe – so hieß er ja wohl – saß mit überkreuzten Beinen gegen die Wand gelehnt und begrüßte mich beinahe herzlich:
»He, weißes Schwein! Geld her! Aber diesmal etwas mehr!« Es reizte mich, mein Experiment fortzusetzen: »Leider hab' ich nichts bei mir, Joe. Aber ich komme morgen wieder.«
Joe deutete mir durch ein stummes Nicken seine Zustimmung an. Ich betrachtete ihn etwas genauer. So riesenhaft war er gar nicht. Er war nicht größer als ich und hatte viel weniger Zähne im Mund. Ich winkte ihm zu und ging.
Auf der gegenüberliegenden Straßenseite wurde gerade eine hysterisch kreischende Frauensperson vergewaltigt, während die Passanten in den Haustoren verschwanden. Ich pries mich glücklich, einem so zurückhaltenden Charakter wie Joe begegnet zu sein.

*

»Ephraim«, sagte meine Tante Trude ein paar Tage später, »du mußt deinen Neger aufsuchen, sonst kommt er uns noch ins Haus. Man kennt diesen Typ.«

Ich faltete einen mürben Fünfzigdollarschein zusammen, steckte ihn zu mir und begab mich zum Rendezvous in die 43. Straße. Niemand belästigte mich unterwegs, auch die Zuhälter faßten nicht nach meinem Arm. Alle wußten, daß ich eine ständige Kundschaft des schwarzen Joe war.

Joe erwartete mich in einem Restaurant mit Oben-ohne-Bedienung:

»Hallo, weißes Schwein. Hast du das Moos gebracht?«

»Ja«, antwortete ich wahrheitsgemäß.

»Her damit, weißes Schwein.«

»Einen Augenblick«, protestierte ich. »Ist das ein Raubüberfall oder bist du auf eine bestimmte Summe aus?«

»Weißes Schwein, ich brauche 25 Dollar.«

»Ich habe aber nur eine Fünfzigdollarnote bei mir.«

Joe nahm den Schein an sich, torkelte in eine nebenan gelegene Haschisch-Kneipe, die als Bordell für Liebhaber von Ziegenböcken getarnt war, und kam nach einer Weile mit 25 Dollar Wechselgeld zurück. Jetzt war mir endgültig klar, daß ich in ihm einen fairen Partner gefunden hatte. Ich fragte ihn, ob ich vielleicht ein Abonnement bei ihm nehmen könnte. Mit wöchentlichen Zahlungen, wenn's ihm recht wäre.

Joes Auffassungsvermögen kam da nicht mehr ganz mit.

»Weißes Schwein«, sagte er, »ich bin jeden Tag hier.«

Ich bat ihn um seine Telefonnummer, aber er hatte keine. Statt dessen zeigte er mir ein leicht verfärbtes Messer – ob die Verfärbung von Blut oder von Rost herrührte, konnte ich in der Eile nicht feststellen – und verzog sein Gesicht zu einer Art Lächeln, das die bräunlichen Restbestände seiner Zähne sichtbar machte. Er war eigentlich ganz nett, dieser Joe. Kein Großunternehmer, ein kleiner, freundlicher Straßenräuber, vielleicht 1,65 m groß, nicht mehr jung, aber von wohlgelaunter Wesensart.

*

Am Tag meiner Abreise begleitete mich Tante Trude zu ihrer verbarrikadierten Wohnungstür. Sie weinte unaufhörlich in Gedanken daran, daß ich jetzt wieder in den unsicheren Nahen Osten zurückkehren müßte, wo von überallher Gefahren drohten.

Ich schreibe diese Zeilen im sonnendurchglühten Garten meines Hauses in Tel Aviv. So ungern ich es eingestehe: Joe fehlt mir. Wir hatten uns so gut miteinander verstanden. Vielleicht wären wir mit der Zeit richtige Freunde geworden. Ob manchmal auch er, zwischen Haschisch und Oben-ohne, an sein kleines weißes Schweinchen denkt? Wohl kaum. Nicht jeder ist so romantisch veranlagt wie ich.

Infolge technischer Mißgriffe und anderer unvorhergesehener Zwischenfälle kann es geschehen, daß ein Verbrecher gefangen wird, und dann muß man ihn wohl oder übel einsperren. Für seine rasche Entlassung sorgen in Israel die vereinten Bemühungen der Gefängnisbeamten und der freiheitsliebenden Häftlinge.

DER LANGE WEG IN DIE FREIHEIT

Schon an den letzten Abenden hatte die beste Ehefrau von allen den Eindruck, daß sich jemand in unserer Wohnung versteckt. Wir dachten zuerst an den Steuerexekutor und wollten ihn nicht provozieren, aber schließlich gingen uns die Geräusche im Vorraum so sehr auf die Nerven, daß ich mich zum Eingreifen entschloß. Ich trat in den Vorraum hinaus und sah einen brillentragenden Mann in einem Lehnstuhl sitzen und vor sich hin schlafen. Nachdem ich ihn geweckt hatte, erhob er sich und stellte sich vor:

»Mein Name ist Blitz.«

»Sehr erfreut.«

Ich wußte sofort, daß ich einem unserer prominentesten Bankräuber gegenüberstand, der erst vor zwei Wochen zu 15 Jahren Kerker verurteilt worden war. Vorsicht schien geboten.

Zunächst plauderten wir ein wenig, und ich erfuhr, daß Blitz das Ergebnis der jüngsten Wahlen nicht guthieß. Er hätte einen Sieg der Liberalen vorgezogen, hauptsächlich wegen jenes Teils ihres Parteiprogramms, der sich für die Freiheit des Individuums einsetzt.

Nach einiger Zeit konnte ich nicht länger an mich halten:

»Entschuldigen Sie«, sagte ich. »Wie sind Sie eigentlich aus dem Gefängnis herausgekommen?«

Mein Gast lehnte sich zurück, sichtlich überwältigt von aktuellen Erinnerungen:

»Wir hatten das von langer Hand vorbereitet, Farkas und ich. Ich hielt mit Farkas von Anfang an Kontakt, durch einen speziell ausgearbeiteten Code von Klopfzeichen.«

»Ausgearbeitet? Wie? Wann? Wo?«

»Nun, wir trafen ja täglich im Speisesaal zusammen, wo wir die Sache ausführlich diskutieren konnten. Die Wärter beschwerten sich, daß unser ewiges Klopfen sie verrückt mache. Unser Ansuchen um ein Telefon wurde jedoch abgelehnt. ›Ein Gefangener‹, sagten sie, ›hat kein Recht zu telefonieren.‹ Sie waren sehr streng in diesem Gefängnis.«

»Es wird auf ihr Haupt zurückfallen.«

»Hoffentlich! Aber es hat doch große Bitterkeit in unseren Herzen erzeugt. Wir arbeiteten also einen detaillierten Fluchtplan aus, Farkas und ich. Als erstes wollten wir einen Tunnel zum Haarschneider des Gefängnisses graben und uns dort rasieren. Dann ging der Weg weiter zur Kanalisationsanlage und in die Wäscherei, wo wir unsere Zivilanzüge bügeln wollten. Von dort in die Küche zu einem kleinen Imbiß, dann ins Büro des Direktors, um uns die nötigen Papiere zu verschaffen, und dann wollten wir uns an einem Strick zum Gefängniskino hinunterlassen und noch einmal einen guten Film sehen. Die eigentliche Flucht sollte erst nach Schluß der Vorstellung erfolgen.«

»Großartig!«

»Warten Sie. Das Ganze war nicht so einfach, wie es

klingt. Wir mußten ja einen genauen Plan des Gefängnisgebäudes anlegen, um richtig vorgehen zu können. Dazu brauchten wir Schreibmaterial. Aber das wurde uns von der Gefängnisverwaltung nicht bewilligt. Die mißtrauischen Kerle denken an alles. Ihr Sinnen und Trachten ist nur darauf ausgerichtet, uns das Leben schwerzumachen. So blieb uns nichts übrig, als den Lageplan mit unseren Taschenmessern in die Wand des Baderaums zu ritzen.«

»Welch eine lästige Erschwernis.«

»Eben. Wir litten die ganze Zeit an Materialmangel jeder Art. Als besonders schwierig erwies sich die Herbeischaffung eines Spatens. Kleine nützliche Geräte wie Zangen, Schraubenzieher und elektrische Drillbohrer kann man sich innerhalb der Gefängnismauern verhältnismäßig mühelos besorgen. Aber ein Spaten erregt Aufsehen. Deshalb beschlossen wir, ihn in Eigenproduktion herzustellen und wollten in die Gefängnistischlerei eindringen. Die Türe war versperrt und verriegelt. Wir hätten vor Verzweiflung am liebsten geweint . . .«

»Kann ich mir vorstellen. Immer wieder diese unvorhergesehenen Schwierigkeiten!«

»Richtig. Das kommt von der strengen Hausordnung in den israelischen Gefängnissen. Sie nötigte uns, das Schloß durchzusägen. Und dazu brauchten wir unbedingt eine Säge. Zum Glück erinnerte ich mich, daß es in Jaffa einen Eisenhändler gab, bei dem solche Sachen erhältlich waren. Ich suchte um Ausgang an, ging hin und kaufte eine Säge.«

»Woher hatten Sie das Geld?«

»Das war tatsächlich ein Problem. Wir hatten keines, und als wir die Gefängniskassa aufbrachen, fanden wir nur ein paar lächerliche Münzen. Aber ich bekam die Säge auf Kredit.«

»Wie schön, daß ein einfacher Eisenhändler so viel Verständnis für seine Mitmenschen aufbringt!«

»Er wird es nicht zu bereuen haben. Jedenfalls hatten wir jetzt alles Nötige beisammen. Sämtliche Details waren besprochen, die Uhren aufeinander abgestimmt. Pünktlich um 5 am Abend, nach Schluß der Tagarbeit, stiegen wir in den Tunnel ein. Mit dem Rasieren auf der ersten Station klappte es, nur die Rasiercreme war schlecht und Farkas schnitt sich in die Oberlippe. In der Kleideraufbewahrung suchten wir uns wie geplant zwei unauffällige dunkle Anzüge und gestreifte Krawatten aus. Eine Enttäuschung war die Küche. Wir fanden nichts zum Essen, weil der Koch am Vortag geflüchtet war. Was tun? Mit leerem Magen ausbrechen? Unmöglich. Farkas schlich zum Erfrischungskiosk an der nächsten Straßenecke und kam mit ein paar belegten Broten zurück, so daß wir uns stärken konnten. Dann brachen wir ins Büro des Gefängnisdirektors ein –«

»Wie?«

»Ganz einfach. Wir drückten die Klinke nieder und zogen sie heraus. Nachdem wir die nötigen Dokumente an uns genommen hatten, machten wir uns über die vergitterten Fenster her. Drei Stunden lang arbeiteten wir wie verrückt. Von Zeit zu Zeit rief man uns von irgendwo unten zu, dieses entsetzliche Kreischen abzustellen, aber wir antworteten nicht. Als wir fertig waren, ließen wir uns mit dem aus Bettüchern geknüpften Seil vom Fensterbrett hinunter ... und dann geschah es ...«

»Was, um Himmels willen?«

»Wir gerieten in eine falsche Richtung. Ursprünglich

hatten wir uns zum Kinosaal abseilen wollen. Jetzt fanden wir uns plötzlich auf einer dunklen, völlig verlassenen Straße. Weit und breit war keine Menschenseele zu sehen. Ringsum herrschte Totenstille. Können Sie sich unsere Situation ausmalen? Drinnen im Kino läuft ›Mademoiselle Striptease‹ mit Brigitte Bardot – und wir stehen draußen und sehen nichts. Wir trommelten mit den Fäusten ans Gefängnistor. ›Aufmachen!‹ brüllten wir, ›aufmachen!‹ Nichts rührte sich. Alle saßen beim Film. Wir versuchten das Tor aufzubrechen, aber die israelischen Schlosser verstehen ihr Handwerk. Wir mußten unseren Weg ins nächtliche Dunkel antreten ...«

Er schwieg erschöpft. Der Kopf sank ihm auf die Brust.

»Und was weiter?« fragte ich.

Blitz zuckte die Achseln:

»Ich weiß es nicht. Es führt kein Weg zurück.«

Es leben unter uns zahlreiche wohlgelittene Bürger, die völlig normal aussehen und nie die geringste Aufmerksamkeit erregen. Plötzlich bleibt einer von ihnen auf offener Straße stehen und gibt schrille Klingelsignale von sich. Wie man allmählich erfährt, war er schon die ganze Zeit der Meinung, eine Weckuhr zu sein, hat das aber geheimgehalten, weil er sich schämte. So ein heimlicher Irrer macht nach außenhin oft einen besonders respektablen Eindruck und scheint bestens geeignet, die Rolle eines Gatten und Vaters zu spielen. Ich weiß, wovon ich spreche. Gehöre ich doch selbst in diese Kategorie.

JEDER SEIN EIGENES WETTBÜRO

Jetzt, da ich älter werde, fühle ich mich verpflichtet, meiner Umgebung ein Geheimnis zu verraten, das ich bisher hinter dem unauffälligen Gehabe eines nüchternen, brillentragenden Intellektuellen verborgen habe: Ich bin einem bösen Laster verfallen. Ich wette gegen mich selbst. Und zwar wette ich, ob eine bestimmte Angelegenheit gut ausgehen wird oder nicht.

Wenn mein Gedächtnis mich nicht trügt – und warum sollte es –, sind die ersten Symptome dieser internen Wettleidenschaft bereits im Alter von neun Jahren bei mir aufgetreten. Ich benutzte auf dem Schulweg immer den Rand des Gehsteigs und wurde dadurch eines Tags zu folgender Wette angeregt: Wenn es mir glückt, bei normal großen Schritten keine der Querlinien auf den Randsteinen zu berühren, wird mir der Lehrer nicht draufkommen, daß ich die Hausaufgabe in Rechnen vergessen habe. Um es kurz zu machen: Die Querlinien blieben unberührt und der Lehrer war krank. So fing es an.

Mit vierzehn, also an einem Wendepunkt meiner Biographie, ging ich einmal die vier Stockwerke von unserer Wohnung hinunter und setzte alles auf eine Karte: Wenn die letzte Stufe des Treppenhauses auf eine ungerade Zahl fällt, dann, so wettete ich mit mir, wird das Ziel meiner Sehnsucht, das blonde Töchterchen der gegenüberliegenden Wäscherei, sich Hals über Kopf in mich verlieben. Bis heute erinnere ich mich an diese letzte Stufe. Sie fiel auf die Zahl 112. Eine der dümmsten Zahlen, die es überhaupt gibt. Ich habe mich nicht in Jolánkas Nähe gewagt, und unsere knospende Liebe sank dahin, vom Urteil des Treppenhauses zu Tode getroffen.

Bisweilen nahm meine Besessenheit ein kaum noch erträgliches Ausmaß an, besonders während des zweiten Weltkriegs. Eines regnerischen Nachmittags, am Budapester Donaukai, blies mir der Sturm den Hut vom Kopf, und während ich losrannte, schloß ich eine Wette ab: Wenn ich den Hut erwische, bevor er ins Wasser fällt, wird Hitler sterben. Ich erwischte den Hut, bevor er ins Wasser fiel. Der Rest ist Geschichte. Das soll nicht heißen, daß ich das Schicksal des Dritten Reichs besiegelt habe. Immerhin ...

Nach dem Krieg entspannte sich die Situation ein wenig. Nur noch gelegentlich wettete ich gegen mich, etwa daß ich mit geschlossenen Augen und ohne anzustoßen durch die nächste Türe hindurchkommen müßte, um das Gelingen eines in Schwebe befindlichen Plans herbeizuführen. Prompt schlug ich mit dem Kopf gegen den Türrahmen – und es war vorbei. Das Schlimme ist, daß man die Wette nicht wiederholen darf. Wenn man gegen die Wand stößt, hat man verloren. So verlangen es die Regeln.

Ich hatte gehofft, daß ich mir das mit den Jahren abgewöhnen würde, aber es wird immer schlimmer. Und es tröstet mich nicht, daß auch andere dieser Leidenschaft verfallen sind. Einer meiner Freunde macht lebenswichtige Entscheidungen davon abhängig, ob sich auf seinem morgendlichen Autobusfahrschein die Ziffer 7 zeigen wird oder nicht; ein anderer, im Bankwesen tätig, überantwortet die Agenda des jeweils kommenden Tags dem Druckknopf seines Fernsehapparats: Wenn er ihn abstellen kann, bevor zum Abschluß des Programms die Hymne beginnt, wird er eine bestimmte Transaktion durchführen; wenn nicht, dann nicht.

Auch menschliche Elemente schleichen sich in die verschiedenen Wertsysteme ein. Ich mache einen Spaziergang, sehe einen anderen Spaziergänger auf mich zukommen und spüre in allen Knochen: Wenn ich den Laternenpfahl zwischen uns als erster erreiche, wird das Pfund nicht abgewertet. Eine solche Wette verlangt äußerste Fairneß, denn es ist natürlich verboten, den Schritt zu beschleunigen. Man darf höchstens etwas längere Schritte machen, also den sogenannten »Flughafenschritt« anwenden, mit dem man das Flugzeug als erster zu erreichen trachtet, um einen Fensterplatz zu besetzen, aber das will man sich nicht anmerken lassen.

Ähnliches spielt sich auf Rädern ab. Ich meine die »bremsenlose Wette«, die sich unter Automobilisten großer Beliebtheit erfreut. Sie besteht darin, daß sich der Fahrer bei rotem Stopplicht in langsamem Tempo der Kreuzung nähert und sie im gleichen Augenblick erreicht, in dem das Verkehrslicht auf Grün wechselt. In diesem Fall hat er während der nächsten Jahre für seine Gesundheit nichts zu befürchten. Im übrigen ist das ein Test, der starke Nerven verlangt. Einmal – ich hatte gerade auf das Glück meiner Familie gewettet – steuerte ich unaufhaltsam ins rote Licht, das erst im allerletzten Augenblick grün wurde. Ich mußte mir noch auf der Kreuzung den kalten Schweiß von der Stirne wischen. Aber die Zukunft meiner Kinder war gesichert.

Dann gibt es noch die »Volkswagen-Wette«. Sie besteht, wie schon der Name andeutet, darin, daß man die Anzahl der Volkswagen errät, denen man zwischen Tel Aviv und Herzlia begegnen wird. Nachdem man die Wette einige Male gewonnen hat, kann man sich allerdings nicht länger der Einsicht verschließen, daß man das Resultat (843) im voraus weiß. Na und? Dann ist es eben eine kontrollierte Wette. Nichts dagegen einzuwenden. Dann und wann kann man sich ruhig einen kleinen Schwindel erlauben. Wenn ich zum Beispiel bei rotem Licht vor einer Kreuzung anhalten muß und die Augen senke, um sie genau beim Wechsel auf Grün zu heben, so wird mir niemand ein kleines Blinzeln in Richtung Ampel verbieten. Kein vernünftiger Mensch begibt sich blindlings in Gefahr. Man lebt nur einmal.

Warum erzähle ich das alles? Ich erzähle es zwecks Hebung der öffentlichen Moral.

Folgendes geschah am letzten Montag: Ich fuhr mit dem Aufzug zum 11. Stockwerk unseres stolzen Wolkenkratzers, des Schalom-Turms, und ging eine höchst riskante Wette ein, indem ich den Knopf drückte, meine Augen schloß und die Stockwerke unter Verzicht auf den Anblick der Leuchtziffern zu zählen begann. Gegenstand der Wette war nicht mehr und nicht weniger als das Schicksal unseres Landes: »Wenn ich bis zum 11. Stock richtig zähle« – dies mein Einsatz –, »dann werden wir endlich Frieden haben.« Ich zählte mit äußerster Konzentration – und wirklich: als ich die Augen öffnete, hielt der Aufzug im 11. Stock. Es stimmte auch umgekehrt: als der Aufzug im 11. Stock hielt, öffnete ich die Augen. Es war ein vollkommen ausgewogenes, ganz und gar überzeugendes Resultat, ein Sieg auf der ganzen Linie.

Künftige Generationen, so hoffe ich, werden zu schätzen wissen, was ich für sie getan habe.

Haben Sie jemals eine Schnecke ohne Haus gesehen oder einen gläsernen Hammer? Haben Sie jemals gehört, daß die kleinen Kinder den Storch bringen? Haben Sie jemals gelesen, daß ein Minister zu Fuß gegangen ist? Dann lesen Sie es hier.

ABENTEUERLICHER ALLTAG

Die Limousine des Ministers blieb unterwegs plötzlich stehen. Gabi, der Fahrer, stellte den Motor ab und wandte sich um:
»Tut mir leid, Chef – aber Sie haben ja den Rundfunk gehört.«
Das bezog sich auf die Neun-Uhr-Nachrichten, die den Streik der Kraftfahrergewerkschaft angekündigt hatten. Die Kraftfahrergewerkschaft wollte sich mit der Gewerkschaft der Chemie-Ingenieure fusionieren, oder wollte die Fusion mit der Transportarbeitergewerkschaft rückgängig machen, oder vielleicht wollte sie etwas anderes. Jedenfalls streikte sie.
Gabi verließ den Wagen und begab sich ins Gewerkschaftshaus, um Instruktionen einzuholen.
Der Minister saß mitten auf der Straße. Er konnte nicht Auto fahren. Erfindungen, die auf einen Knopfdruck hin laute Geräusche erzeugen, flößten ihm seit jeher Angst ein. Soweit seine Erinnerung zurückreichte, hatte er nur ein einziges Mal ein Auto gesteuert. Das war vor vierzig Jahren, in einem Vergnügungspark, wo der Minister – damals noch jung und ehrgeizig – sich einem Autodrom anvertraut hatte. Später war er dann der führenden Partei beigetreten, hatte Karriere gemacht und jederzeit einen Fahrer zur Verfügung gehabt.

Jetzt werde ich wohl einen Helikopter bestellen müssen, dachte der Minister. Man erwartete ihn zu einer dringlichen Kabinettsitzung. Auf dem Programm stand die Krise der Zementindustrie. Um elf Uhr.

Der Minister begann, die Passanten zu beobachten, die an seinem Wagen vorbeihasteten. Ein merkwürdiges, fast abenteuerliches Gefühl überkam ihn: er war auf der Straße. Mit Verblüffung stellte er fest, wie viele fremde Menschen es im Lande gab. Er kannte nur die immer gleichen Gesichter, die er täglich in seinem Ministerium sah. Fremde bekam er höchstens in anonymen Massen zu Gesicht, am Unabhängigkeitstag oder im Fußballstadion bei ... wie hieß doch das Ding ... beim Kupferfinale.

Der Minister stieg aus und ging die Straße entlang. Allmählich wuchs sein Vertrauen in diese Art der Fortbewegung. Er dachte nach, wann er zuletzt etwas dergleichen getan hatte. Richtig: 1951. Damals hatte ein Fernlaster seinen Wagen gerammt und er war zu Fuß nach Hause gegangen, quer durch die Stadt, zu Fuß.

Die Blicke des Ministers richteten sich abwärts, dorthin, wo unterhalb der Bauchwölbung seine Füße sichtbar wurden, seine eigenen Füße, die sich rhythmisch bewegten, tapp-tapp, tapp-tapp, linker Fuß, rechter Fuß – jawohl, er wußte seine Füße noch zu gebrauchen. Er wußte noch, wie man auf der Straße geht. Ein gutes Gefühl. Nur die Schuhe sahen ein wenig fremdartig aus. Wo kamen sie her? Er hat sich doch noch niemals Schuhe gekauft, oder?

Genaueres Nachdenken ergibt, daß er selbst überhaupt keine Einkäufe tätigt. Was ist's mit diesen Schuhen?

Er bleibt vor dem Schaufenster eines Schuhgeschäfts ste-

hen und starrt hinein. Seltsam. Ein völlig neuartiges Phänomen. Schuhe, viele Schuhe, Herren-, Damen- und Kinderschuhe, paarweise arrangiert, auf Sockeln, auf langsam rotierenden Drehscheiben, oder nur so.
In plötzlichem Entschluß betritt der Minister den Laden, einen hohen, langgestreckten Raum mit Reihen bequemer Fauteuils und mit Regalen an den Wänden, und in den Regalen Schuhe, nichts als Schuhe.
Der Minister schüttelt die Hand eines ihm entgegenkommenden Mannes:
»Zufrieden mit dem Exportgeschäft?«
»Mich dürfen Sie nicht fragen«, lautet die Antwort. »Ich suche Sämischlederschuhe mit Gummisohlen.«
Der Minister sieht sich um. Wie geht's hier eigentlich zu? Nehmen die Leute einfach Schuhe an sich oder warten sie, bis der Kellner kommt?
Eine Gestalt in weißem Kittel, vielleicht ein Arzt, tritt an den Minister heran und fragt ihn, was man für ihn tun könne.
»Schicken Sie mir ein paar Muster«, sagt der Minister leutselig und verläßt den Laden.
Draußen auf der Straße fällt ihm ein, daß er sich nicht zu erkennen gegeben hat. Und daß er nicht von selbst erkannt wurde. Ich muß öfter im Fernsehen auftreten, denkt der Minister.
Es wird spät. Vielleicht sollte er in seinem Büro anrufen, damit man ihm irgendein Transportmittel schickt oder ihn abholt. Anrufen. Aber wie ruft man an? Und wenn ja: wo? Er sieht weit und breit kein Telefon. Und sähe er eines, wüßte er's nicht zu handhaben. Das macht ja immer seine Sekretärin, die gerade heute nach Haifa gefahren ist, in irgendeiner Familienangelegenheit.

Außerdem wäre sie ja sonst in seinem Büro und nicht hier, wo es kein Telefon gibt.

Da – ein Glasverschlag – ein schwarzer Kasten darin – kein Zweifel: ein Telefon.

Der Minister öffnet die Zellentür und hebt den Hörer ab: »Eine Leitung, bitte.«

Nichts geschieht. Der Apparat scheint gestört zu sein.

Von draußen macht ihm ein kleiner Junge anschauliche Zeichen, daß man zuerst etwas in den Kasten werfen muß.

Natürlich, jetzt erinnert er sich. Er ist ja Vorsitzender des Parlamentsausschusses für das Münz- und Markenwesen. Er kennt sich aus. Der Minister betritt den nächsten Laden und bittet um eine Telefonmarke.

»Das hier ist eine Wäscherei«, wird ihm mitgeteilt. »Telefonmarken bekommen Sie auf dem Postamt.«

Eine verwirrende Welt fürwahr. Der Minister hält nach einem Postamt Ausschau und erspäht auf der jenseitigen Straßenseite einen roten Kasten an einer Häusermauer. Er weiß sofort, was das ist. In solche Kästen tun die Menschen Briefe hinein, die sie vorher zu Hause geschrieben haben.

»Entschuldigen Sie«, wendet er sich an eine Dame, die neben ihm an der Straßenkreuzung wartet, »bei welcher Farbe darf man hinübergehen?«

Er ist ziemlich sicher, daß sein Wagen immer bei grünem Licht losfährt. Aber gilt das auch für Fußgänger?

Der Menschenstrom, der sich jetzt in Bewegung setzt, schwemmt ihn auf die gegenüberliegende Straßenseite mit. Dort, gleich neben dem roten Kasten, entdeckt er ein Postamt, tritt ein, und wendet sich an den nächsten Schalterbeamten:

»Bitte schicken Sie ein Telegramm an mein Ministerium, daß man mich sofort hier abholen soll.«

»Mit einem Flugzeug oder mit einem Unterseeboot?« fragt der Schalterbeamte und läßt zur Sicherheit die Milchglasscheibe herunter.

Der Mann scheint verrückt zu sein, denkt der Minister und geht achselzuckend ab.

Nahe dem Postamt befindet sich ein Zeitungsstand. Wie sich zeigt, hat der Minister große Schwierigkeiten, unmarkierte Zeitungen zu entziffern. In den Zeitungen auf seinem Schreibtisch sind die Artikel, die er lesen soll, immer eingerahmt.

»Ein Glas Orangensaft?« fragt eine Stimme aus dem Erfrischungskiosk, vor dem er stehengeblieben ist.

Der Minister nickt. Er ist durstig geworden und leert das Glas bis auf den letzten Tropfen. Welch wunderbares Erlebnis: allein auf der Straße ein Glas Orangensaft zu trinken und erfrischt weiterzugehen.

Der Kioskinhaber kommt ihm nachgerannt:

»45 Agorot, wenn ich bitten darf!«

Der Minister starrt ihn an. Es dauert sekundenlang, ehe er begreift, was gemeint ist. Dann greift er in seine Tasche. Sie ist leer. Natürlich. Solche Sachen werden ja immer von seiner Sekretärin erledigt. Warum mußte sie gerade heute nach Haifa fahren?

»Schicken Sie mir die Rechnung, bitte«, sagt er dem gierigen Inkassanten und entflieht.

Als er endlich innehält, steht er vor einem in Bau befindlichen Haus. Die emsigen Menschen, die rundum beschäftigt sind, beeindrucken ihn tief. Nur der Lärm stört ihn ein wenig. Und was ist das für eine graue Masse, die sie dort in dem Bottich zusammenmischen?

»Einen schönen guten Tag wünsche ich!«
Ein alter Mann, wahrscheinlich ein Sammler für irgendwelche neu aufgelegten Anleihen, hält ihm die Hand hin. Auch ihn verweist er an sein Büro.
Immer neue Überraschungen: dort, in einer Reihe von Glaskästen, hängen Bilder halbnackter Mädchen! Der Minister blickt auf – jawohl, er hat's erraten: ein Kino. So sieht das also aus. Er empfindet heftige Lust, hineinzugehen und endlich einmal einen Film zu sehen. Sonst kommt er ja nie dazu.
Der Minister klopft an die versperrte Eisentüre. Er muß mehrmals klopfen, ehe eine verhutzelte Frauensperson den Kopf heraussteckt:
»Was los?«
»Ich möchte einen Film sehen.«
»Jetzt? Die erste Vorstellung beginnt um vier Uhr nachmittag.«
»Nachmittag habe ich zu tun.«
»Dann sprechen Sie mit Herrn Weiss.«
Und die Eisentüre fällt ins Schloß.
An der nächsten Straßenecke steht ein ungewöhnlich großer, länglicher, blaulackierter Wagen, der eine Menge wartender Leute in sich aufnimmt. Ein Bus! schießt es dem Minister durch den Kopf. Erst vorige Woche haben wir ihnen das Budget erhöht. Um 11,5 Prozent. Da kann ich ja einsteigen.
»Hajarkonstraße«, sagt er dem Fahrer. »Nummer 71.«
»Welcher Stock?«
»Wie bitte?«
»Machen Sie, daß Sie vom Trittbrett herunterkommen!« Der Fahrer betätigt die automatische Tür und saust los.

Eine merkwürdige Welt mit merkwürdigen Spielregeln. Der Minister versucht sich zu orientieren, kann jedoch mangels irgendwelcher Wahrzeichen – Hilton-Hotel oder griechisches Restaurant – nicht feststellen, wo er sich befindet.

Menschen fluten an ihm vorbei, als wäre nichts geschehen. Dies also ist die Nation, das Volk, die Masse der Wähler. Den jüngsten Meinungsumfragen zufolge wird im Oktober jeder dritte dieser fremden Menschen für ihn stimmen. Der Minister liebt sie alle. Er ist seit seiner frühesten Jugend ein überzeugter Sozialist.

Endlich, auf vielfach verschlungenen Wegen, hat er zu seiner Limousine zurückgefunden; gerade rechtzeitig, um den Fahrer Gabi herankommen zu sehen.

»Zwei Sonderzahlungen jährlich und erhöhtes Urlaubsgeld«, sagt Gabi.

Der Streik ist beendet. Sie steigen ein. Gabi läßt den Motor anspringen.

Und der Minister kehrt von seinen Abenteuern auf einem fremden Planeten in die Welt seines Alltags zurück.

Gewiß, man kann allerlei Einwände gegen unseren Staat vorbringen, aber eines muß man uns lassen: Wir sind eine echte Demokratie. Jeder Israeli hat das Recht, der Regierung zu sagen, was er über sie denkt. Und die Regierung hat das Recht, nicht zuzuhören.

ICH HABE JA SO RECHT

»Ich soll mich hinlegen?«
»Ja. Hier, auf diese Couch. Legen Sie sich hin, schließen Sie die Augen und erzählen Sie mir, was Sie bedrückt.«
»Ich verstehe die Welt nicht mehr.«
»Na ja, das sagt man so. Sie müssen sich schon ein wenig genauer ausdrücken. Vergessen Sie, daß ich Ihr Psychiater bin, und plaudern Sie drauflos. Sprechen Sie zu mir wie zu einem alten Freund. Also.«
»Also. Wo soll ich anfangen ... Sie wissen ja, daß ich mich publizistisch betätige. Unter anderem verfasse ich eine satirische Kolumne für eine unserer führenden Tageszeitungen. Von Haus aus bin ich ein stiller, ruhiger Mensch. Man könnte mich sogar einen Feigling nennen. Aber manchmal schreibe ich sehr scharfe Artikel gegen die Regierung und verschiedene öffentliche Institutionen.«
»Vollkommen in Ordnung. Wir leben in einer Demokratie.«
»Trotzdem. Infolge meiner ständigen Angriffe fühle ich mich nun meinerseits gefährdet. Ich fürchte die Rache der Angegriffenen. Zum Beispiel ließ ich vor ungefähr einem Jahr einen scharfen Artikel gegen Dr. Bar-Bizzua erscheinen, den Generaldirektor des Ministeriums für Öffentliche Planung, Sie erinnern sich ...«
»Nicht sehr genau.«

»Damals verhandelte Dr. Bar-Bizzua für die Regierung mit einer neugegründeten Firma, der ›Allgemeinen Petrol- und Produktions-AG‹. Es ging um einen Auftrag in der Höhe von 160 Millionen. Dr. Bar-Bizzua unterschrieb den Auftrag namens der Regierung und begab sich anschließend zum Minister für Öffentliche Planung, um ihm seinen Rücktritt bekanntzugeben. Als er das Ministerium verließ, war er bereits der neue Manager der ›Allgemeinen Petrol‹ und konnte in dieser Eigenschaft den von ihm unterzeichneten Vertrag gegenzeichnen. Ich habe diesen Vorgang, der allen ethischen Gesetzen Hohn spricht, aufs schärfste gebrandmarkt und habe den Minister für Öffentliche Planung zur Demission aufgefordert.«

»Ja, jetzt erinnere ich mich. Wenn ich nicht irre, nannten Sie ihn den ›Minister für Öffentliches Korruptionswesen‹ und verlangten die Auflösung des ganzen Ministeriums.«

»Richtig. Und nach Erscheinen dieses Brandartikels habe ich mich tagelang nicht auf die Straße getraut. Ich mußte ja damit rechnen, daß der von mir so rücksichtslos angeprangerte Minister sich irgendwie zur Wehr setzen würde.«

»Kein abwegiger Gedanke.«

»Und was geschah? Zwei Tage später ging bei mir das Telefon – und es war der Minister selbst. ›Lieber Freund‹, sagte er, ›ich möchte Ihnen nicht verheimlichen, daß ich mir Ihre prächtige Satire ausgeschnitten habe und daß sie eingerahmt auf meinem Schreibtisch steht, gleich neben dem Photo meiner Frau und der beiden Buben. Ich pflichte jedem Ihrer Worte bei. Gott segne Sie.‹ Nun, was sagen Sie dazu?«

»Ein klarer Fall von Projektionsverschiebung. Der Minister identifiziert sich gewissermaßen mit Ihnen. Eine sehr positive Einstellung, finde ich.«

»Und ich dachte, er würde beleidigt sein und einen Wutanfall bekommen.«

»Einen Wutanfall? Warum? Sie hatten recht, und er gab es zu.«

»Hm. Wenn Sie glauben ... Offenbar leide ich an Verfolgungswahn, weil man mich nicht verfolgt. Wie ich später hörte, hat der Minister meine Satire vervielfältigen lassen und sie unter seinen Beamten verteilt. Einer von ihnen suchte mich auf und ließ mich wissen, daß er mir noch ganz andere Geschichten aus dem Ministerium erzählen könnte. Mir würden die Haare zu Berg stehen, sagte er. Und er blieb nicht der einzige.«

»Mit anderen Worten: Man bringt Ihnen von allen Seiten Verständnis und Zuneigung entgegen.«

»Ja, und das macht mich verrückt. Sogar Dr. Bar-Bizzua hat mir geschrieben, auf dem Briefpapier der ›Allgemeinen Petrol‹. Er gratulierte mir zu meinem Artikel und wünschte mir weiterhin viel Glück. Was soll das bedeuten?«

»Daß er Ihnen weiterhin viel Glück wünscht.«

»Aber das ist doch ein unmöglicher Zustand. Der Minister hätte demissionieren und die ›Allgemeine Petrol‹ hätte Dr. Bar-Bizzua entlassen müssen. Statt dessen geben sich beide Seiten vollkommen unbekümmert. Es hat sich überhaupt nichts geändert. Es ist alles beim alten. Genau wie in der Frage der Einkommensteuer. Seit Jahren attackiere ich mindestens einmal im Monat unser Steuersystem und weise nach, daß es unsere Bürger zu Betrügern macht –«

»Ich bedaure, aber ich kann Ihnen keine einschlägigen Tips geben.«

»Davon rede ich nicht. Ich habe unseren Staat jetzt schon an die zwanzigmal ›das Land der Steuerhinterzieher‹ genannt und habe eigentlich damit gerechnet, daß man mich eines Tages lynchen würde. Weit gefehlt. Neulich im Theater trat der Finanzminister auf mich zu und klopfte mir anerkennend auf die Schulter: ›Ich kann Ihnen gar nicht sagen, welchen Dienst Sie uns mit Ihren hervorragenden Artikeln erweisen! Fahren Sie fort! Lassen Sie nicht ab von uns! Die Gerechtigkeit muß siegen!‹ Kurzum – es gibt niemanden im ganzen Establishment, der mit mir nicht einverstanden wäre.«

»Das ist doch aber sehr ermutigend.«

»Zweifellos. Pressefreiheit ... Meinungsfreiheit ... Demokratie in Funktion ... alles schön und gut. Aber die Steuern sind noch immer so unerträglich hoch wie zuvor. Als ich vorige Woche in meiner Kolumne für unsere Steuerbehörde den Ausdruck ›Taschen-Mafia‹ gebrauchte, bekam ich vom Finanzminister einen Blumenstrauß und ein Kärtchen mit persönlichen Glückwünschen: ›Wir alle bewundern die Meisterschaft Ihrer Formulierungen und die Treffsicherheit Ihrer Wortspiele! Nur so weiter!‹ Wie finden Sie das?«

»Ich finde das sehr nett von ihm. Es zeugt für seinen gesunden Humor. Ein anderer an seiner Stelle hätte vielleicht protestiert. Er nicht.«

»So. Und warum hat er dann protestiert, als ich in einem Artikel eine Andeutung machte, daß ihm die Haare ausgehen?«

»Weil das seinem Bild in der Öffentlichkeit schadet. Sie müssen persönliche Angriffe vermeiden.«

»Ich muß gar nichts vermeiden. Ich bin ein Fanatiker der Wahrheit, ich bin ein kämpferischer Satiriker. Haben Sie meine Artikelserie über die Verbrecherorganisationen in unserem Land gelesen?«

»Sie meinen Ihre Anprangerung der Mißstände im Flughafen Lod?«

»Nein, die haben mir drei Freiflüge nach Europa eingebracht. Ich meine die von mir publizierten Enthüllungen über die Oberschicht der Unterwelt. Ich meine das merkwürdige Anwachsen in Brand geratener Läden und die damit zusammenhängenden Gewaltakte, darunter einige Mordfälle. Sogar der Polizeipräsident wurde aufmerksam, lud mich zum Mittagessen ein und brachte einen Toast auf mich aus: ›Ich trinke auf das Gewissen unserer Nation, auf den unermüdlichen Entschleierer der verborgenen Übel in unserem Land!‹ Noch nie im Leben habe ich so stürmischen Beifall gehört wie bei dieser Gelegenheit.«

»War das damals, als Ihr Name im Goldenen Buch verewigt wurde?«

»Nein. Ins Goldene Buch wurde ich eingeschrieben, als es mir gelang, die Korruption in der Landverteilung aufzudecken.«

»Das war ja auch ein brillanter Artikel. Ich habe mich schiefgelacht.«

»Danke vielmals. Aber die Korruption geht weiter. Fast scheint es mir, als hätte dieser Mittelmeerbazillus auch mich schon infiziert. Vor ein paar Wochen brauchte ich eine kleine Gefälligkeit von einem unserer Ämter, und da ich dort niemanden kenne, schrieb ich einen Artikel, daß in der betreffenden Abteilung lauter Idioten säßen. Prompt waren die freundschaftlichen Beziehungen hergestellt. ›Wenn Sie wüßten, wie recht Sie haben‹, sagten mir die Mitglieder des Stabs. Und sie erklärten sich zu weiteren Auskünften bereit.«

»Ein höchst anerkennenswerter Zug zur Selbstkritik.«

»Ohne die geringsten Folgen.«

»Sie dürfen nicht zuviel auf einmal verlangen. Man muß nachsichtig sein. Liebe deinen Nächsten wie dich selbst.«

»Was hat das mit Liebe zu tun, zum Teufel? Sie reden nichts als Unsinn, Herr Doktor.«

»Möglich, möglich.«

»Verzeihen Sie – aber ich hätte mehr von Ihnen erwartet als solche Dummheiten.«

»Das liegt an Ihnen.«

»Sie sind kein Psychiater, Sie sind ein läppischer Phrasendrescher. Immer dasselbe. Wie eine steckengebliebene Grammophonplatte.«

»Ich kann Ihnen nicht widersprechen.«

»Im Grunde sind Sie genauso unverbesserlich wie alle anderen.«

»Wenn sie wüßten, wie recht Sie haben!«

»Sie sind Ephraim Kishon, der Schriftsteller ...?«
»Ich bin kein Schriftsteller. Ich bin nur ein Humorist.«
»Was ist der Unterschied?«
»Es gibt keinen. Aber Humoristen werden im allgemeinen nicht als Schriftsteller bezeichnet.«
»Entschuldigen Sie – die diversen Lexika und Enzyklopädien sind voll mit Namen von Humoristen.«
»Von toten. Erst wenn man stirbt, wird man ein Schriftsteller. Zu Lebzeiten ist man ein Humorist.«
»Und kann zu Lebzeiten ganz gut davon leben, oder nicht?«
»Habe ich mich beklagt? Ich habe nur Tatsachen festgestellt. Ein Schriftsteller gilt als seriös. Einer, der die Menschen lachen macht, kann doch nicht seriös sein. Stimmt's?«
»Es stimmt.«
»Sie sind ein Idiot.«
»Ich hab's nicht so gemeint. Ich meine ... er ist zwar seriös ... aber er bringt die Leute zum Lachen ... nein, umgekehrt ...«
»Es wäre besser, wenn wir dieses Interview abbrechen.«
»Seien Sie doch nicht so empfindlich, um Himmels willen!«
»Wie sollte ich nicht empfindlich sein, wenn's um mich selbst geht?«
»Sie stehen im Ruf, auf die geringfügigsten Attacken – auch auf solche, die Sie sich nur einbilden – mit hemmungsloser Wut zu reagieren und alle Kritiker in Bausch und Bogen zu verdammen. Was sagen Sie dazu?«
»Nichts.«

»Warum nicht?«

»Weil Sie mich nicht verstehen würden. *Ich* habe Zahnschmerzen, nicht Sie. Über diesen Punkt könnten wir erst sprechen, wenn ich Ihnen die Zähne eingeschlagen hätte. Wir stehen in verschiedenen Lagern. Ich schreibe, Sie lesen.«

»Das klingt sehr häßlich. So kann man das Thema doch nicht behandeln.«

»Deshalb wollte ich ja auf die Behandlung verzichten. Einer meiner Freunde, ein Journalist, hat immer behauptet, daß ich an Verfolgungswahn leide. Jetzt hat er ein Stück geschrieben, das von einem unserer führenden Theater angenommen wurde. ›Armer Junge‹, sagte ich zu ihm. ›Du warst ein glücklicher, zufriedener Mensch, solange du dich als Kritiker betätigt hast. Warum bist du ins andere Lager übergelaufen?‹ Jetzt ist es mit dem schönen Leben für ihn vorbei. In wenigen Wochen wird er ein zerrüttetes Exemplar im Kreis der schöpferischen Menschen sein. Ein Nervenbündel. Ein Wrack. Und in spätestens einem Jahr werde ich mit ihm über *seinen* Verfolgungswahn sprechen.«

»Woher wissen Sie, daß sein Stück nicht durchfallen wird?«

»Ich sagte ja, Sie würden mich nicht verstehen. Wenn das Stück durchfällt, wäre mein Freund gerettet. Nach einer Weile hätte er den Zwischenfall vergessen und könnte den Kopf hoch tragen wie zuvor. Die Gefahr besteht darin, daß sein Stück ein Erfolg wird. Dann muß er ein zweites Stück schreiben, Gott helfe ihm. Diese zweite Premiere wird ihm den Rest geben. Und beim drittenmal zerfetzt man ihn bereits.«

»Wer zerfetzt ihn? Das Publikum?«

»Das Publikum ist eine abstrakte Größe. Mit dem Publikum kommt nur die Dame an der Abendkassa in Berührung. Nein, zerfetzt wird er von den wenigen Leuten, denen er täglich begegnet.«

»Muß er ihnen unbedingt begegnen? Es gibt ja noch andere.«

»Dann werden ihn eben die anderen zerfetzen.«

»Aber warum?«

»Schauen Sie bei Kafka nach. Der hat viele Bücher darüber geschrieben.«

»Kafka?«

»Ja. Er war unter anderem ein großer Humorist. Noch die trockensten Stellen seiner Romane sind besser als eine ganze Serie von Witzen.«

»Da fällt mir ein – kennen Sie die Geschichte von dem katholischen Priester, dem mohammedanischen Kadi und dem Rabbi, die zusammen in einem Flugzeug sitzen und –«

»Was sagt der Rabbi?«

»Wie bitte?«

»Ich weigere mich, die ganze lange Geschichte anzuhören, bis wir zum Rabbi kommen. Was sagt der Rabbi am Schluß?«

»Er sagt: ›Also gut‹, und springt mit dem Regenschirm hinaus.«

»Großartig.«

»Man hat mich gewarnt, daß Sie im Privatleben überhaupt keinen Humor haben. Was macht Sie so traurig?«

»Ich bin nicht traurig. Ich habe nur ein trauriges Gesicht.«

»Angeblich sind Humoristen immer traurig.«

»Sie sind es nicht. Vielleicht einsam. Oder nachdenklich.

Dieser sonderbare Beruf verlangt das Herausschälen der Wahrheit aus den vielen Schichten, von denen sie überlagert wird. Man schält und schält. Und eines Tages merkt man, daß das genaue Gegenteil von dem, was man in der Schule gelernt hat, richtig ist: Lügen haben lange Beine. Ehrlichkeit ist die Ausrede der Feiglinge. Deine Freunde sind deine Feinde. Jemandem einen Gefallen zu tun ist der sicherste Weg, seinen Haß zu erregen. Güte ist Schwäche. Brutalität ist Stärke. Geld ist alles. Gott –«

»Hören Sie auf! Wie kann man so fürchterliche Dinge aussprechen?«

»Als Humorist kann man. Der Humorist ist ja nicht ernst zu nehmen. Und merkwürdigerweise klingen alle diese fürchterlichen Dinge gar nicht so fürchterlich, wenn man sie in Humor verpackt. Dann kann man den Menschen die bitterste Wahrheit zu schlucken geben, und sie werden sich köstlich darüber amüsieren.«

»Das sagen Sie nur, weil Sie die Menschen verachten.«

»Ich verachte sie keineswegs. Ich versuche sie nur kennenzulernen. Und je gründlicher ich meine Illusionen über sie aufgebe, desto liebenswerter erscheinen sie mir. Es ist leichter, einen Lumpen zu lieben als einen Heiligen.«

»In jedem Menschen steckt ein guter Kern.«

»Gewiß. Den ganzen Tag lang ist er ein böser, grausamer Unhold – am Abend geht er ins Kino und vergießt heiße Tränen über das Benehmen eines bösen, grausamen Unholds auf der Leinwand. Da zeigt sich sein guter Kern. Im Kino. Wahrscheinlich *nur* im Kino.«

»Sie sind ein unheilbarer Zyniker.«

»Von Berufs wegen. Ich hasse niemanden. Und ich liebe das Kino.«

»Ist Ihnen bewußt, daß Sie mit einem schweren ungarischen Akzent sprechen?«

»Ja.«

»Wie schreiben Sie?«

»Von rechts nach links. Hebräisch.«

»Wirklich? Und was für Eigenheiten haben Sie beim Schreiben?«

»Keine. Es tut mir leid, Ihnen diesbezüglich nichts anbieten zu können, was das Publikum gerne hören würde. Weder schreibe ich in einer mit lauem Wasser gefüllten Badewanne zum Klang eines Streichquartetts, noch inspiriert mich der Vollmond hinter Wolken. Ich stehe an jedem Morgen um 6.30 auf, setze mich an den Schreibtisch und schreibe mit einem gut gespitzten Bleistift bis 10 Uhr von rechts nach links. Ich arbeite wie jeder andere Mensch.«

»Klingt nicht sehr eindrucksvoll. Wo bleibt die Kunst, wo bleibt die Freude am Kreativen?«

»Wer hat gesagt, daß mich das Schreiben freut?«

»Was freut Sie denn sonst?«

»Mich freut das fertige Produkt, der Augenblick, in dem ich den Schlußpunkt setze. Ich liebe das Baby, nicht die Geburtswehen. Und der Anblick der Regale mit meinen eigenen Büchern macht mich geradezu trunken vor Glück. Aber das Schreiben selbst ist eine freudlose, ermüdende Tätigkeit.«

»Das glaube ich Ihnen nicht.«

»Vergessen Sie's. Ich habe nur gescherzt.«

»Dacht' ich's doch ... Was wollte ich Sie eigentlich fragen?«

»Ob ich mich für einen Satiriker oder einen Humoristen halte.«

»Stimmt. Wieso wußten Sie –?«

»Erfahrung.«

»Auch hier erhebt sich die Frage nach dem Unterschied.«

»Die habe ich Ihnen ja schon beantwortet: Sowie der Humorist stirbt, wird er zum Satiriker erhoben. Die Zeit arbeitet für mich. Mir braucht nur ein Ziegelstein auf den Kopf zu fallen – und ein paar Tage später bin ich ein Satiriker. Vorläufig bin ich ein Humorist, der Satiren schreibt.«

»Was bedeutet das schon wieder?«

»Die Leute wollen keine Satiren. Sie wollen lachen. Andererseits legen sie Wert auf Niveau, nämlich darauf, daß ihr Lachen Niveau hat. Also nehmen sie ihr Lachen als Beweis dafür, daß das, worüber sie gelacht haben, eine Satire war. Ein Musterfall für dieses Verfahren ist Charlie Chaplin. Viele Jahre lang hat er dem Publikum die scheinbar primitivsten Slapstick-Possen geboten, in die man – eben ihrer Primitivität wegen – alles mögliche hineindeuten konnte. Und tatsächlich betrachtete ihn die Welt als einen großen satirischen Philosophen, der den Kampf des kleinen Mannes gegen die übermächtige Gesellschaft dadurch zum Ausdruck brachte, daß er ins Wasser plumpste oder an einem Kanalgitter hängenblieb. Man jubelte ihm zu, und seine Filme waren monatelang ausverkauft. Dann wurde er älter und produzierte wirkliche, wunderbare Satiren. Damit verlor er sein Publikum.«

»Und fand seine eigene Wahrheit.«

»Die Wahrheit lockt niemanden ins Kino. Und dem Schriftsteller droht eine ganz ähnliche Gefahr. Sobald er ein bestimmtes Niveau überschreitet, sinkt seine Beliebtheit ab und seine Bücher werden nicht mehr gekauft.«

»Läßt sich das vermeiden?«

»Ja. Indem man mittelmäßig schreibt. Indem man unter sein Niveau geht.«

»Wollen Sie damit sagen, daß der Schriftsteller sich an das Niveau seiner Leser angleichen, also zu ihnen herabsteigen muß?«

»Durchaus nicht. Er kann sie ignorieren und in seiner Einsamkeit schaffen, die der Engländer als ›splendid isolation‹ bezeichnet. Allerdings wird er sich da sehr elend fühlen.«

»Und wenn der Schriftsteller zum Niveau der Masse herabsteigt?«

»Dann fühlt er sich noch elender.«

»Und wie bewältigen Sie diesen Zwiespalt?«

»Ich bin kein Schriftsteller. Ich bin ein Humorist.«

AUS ANLASS DES JOM-KIPPUR-KRIEGES (OKTOBER 1973)

Der Schlußabschnitt dieses Buches von Ephraim Kishon – des insgesamt zehnten, das ich ins Deutsche übertragen habe – wird vermutlich nicht nach jedermanns Geschmack sein. Nun, das gilt eigentlich für alle Literaturerzeugnisse und somit auch für die hier vorangegangenen Geschichten; bei den folgenden handelt es sich indessen weniger um eine Frage des Geschmacks, über den sich bekanntlich nicht streiten läßt, als vielmehr um eine Frage der Gesinnung – und über die läßt sich sehr wohl streiten. Kishon tut eben dieses. Er tut es nicht ohne Schärfe und von einem sehr eindeutigen Standpunkt aus. Er liebt seine Heimat und schämt sich nicht dafür, er bangt um ihr Schicksal und möchte diese Bangigkeit loswerden. Wer ihm das übelnimmt, täte gut daran, jetzt nicht mehr weiterzulesen.

Schon einmal zuvor hat Kishon eines seiner Bücher – »Wie unfair, David!« – mit einem aktuellen Anhang versehen. Das war 1967, nach dem von Israel fulminant gewonnenen Sechstagekrieg. Seither hat sich im Nahen Osten vieles geändert, und der Jom-Kippur-Krieg von 1973 hat diese Änderungen auf eine Weise verdeutlicht, deren Folgen für Israel noch gar nicht abzusehen sind. Niemand weiß das besser als Kishon, niemand verfügt über bessere Eignung, es zu sagen. Er sagt es wieder mit den ihm ureigenen Mitteln, mit den Mitteln eines Humors, in dem sich liebevoller Optimismus mit leidenschaftlicher Beteiligung paart. Die nachfolgenden Stücke – eine Auswahl aus Kishons regelmäßiger Kolumne im »Ma'ariw«, Israels größter Tageszeitung – entstanden

zum Teil noch während des Kriegs, zum Teil etwas später, aber noch immer unter seiner Einwirkung. Einige Namen, einige Daten, selbst einige Gedankengänge mögen überholt sein – die Umstände sind es nicht. Auf welchen Zeitpunkt und auf welche Situation Kishon sich bezieht, geht aus jeder Geschichte hervor und bedarf keiner Erläuterung. Daß er schon auf dem Höhepunkt der kriegerischen Auseinandersetzungen die spätere Verhandlungsbereitschaft Sadats erkannt hat, ehrt seine politische Voraussicht, daß er auch in bedrängtester Lage nicht mit Kritik und ironischer Zurechtweisung spart, ehrt (und legitimiert) seinen Patriotismus.
Was immer an diesen Satiren und Glossen allgemein verständlich und allgemein gültig sein mag – Kishon hat sich aus einer damals gegebenen Situation und in erster Linie für seine geschockten Landsleute geschrieben. Der freundliche Leser ist gebeten, das zu bedenken. Wieweit er sich in jene Situation zurückversetzen und jenen Schock nachfühlen mag, bleibt ihm selbst überlassen.

Wien/München 1974 *Friedrich Torberg*

Lieber Anwar!

Es ist schon ziemlich lange her, seit wir voneinander gehört haben. Den letzten Brief habe ich Ihnen vor ungefähr sechs Jahren geschrieben, allerdings noch an die Adresse Gamal Abdel Nasser. Schon damals wußte ich, daß Sie, lieber Anwar, mehr wert sind als er – und richtig: Vor zwei Tagen ist es Ihnen gelungen, uns nicht nur zu übertölpeln, sondern sich obendrein den amtlich beglaubigten Titel eines Aggressors zu sichern. Die Russen behaupten zwar, daß Sie keiner sind, aber das machen sie nur, um Sie zu ärgern. Wir kennen ja diese Brüder. Hören Sie ihnen nicht zu. Für uns sind Sie ein regelrechter Aggressor, und das werden wir jedem sagen, der es hören will.

Was nun Ihren überwältigenden Erfolg betrifft, so besteht er in erster Linie darin, daß Sie den 1967 zwischen uns abgeschlossenen Waffenstillstand gebrochen haben. Dieser Durchbruch ist Ihnen restlos geglückt.

Wie es jetzt weitergehen wird, wissen wir nicht genau. Unsere Regierung geizt ein wenig mit Nachrichten von der Front. Aber wir haben andere Anhaltspunkte, aus denen wir auf die Kriegslage schließen können. Zum Beispiel das »Sicherheitsrat-Syndrom«:

Die UNO unternimmt nichts – das bedeutet, daß die arabischen Truppen im Vormarsch sind.

England spricht sich für die sofortige Einstellung der Feindseligkeiten aus – das bedeutet, daß der Vormarsch aufgehalten wurde.

Die Sowjetunion verlangt eine Sondersitzung der UNO – unsere Truppen sind zum Gegenangriff übergegangen.

»Israel spielt mit dem Feuer!« – unser Gegenangriff macht Fortschritte.
Auf Antrag der USA wird der Sicherheitsrat einberufen – die arabische Front ist zusammengebrochen.
Noch einfacher ist das »Supermarkt-Syndrom«:
Wenn unser heroisches Hinterland die Supermärkte stürmt, um sich mit Fleischkonserven und Artischocken einzudecken, so ist das ein sicheres Zeichen dafür, daß Ihre Armeen die Oberhand haben. Wenn sich keine Schlangen mehr bilden und wenn das Verkaufspersonal gar noch höflich wird, dann, lieber Anwar, sind Sie im Eimer.
Zu den schon jetzt vorliegenden Ergebnissen unserer Auseinandersetzungen gehört die endgültige Klärung der dummen Frage, ob unser Volk 1967 in Gefahr war oder nicht. Es war.
Daß es uns damals so rasch gelungen ist, diese Gefahr abzuwenden, hat uns zu einem gewissen Übermut verleitet. Wir standen seither mit dem Rücken zu Ihnen, wir haben es Ihnen leichtgemacht, uns meuchlings zu attackieren, wir haben Sie zum Angriff geradezu eingeladen, nur damit alle Welt sieht, daß Sie der Angreifer sind. Eine solche Situation wird sich nicht wiederholen, das verspreche ich Ihnen. In Hinkunft verzichten wir auf den Applaus des internationalen Parketts.
Trotzdem haben Sie einen Fehler begangen, lieber Anwar. Und zwar in der Wahl des Zeitpunktes.
Hätten Sie uns an einem gewöhnlichen Wochentag überfallen, dann wären Sie auf lauter mißmutige, von der Arbeit ermüdete, mit Steaks und Geflügel vollgefressene Juden gestoßen. Am Jom Kippur hingegen wird gefastet, niemand arbeitet, die Leute sind ruhig und ent-

spannt und können es nicht erwarten, wieder in Aktion zu treten. Durch diesen Jom Kippur haben Sie uns gerettet, Anwar.

Jedenfalls haben wir beide etwas gelernt. Von jetzt an werden wir Ihren Worten größere Aufmerksamkeit schenken und unseren Grenzen auch. Und wir werden hernach den Verlauf der Kämpfe mit unserem Tankwart diskutieren, der dann wieder die Benzinmarken einsammelt, oder mit unseren Freunden im Kibbuz, die dann wieder ihre Felder bestellen. Sie alle, wir alle betrachten nämlich den Krieg, den Sie uns aufgezwungen haben, nur als schmerzliche Unterbrechung unserer bedeutend konstruktiveren Beschäftigungen, die uns am Herzen liegen. Aber das werden Sie kaum verstehen, lieber Anwar. Manchmal lassen sogar wir selbst das nötige Verständnis für unsere Situation vermissen.

Sie haben uns zu einer richtigen Einschätzung der Lage verholfen, Anwar el Sadat. Dafür danken wir Ihnen.

Das israelische Volk kämpft in diesen Tagen den gewaltigsten seiner Kriege – und weiß es nicht.
Das israelische Volk schreibt eine Legende ins Buch der Geschichte – und weiß es nicht.
Das israelische Volk murrt und hadert.
Ungeheure Mengen von Panzerwagen und Kampfflugzeugen und Raketen, wie sie noch nie auf einem einzigen Kriegsschauplatz konzentriert waren, sind über eine Handvoll junger Söhne und nicht viel älterer Väter hergefallen – und sie, die zahlenmäßig bis zur Lächerlichkeit Unterlegenen, haben die Eindringlinge aufgehalten und zurückgeworfen. Den einen verfolgen sie bereits in sein eigenes Gebiet, der zweite leckt seine Wunden und findet kein anderes Heilmittel, als laut hinauszutrompeten, daß er notfalls auch eine Million Menschen zu opfern bereit ist.
Wir aber schneiden Grimassen und nörgeln: Ja, gewiß, schön und gut, nur ändert das nichts daran, daß der Krieg jetzt schon länger als sechs Tage dauert ...
Ein halber Kontinent, mit vielen Millionen Menschen und noch viel, viel mehr Ölmillionen, steht einem winzigen Staat gegenüber, der seine Bürger noch immer importiert, der auf dem Globus ein kaum sichtbares Farbfleckchen bildet und erst sein blutüberströmtes Gesicht zeigen muß, damit die Welt ihm glaubt, daß er überfallen wurde – bei uns aber werden unzufriedene Fragen hörbar: Wieso sind wir noch nicht in Damaskus?
Die Juden sind ein widerliches Volk. Wenn sie allerdings nicht so widerlich wären, dann wären sie vielleicht kein Volk mehr.

Dieser Krieg – wahrlich der letzte, soweit es von uns abhängt – wird in die Geschichte eingehen als der Krieg, der aus verwöhnten Siegern leidgeprüfte Soldaten gemacht hat. Und das ist für uns eine gute, nützliche, ernüchternde Erfahrung. Wie wir zu unserer eigenen Überraschung feststellen mußten, haben wir den Standard der arabischen Armeen so weit gehoben, daß sie uns jetzt sogar überlisten konnten. Wie bitte? Sie hatten ausländische Berater? Russen, Tschechen, Jugoslawen? Sehr richtig.

Aber es war Sadat, der die ausgezeichnete Methode praktiziert hat, uns an unsere Überlegenheit glauben zu lassen, uns einzuschläfern und sich plötzlich mit dem vollen Gewicht von 36 Millionen Tonnen Vernichtungswillen auf uns zu werfen.

Unser Sieg im Sechstagekrieg hatte uns allzu selbstsicher gemacht. Unsere militärischen Führer, die damals mit zusammengepreßten Lippen in den Kampf gegangen waren, nahmen den Mund voll mit großmächtigen Bekundungen unserer Überlegenheit, die uns für alle Zeiten unbesiegbar machen würde. Manchmal hatte es den Anschein, als gedächten wir, den Gegner mit prahlerischen Phrasen in die Flucht zu schlagen, als hätten sich die Rollen vertauscht, als wären wir die Araber.

Damit ist es vorbei. Wir wissen wieder, woran wir sind. Und wer wir sind.

Deshalb wollen wir uns nicht länger bei dem Gedanken aufhalten, was geschehen wäre, wenn beispielsweise wir die Kampfhandlungen mit einer Überquerung des Suezkanals begonnen hätten und wenn eine israelische Armee – von gleicher Größenordnung wie die ägyptische, die am Ostufer landete – am Westufer gelandet wäre.

Wahrscheinlich müßte man sie heute bereits aus Tanger zurückbeordern.

Man darf nicht vergessen, daß die Araber uns gegenüber einen entscheidenden Vorteil hatten: Sie waren darauf vorbereitet, daß ein Krieg kommt.

Ein weiterer Gutpunkt für die Araber besteht darin, daß uns jeder einzelne unserer Soldaten, daß uns jedes junge Leben am Herzen liegt. Das ist sowohl in militärischer wie in politischer Hinsicht eine bedenkliche Schwäche. In Syrien zum Beispiel scheint es keine Mütter zu geben.

Und nun zum größten militärischen und politischen Erfolg unserer arabischen Vettern: ihr Großer Bruder ist stärker als der unsere. *Sie* stützen sich auf eine Supermacht & Co., *wir* stützen uns auf eine Supermacht mit beschränkter Haftung. Nicht als ob die amerikanischen Machtmittel geringer wären als die des Friedenslagers, das nicht. Aber Rußland hat es leichter, zornig zu werden, schon weil niemand den Genossen Breschnjew zur Ablieferung von Tonbändern zwingen kann.

Aber die wirkliche Leistung unserer ägyptischen Freunde lag weniger in der Kanalüberquerung als in der kühlen Planung und geheimgebliebenen Vorbereitung des Unternehmens. Selbst jetzt, in diesen Kampftagen, befleißigt sich der ägyptische Generalstab einer Zurückhaltung, die seine Kommuniqués beinahe als Halbwahrheiten erscheinen läßt. Sie klingen, als könnte man eines Tages mit Sadat Verhandlungen führen. Vielleicht sogar Friedensverhandlungen. Denn die Chance für einen Frieden mit Ägypten besteht. Weniger deshalb, weil Sadat uns liebt, als weil er die Russen nicht ausstehen kann.

Die ausländischen Militärberater Ägyptens und Syriens hatten mit ihren Partnern alles ganz genau besprochen und berechnet, strategisch, ballistisch, technisch, psychologisch. Nur einen einzigen Faktor hatten sie in ihren Berechnungen übersehen: er heißt Jossi, Dani oder Uri. Dieser menschliche Faktor, der durch keine Ölmillionen aufgewogen werden kann, hat die arabischen Armeen verhindert, uns zu überrollen. Und die Russen, die schon von der Schreckensvision eines weit über ihre Bedürfnisse hinausgehenden arabischen Siegs heimgesucht wurden, können wieder aufatmen.

In den letzten Tagen sind wir ein wenig erwachsener geworden. Wir haben zu den Wurzeln jenes Selbstbehauptungswillens zurückgefunden, der das jüdische Volk seit Jahrtausenden am Leben erhält. Arroganz und Nachlässigkeit haben einer verbissenen Entschlossenheit Platz gemacht. Unser Blick ist nicht länger von Wunschvorstellungen getrübt. Deshalb können wir unseren Führern sagen: Ihr braucht euch nicht länger um die Hebung unserer Moral zu kümmern. Ihr könnt sogar aufhören zu lächeln. Laßt uns die Tatsachen wissen, die nackten, harten Tatsachen. Wir werden sie verkraften.

Das israelische Volk kämpft den gewaltigsten seiner Kriege und wird ihn gewinnen, wie es den Unabhängigkeitskrieg von 1948 und die Sinai-Kampagne von 1956 und den Sechstagekrieg von 1967 gewonnen hat. Wir sind darauf gefaßt, daß man uns auch diesmal um die Früchte unseres Sieges bringen und den Sieg in eine Niederlage verwandeln wird. Eine Niederlage können wir uns nicht leisten, weil sie sich in unseren Untergang verwandeln würde. Wir kämpfen ums Überleben. Und das sind wir seit 2000 Jahren gewohnt.

Es wird Zeit, einige der kriegswichtigen Maßnahmen zu enthüllen, die bisher von unseren Militärsprechern verschwiegen wurden. Es handelt sich um die täglichen Aktivitäten in unserem unterirdischen Befehlsstand, im Frontjargon auch »Bunker« genannt. Dort werden die endgültigen Beschlüsse gefaßt, dort wird über den Verlauf der Schlachten entschieden.
Natürlich spreche ich nicht von jenem obskuren, in den Kommuniqués als »Irgendwo an der Front« bezeichneten Aufenthaltsort der Generalstäbler, die sich mangels zuverlässiger Informationen den Kopf darüber zerbrechen, was sie jetzt machen sollen. Ich meine die Lagebesprechungen in *unserem* Bunker, die allabendlich unter Teilnahme des ganzen Häuserblocks in Seligs Luftschutzkeller stattfinden.
Unser Bunker ist militärisch karg eingerichtet, ein paar Matratzen, ein Transistor-Radio, eine Landkarte der Vereinigten Staaten, ein Sack mit Erdnüssen und, selbstverständlich, das rote Telefon, das die direkte Verbindung zu Jossele herstellt.
Die tägliche Bunker-Konferenz wird in der Regel mit einem Bulletin unserer Raumpflegerin eröffnet, deren Schwager sich als Fahrer an der Südfront befindet, er bekleidet den Rang eines Korporals (Res.), aber er weiß eine Menge.
»Meine Damen und Herren«, beginnt die Verlautbarung, »wir bringen Ihnen die neuesten Gerüchte. Zuerst die Schlagzeilen . . .«
Das Gerüchtmaterial ist reichhaltig und breit gefächert. Zum Beispiel soll sich das Oberkommando im Abschnitt

El Kantara dafür ausgesprochen haben, den vom UNO-Generalsekretär gewünschten Frieden im Nahen Osten zu akzeptieren. Golda ist dagegen. Arik Sharon soll Außenminister werden, falls Abba Eban zur besonderen Verwendung ins Hauptquartier versetzt wird. Dado ist in Bengasi.

Diese letzte Geheiminformation wurde von Jossele über den heißen Draht durchgegeben. Aber daraus darf man nicht etwa schließen, daß dieser Draht so ohne weiteres zugänglich ist und daß jeder, dem es einfällt, mit dem Bunker-Oberkommando (abgekürzt BUOK) in Verbindung treten kann. Es bestehen strenge Sicherheitsvorkehrungen. Wer unter seinen Verwandten nicht einen Bürodiener in einem der Ministerien aufweist, bleibt besser zu Hause und setzt sich ans Radio. Wir brauchen keine Schwätzer, sondern zuverlässige Informationsquellen, wie beispielsweise den Zahnarzt Beck, der einen geradezu unheimlichen Instinkt für verschlüsselte Nachrichten besitzt. Vergangene Woche, man erinnert sich, wiederholte der Rundfunk in regelmäßigen Intervallen die Worte:

»Gehackte Zwiebel, gehackte Zwiebel . . .«

»Das ist ein Codewort«, stellte Dr. Beck a tempo fest. »Es bedeutet, daß wir Damaskus eingenommen haben.«

»Mit wieviel Soldaten?« fragte Seligs achtzigjährige Tante, deren ständiges Dazwischenreden den gesamten Bunkerstab zur Raserei bringt.

»Vermutlich Regimentsstärke«, wurde ihr geantwortet.

»Wieviel ist das?«

»Was die nur immer wissen will, diese lästige Person!« Ein Regiment ist ein Regiment, und damit gut. Auch gestern, nach Schluß der Lagebesprechung, hörte sie nicht auf zu fragen, ob Hussein lieber Boden-Boden oder Boden-Luft verwendet. Wie soll man unter solchen Umständen Krieg führen? Ohnehin stellten die unaufhörlich im BUOK einlaufenden Meldungen die größten Anforderungen an unsere Nerven. Wem es zuviel wird, dem steht unsere Erste-Hilfe-Station zur Verfügung. Dort kann er auf einem Tonband die Kommentare unseres Informationsministers abhören. Sie laufen ununterbrochen, vierundzwanzig Stunden am Tag, und wirken beruhigend – gleichgültig, was er sagt. Der Ton macht die Musik.

Ich möchte betonen, daß wir unsere militärischen Entscheidungen mit größter Sorgfalt und Verantwortung treffen. Wir haben noch nie den Suezkanal überschritten, ohne uns vorher mit Dani, unserem Überschreitungsexperten, beraten zu haben, dessen bester Freund ein ständiger Gin-Rummy-Partner des Portiers vom Beilinson-Spital ist. Dani verfügt über bedeutende militärische Kenntnisse und kann ohne abzusetzen die Namen so wichtiger strategischer Punkte wie Ras-el-Mimsy und Dschebel-Masisch und Nebi-Latkeh herunterleiern.

Der BUOK ist ständig im Einsatz und tut seine Pflicht. Leser, die unsere Reihen verstärken wollen, sind gebeten, ihr Aufnahmegesuch schriftlich einzureichen und ein Paßphoto ihres Gerüchtlieferanten beizulegen.

Die folgende Geschichte begann an einem Morgen gegen Ende September, nicht lange vor Ausbruch des Jom-Kippur-Kriegs. Ihr Held – in des Wortes anrüchigster Bedeutung – ist Ing. Glick. Er verließ an jenem Morgen sein Haus in tiefen Gedanken über die herrschende Zementknappheit, denn Ing. Glick ist im Bauwesen tätig. Seine Gedanken nahmen ihn so sehr in Anspruch, daß er nicht auf den Weg achtgab und in den Graben fiel, der vom Magistrat, Abteilung Straßenbau, vor seinem Haus ausgeschaufelt worden war, um später einmal in einen Abflußkanal umgewandelt zu werden.
Ing. Glick brach sich das linke Bein an zwei Stellen oberhalb des Knöchels. Man brachte ihn ins Krankenhaus, wo er die beste Pflege erfuhr und in der zweiten Oktoberhälfte wieder entlassen wurde. Er trug einen Gipsverband über dem linken Bein und ging auf Krükken, aber er ging.
Während seines Spitalaufenthaltes hatte sich im Nahen Osten einiges abgespielt. Auch der Graben vor seinem Haus war durch den geplanten Kanal samt Gitter ersetzt worden.
Kaum hatte Ing. Glick im Fond des Taxis, das ihn nach Hause bringen sollte, Platz genommen, als der Fahrer sich zu ihm umwandte und teilnahmsvoll fragte:
»Wo ist es passiert? Oben oder unten?«
»Zwei Stellen oberhalb des Knöchels.«
»Das meine ich nicht. Ich meine: oben auf den Golan-Höhen oder unten am Suez?«
Schon wollte Ing. Glick antworten, daß er in der Hajarden-Straße in Tel Aviv verwundet worden sei – da ob-

siegte seine tief verwurzelte Abneigung gegen Gespräche aus der Intimsphäre; er begnügte sich mit den Worten:
»Sprechen wir nicht darüber. Was soll's.«
Der Fahrer schwieg respektvoll. Erst als sie in der Hajarden-Straße angekommen waren, erlaubte er sich die Bemerkung:
»Kerle wie Sie sind die Stütze der Nation!«
Für die Fahrt nahm er keinen Pfennig, hingegen half er seinem Fahrgast aus dem Wagen und geleitete ihn bis zum Haustor, das er fürsorglich öffnete.
Damit begann das Gips-Festival des Ing. Glick.
Wenn er in einen Laden humpelte, wurde er sofort bedient, die Kellner im Restaurant lasen ihm seine Wünsche von den Augen ab, die Angestellten öffentlicher Dienste umsorgten ihn mit der Hilfsbereitschaft einer Privatkrankenschwester. Jedermann hatte das Bedürfnis, den Dank der Nation, oder wenigstens einen kleinen Teil davon, an ihn abzustatten, jedermann empfand es als persönliche Beleidigung, wenn er für etwas Gekauftes oder Geleistetes zahlen wollte.
Nach einiger Zeit hatte sich Ing. Glick an diesen Zustand gewöhnt. Schwierigkeiten entstanden nur noch dann, wenn die Rede darauf kam, wo er sich seine Verletzung zugezogen hatte. Glick, ein ehrenwerter Charakter und der Lüge abhold, reagierte auf allzu detaillierte Fragen nach der syrischen oder ägyptischen Herkunft seiner Wunde in der Regel mit einem müden Lächeln, das ungefähr besagen wollte: »Es gibt Dinge, die ein Mann lieber vergißt.« Manchmal verstand er sich auch zu verbalen Abwehrversuchen wie: »Ach, lassen Sie doch« oder: »Wozu darüber reden«.
Ende November tauschte er die Krücken gegen einen

Stock aus, aber der weiße Gipsverband leuchtete in alter Pracht vom Knöchel aufwärts und verschaffte ihm beim Philharmonischen Konzert einen selbst für ihn überraschenden Empfang. Glick war erst knapp vor Beginn eingetroffen und humpelte den Mittelgang entlang, als das Publikum plötzlich wie ein Mann aufstand und ihm eine donnernde Ovation bereitete. Errötend ließ er diesen Ausbruch nationaler Begeisterung über sich ergehen und dankte mit einem Winken seiner freien Hand. Nach Schluß des Konzerts fand er sich von Autobesitzern umringt, die um die Ehre stritten, ihn nach Hause bringen zu dürfen. Nachdem der Gewinner ihn im Wagen verstaut hatte, streckte Glick sein Gipsbein aus und entdeckte auf dem Verband eine Aufschrift, die sein Sitznachbar in der Dunkelheit hingekritzelt haben mußte:

»Das Volk steht tief in Ihrer Schuld. Wir danken Ihnen.«

Allmählich begann die Erinnerung an den Hergang der Dinge in Glicks Gedächtnis zu verschwimmen. Als ein populärer Schlagersänger, der ihn in einer Hotelhalle sitzen sah, sich vor ihm aufpflanzte und gratis drei Lieder zum besten gab, konnte Glick nur mit Mühe ein Schluchzen unterdrücken und murmelte vor sich hin:

»Es war die Mühe wert ... und ich täte es wieder ...«

Auch für die Anschaffung von Eiern, die in jener Zeit zu den schwer erhältlichen Konsumgütern gehörten, sorgte der Gipsverband, indem er einen anonymen Spender auf den Plan rief. Jeden Montag läutete eine freundliche alte Dame an Ing. Glicks Türe, übergab ihm einen Korb voll frischer Eier und flüsterte unter Tränen:

»Gott segne Sie, junger Mann!«

Dann wandte sie sich ab und entzog sich mit raschen

Schritten seinem Dank. Nur einmal blieb sie etwas länger stehen, nahm all ihren Mut zusammen und fragte:
»Wo wurden Sie verwundet, mein lieber Junge?«
Und Ing. Glick antwortete:
»Am Kanal.«
Damit war sowohl der Wahrheit wie den patriotischen Bedürfnissen der Spenderin Genüge getan.
Ing. Glick erwägt, auch nach der endgültigen Heilung seines Knöchels den Gipsverband noch ein paar Monate lang zu tragen. Am liebsten behielte er ihn für alle Ewigkeit. Oder gar bis zum Abschluß eines Friedensvertrags.

WIR HABEN UNS SCHON WIEDER DIE SYMPATHIEN DER WELT VERSCHERZT

Allenthalben auf dem Erdenrund herrscht große Empörung über Israel, den Aggressor. Noch größer ist nur die Empörung darüber, daß Israel die Aggression abgewehrt hat.

Die anti-israelische Hitparade erreicht immer höhere Gipfel der Popularität und gewinnt immer neue Anhänger. Die wenigen Freunde, die uns verblieben sind, geraten allmählich in den Verdacht des Snobismus oder eines exzentrischen Wunsches nach künstlicher Einsamkeit. Wir bewerkstelligen die Einigung der zivilisierten Welt durch unser bloßes Vorhandensein. Unsere Bemühungen, an Hand offizieller Äußerungen ägyptischer und syrischer Stellen den Nachweis zu erbringen, daß nicht wir diesen Krieg begonnen haben, stoßen auf unüberwindliche akustische Schwierigkeiten, nämlich auf taube Ohren. Achtzehn schwarzafrikanische Staaten, denen wir jahrelang Entwicklungshilfe geleistet haben, sind soeben in gemeinsamer Entrüstung übereingekommen, die diplomatischen Beziehungen zu Israel abzubrechen. Die linksliberale Bonner Regierung protestiert lautstark gegen den Mißbrauch eines ihrer Häfen, von dem amerikanische Waffen für die Überlebenden der Konzentrationslager verschifft wurden. Paris interpretiert die vereinbarte Feuereinstellung dahingehend, daß sie für ölproduzierende Länder keine Geltung habe. Und die Regierung Ihrer Britannischen Majestät bleibt bei der traditionellen Arbeitsteilung, welche vorsieht, daß die jeweilige Regierungspartei immer gegen Israel ist und die jeweilige Oppositionspartei immer den Kopf schüttelt.

Für die Staaten der westlichen Gemeinschaft reduziert sich die Existenz eines kleinen Volkes auf die Frage des ungestörten Autoverkehrs und der funktionierenden Zentralheizung. Diese Staaten bemühen sich, wie man weiß, um soziale Gerechtigkeit und vernünftige Güterverteilung. Sie führen immer höhere Steuern ein und staffeln sie nach wohlerwogenen Gesichtspunkten zu wohlerwogenen Zwecken. Den Armen nehmen sie weniger weg, den Reichen mehr. Und die Milliarden, die sie den Reichen wegnehmen, verteilen sie an die arabischen Ölscheichs.

Unter diesen Umständen ist es kein Wunder, daß die internationale Bewegung zur Ermutigung zeitgenössischer Aggression noch nicht dagewesene Ausmaße annimmt. Sie umfaßt ehemalige Aggressionsopfer wie Äthiopien, Polen und die Tschechoslowakei, aber auch gänzlich unbefangene und unbeteiligte Staaten von kubanischem Zuschnitt. Jeder Wolf, der halbwegs bei Stimme ist, heult mit den anderen gegen Israel.

Wir schauen in den Spiegel, um herauszufinden, was wir denn gar so Entsetzliches an uns haben, daß wir damit die ganze Welt provozieren? Alles, was wir sehen, sind bärtige Kinder, die mit von Schlaflosigkeit geschwollenen Augen ihre Sandlöcher in der Wüste verteidigen, sind verzweifelte Eltern, die Tag und Nacht auf eine Nachricht warten, ob ihr in Gefangenschaft geratener Sohn noch lebt oder ob man seine verstümmelte Leiche gefunden hat. Wahrlich, das Bild, das uns der Spiegel zurückwirft, ist nicht eben schmeichelhaft für die Welt. Es zeigt einen kleinen, bis zur Atemlosigkeit gehetzten und verfolgten Stamm, der dennoch, in einem Meer von Zynismus, sein menschliches Antlitz zu bewahren versucht. In manchen Augenblicken hängt unsere Existenz am dünnen Faden einer rechtzeitigen Telefonverbindung mit Washington.

Zum Lachen, nicht? Oder zum Heulen? Haben die Völker der Erde keine Scham? Haben sie keine Spiegel?

Vor vielen Jahren, nach der Sinai-Kampagne, schrieb ich eine kleine Satire, die damals vielfach nachgedruckt und zitiert wurde. Sie hieß: »Wie Israel sich die Sympathien der Welt verscherzte.« Ihre These: um die Sympathien der Welt zu gewinnen, müßten wir uns von den Arabern widerstandslos abschlachten lassen. Erst beim Begräbnis, wenn die Krokodilstränen der allgemeinen Anteilnahme fließen, würde man uns endlich lieben.

Ich möchte mich hiermit bei meinen Lesern für den Irrtum entschuldigen, den ich damals beging. Denn dies ist die bitterste Lektion, die uns der Jom-Kippur-Krieg beigebracht hat: daß die Welt uns ihre Sympathien selbst dann versagt, wenn wir überfallen werden. Noch mehr: je schlimmer unsere Lage, desto einsamer stehen wir da, desto größer ist die allgemeine Bereitschaft, uns zu verraten und zu verkaufen.

Warum?

Es gibt, fürchte ich, nur eine einzige Antwort:

Weil die Menschen sich nicht gerne ihre Niedertracht vor Augen führen lassen.

So bleibt uns nichts übrig, als ohne ihre Sympathien zu leben und zu sterben. Und wir werden es schaffen, danke schön. Auch wenn der Sicherheitsrat seinen jüngsten Rekord noch überbietet und in 1 Minute 17 Sekunden beschließt, daß wir vom Globus zu verschwinden haben.

LONDON IM DUNKEL
(Entwurf für ein Filmscript)

Jom Kippur. Panzerschlachten. Luftkämpfe. Raketen. Sam 6. Boden-Boden. Sam. Boden-Luft. Sam. Uncle Sam.
SCHNITT
Ölfelder in einem fortschrittlichen Scheichtum.
Premierminister Edward Heath. Embargo auf Waffenlieferungen jeder Art, Ersatzteile für Centurion-Panzer eingeschlossen.
SCHNITT
Ein zerschossener israelischer Centurion-Tank auf den Golan-Höhen. Demonstrationen vor dem englischen Parlament. Tanks. Tanker.
Ein lächelnder Scheich: »Wenn wir wollen, können wir mit Allahs Hilfe London in Dunkelheit stürzen und ganz England lahmlegen.«
Außenminister Sir Alec Douglas Home (deutsch synchronisiert): »Die blutige Idee davon. Ich sage, Herr! Wir sind neutral.«
Chamberlains Regenschirm. Bevins Geist. Ein gähnendes Kamel. Eine Stimme: »Reölpolitik!«
SCHNITT
Eine fürchterliche Explosion. Die Generalkarte eines nicht näher bestimmbaren Kampfareals geht in Flammen auf. Eine israelische Flagge wird hochgezogen. Feuereinstellung – Tauben schwirren durch die Luft. Stille.
SCHNITT
UNO-Gebäude in New York. Vollversammlung. Golda am Rednerpult:
»... Und jetzt, da der Krieg beendet ist, darf ich das geheimste Kapitel in der Geschichte unseres Sieges ent-

hüllen. Die Völker der Erde sollen wissen, daß England hinter dem Rauchvorhang seiner formellen Embargo-Erklärungen treu an unserer Seite stand und uns in einer kritischen Stunde mit großzügigen Waffenlieferungen versorgt hat ...«

Der libysche Delegierte springt auf, japst nach Luft und bricht zusammen. Der englische Delegierte starrt mit glasigem Blick vor sich hin. Der saudiarabische Delegierte tritt dem israelischen unter dem Tisch ins Schienbein.

Golda, fortfahrend:

»Erlauben Sie mir, meine Damen und Herren, von dieser Stelle aus dem großen englischen Volk und seinen mutigen Führern von Herzen dafür zu danken, daß sie, ihren edelsten Traditionen folgend, einem kleinen, von übermächtigen Gegnern bedrängten Land zu Hilfe gekommen sind ...«

Der irakische Delegierte verläßt den Sitzungssaal und flucht dabei in russischer Sprache. Großaufnahme der glasigen Augen des englischen Delegierten.

SCHNITT

Eine räudige Katze streicht um eine verlassene Tankstation.

SCHNITT

Heath vor dem Unterhaus:

»... gegen diese infame Verleumdung zu protestieren. England hat noch nie einem kleinen, bedrängten Land geholfen, hat es auch diesmal nicht getan und wird es niemals tun ...«

SCHNITT

Titelseiten israelischer Zeitungen. Dreispaltige Aufmacher. Bild einer englischen Boden-Luft-Rakete. Text: »Die Waffe, die den Krieg entschieden hat.« Unter-

titel: »Wir werden unseren englischen Freunden ewig dankbar sein.«
SCHNITT
Sir Alec Douglas Home vor der Presse:
»... nur wiederholen, daß wir uns strikt an den Buchstaben des Embargos gehalten haben, an jeden einzelnen Buchstaben. Wenn uns die Israelis für Waffen danken, die nie geliefert wurden, dann ...«
Unruhe unter den Journalisten. Höhnische Zurufe. Sir Alecs Stimme geht unter.
SCHNITT
Tel Aviv. Studenten veranstalten eine Sympathiekundgebung vor der englischen Botschaft.
SCHNITT
König Feisal im Kreise zahlreicher Scheichs.
SCHNITT
Unterhausdebatte. Ein Abgeordneter:
»... Israel eine langfristige Wirtschaftshilfe anbieten, wenn dafür die Dankbarkeits-Kampagne eingestellt wird ...«
Abba Eban vor der Presse:
»Wir werden niemals aufhören, unseren englischen Freunden dafür dankbar zu sein, daß sie sich der arabischen Erpressung nicht gebeugt haben.«
SCHNITT
Ölfeld. Ölleitung. Ein Scheich dreht den Hahn ab.
SCHNITT
In London gehen die Lichter aus. Der Verkehr kommt zum Stillstand.
SCHNITT
Golda, zwinkernd: »Das war's.«

Ein dringender Telefonanruf hatte den schwedischen Außenminister um 4 Uhr früh zum libyschen Botschafter berufen. Das widersprach zwar den Gepflogenheiten des Protokolls, aber der Minister – ganz im Sinne der schwedischen Außenpolitik darauf bedacht, niemanden außer Amerika zu verletzen – machte gute Miene zum exotischen Spiel und begab sich schnurstracks zur Residenz des dunkelhäutigen Diplomaten, wo er völlig unzeremoniell ins Schlafzimmer geleitet wurde.
Seine libysche Exzellenz empfing ihn im Pyjama und ohne Umschweife.
»Ich erhalte soeben ein Telegramm aus Tripolis. Oberst Gadaffi, der Präsident unserer Republik und Retter unseres Volkes, wünscht mit dem Nobelpreis für Literatur ausgezeichnet zu werden.«
»Für Literatur?«
»Ja. Literatur. Er ist ja, wie Sie wissen, ein hervorragender Erzähler.«
»Darf ich Sie bitten, Exzellenz«, erwiderte der Außenminister behutsam, »freundlichst bedenken zu wollen, daß die Schwedische Akademie, die den Nobelpreis vergibt, eine unabhängige Körperschaft ist ... Sie trifft ihre Entscheidungen, wie soll ich sagen ... auf völlig neutraler Grundlage.«
»In Ordnung. Dann wird sie eben für uns neutral sein. Wie so viele andere neutrale Staaten.«
»Was ich eigentlich andeuten wollte, Exzellenz, ist die Tatsache . . . ist die Unmöglichkeit, auf die Entscheidungen der Akademie irgendwelchen Einfluß zu nehmen.«

»So?« Jetzt zeigte der libysche Botschafter, daß auch er mit diplomatischer Finesse vorzugehen verstand. »Dann werden Sie eben kein Öl mehr bekommen!«
Er gab dem Minister 24 Stunden Zeit und entließ ihn.
Das schwedische Kabinett trat sofort zu einer Geheimsitzung zusammen – spielt doch das arabische Öl eine unentbehrliche Rolle im Leben dieser bedauernswerten Industrienation. Die 18stündige Beratung schloß mit einem nichtssagenden Kommuniqué: Es wären, so hieß es, »Probleme des Kulturaustausches mit Libyen« besprochen worden.
Oberst Gadaffi empfand das als einen Schlag ins Gesicht und erlitt in der Privatzelle, die man für ihn in der ehemals königlichen Klinik eingerichtet hatte, einen Tobsuchtsanfall:
»Dem Juden Churchill hat man zweimal den Nobelpreis für Literatur gegeben!« brüllte er. »Und mir gibt man ihn nicht einmal, einmal!«
Angesichts der tiefen Religiosität Gadaffis verstand es sich von selbst, daß schon wenige Stunden später die Muezzins von allen Moscheetürmen Libyens zum Boykott des »schwedischen Zionistenstaates« aufriefen und daß die Öltanker, die in den libyschen Häfen mit Öltransporten für Schweden vor Anker lagen, diese nicht lichten durften.
Der schwedische Regierungschef wurde auf eigene Bitte vom libyschen Botschafter empfangen und erinnerte ihn ebenso nachdrücklich wie respektvoll an die traditionelle Freundschaft der beiden Länder:
»Wir sind durchaus der Meinung«, fuhr er fort, »daß Oberst Gadaffi Anspruch darauf hat, für den Nobelpreis zu kandidieren. Aber aus rein formellen Gründen

würde es sich empfehlen, diese Kandidatur auf dem üblichen Weg anzumelden.«

Als Zwischenlösung bot er dem befreundeten Libyen eine anti-israelische Erklärung an, die den Satellitenstaat des imperialistischen Amerika in scharfen Worten verurteilen würde. Das Offert kam leider zu spät. Zur gleichen Zeit tönte aus sämtlichen libyschen Lautsprechern eine Brandrede Oberst Gadaffis (den ein führender Gelehrter der Universität Bengasi inzwischen informiert hatte, daß die jüdische Abstammung Churchills nicht einwandfrei nachgewiesen sei):

»Jeder hergelaufene Kommunist kann den Nobelpreis bekommen!« donnerte Gadaffi. »Der Kommunist Pasternak bekommt ihn! Der Kommunist Solschenyzin bekommt ihn! Der Jude Agnon bekommt ihn! Die Jüdin Nelly Sachs bekommt ihn! Aber ich, ein gläubiger Moslem, ein stolzer Araber, bekomme ihn nicht!«

Abschließend erklärte Gadaffi seinen Rücktritt und verkündete, daß er sich in die Wüste zurückziehen werde, um Oasen anzubauen.

Die aufgebrachte Menge zündete aus purer Gewohnheit das amerikanische Botschaftsgebäude an und zog mit dem Sprechchor »No-bel-preis-für-Ga-da-ffi« durch die Straßen. Dann wählte sie aus ihrer Mitte eine offizielle Delegation, die sich sofort nach Stockholm begab.

Die Stimmung wurde in Libyen immer hitziger und in Schweden immer kälter. Das schwedische Kabinett erließ erste Restriktionsbestimmungen für das Transportwesen und den elektrischen Strom. Eine Studentendemonstration in Uppsala verlangte den Abbruch der diplomatischen Beziehungen mit den »machtgierigen Kolonialherren in Tel Aviv«. Unter dem Druck der öffentlichen Meinung trat die Schwedische Akademie zusammen, um die Krisensituation der zeitgenössischen Literatur zu diskutieren. Wie später bekannt wurde, hatte man zuverlässige Anhaltspunkte dafür entdeckt, daß Gadaffi des Lesens und Schreibens kundig war; was das Lesen betraf, so beschränkte es sich allerdings auf eine in Großdruck gehaltene Ausgabe des Korans.

Die skandinavische Presse empfahl der Akademie eine realistischere, den Zeitumständen angepaßte Nobelpreis-Politik. Der schwedische Außenminister flog nach Tripolis, wo er dem libyschen Präsidenten in Anerkennung seiner Verdienste auf petrochemischem Gebiet den Nobelpreis für Chemie in Aussicht stellte. Gadaffi erlitt einen neuen Wutanfall, bezeichnete den Vorschlag als eine Beleidigung nicht nur seiner Person, sondern der ganzen arabischen Welt, schwor dem bestürzten Außenminister fürchterliche Rache und warf ihn eigenhändig aus der Zelle hinaus.

Das signalisierte den Beginn einer neuen Terrorwelle. In Bombay explodierten zwei italienische Passagierflugzeuge. Eine bisher unbekannte Untergrund-Organisation, der »Bund junger Palästinenser für literarische Gerechtigkeit«, übernahm die Verantwortung. In ganz Schweden wurden die Zentralheizungen abgestellt. Der libysche Botschafter erschien unangesagt beim König, drohte mit dem Finger und sagte:

»Na, Gusti? Auf was wartest du noch?«

Oberst Idi Amin, Gadaffis Gegenstück in Uganda, richtete an die schwedische Regierung ein Telegramm von 14 850 Worten mit der Aufforderung, Herrn Nobel zur sofortigen Übergabe sämtlicher Preise an Oberst Gadaffi zu veranlassen, widrigenfalls die Land-, See- und

Luftstreitmächte Ugandas eine Strafexpedition gegen Schweden unternehmen würden. Die schwedische Regierung wies die Note Idi Amins mit aller diplomatischen Entschiedenheit zurück, wurde jedoch von der sozialdemokratischen Partei, die im Parlament die Mehrheit besaß, vor übereilten Schritten gewarnt. Ein Leitartikel des offiziellen Parteiorgans hob die imposanten Ergebnisse der libyschen Kulturrevolution hervor, die »dem jungen, von Energie und Fortschrittsgeist inspirierten Oberst Gadaffi« zu danken wären. Die französische Regierung bot ihre Vermittlerdienste an und empfahl, den Nobelpreis zwischen Gadaffi und André Malraux zu teilen. Gadaffi reagierte mit einem höhnischen Auflachen und stoppte die Öllieferungen nach Frankreich für zwei Tage.

Der Winter kam. Schweden schlug eine der in Libyen so beliebten Staatsfusionierungen vor: gemeinsame Verfassung, gemeinsame Armee, gemeinsame Außenpolitik und gemeinsame Irrenanstalten. Gadaffis Antwort lautete kurz und bündig: »Nobelpreis oder nichts!« In Schweden waren keine Kerzen mehr zu haben. Die Bevölkerung fror.

Kurz vor Weihnachten gab die Schwedische Akademie ihre Vorentscheidung für den nächsten Literatur-Nobelpreis bekannt.

Am nächsten Tag floß wieder Öl nach Schweden.

Es wird langsam Zeit, daß wir uns auf unsere außenpolitischen Möglichkeiten besinnen. Die Knesset müßte sich in einer ausführlichen Sitzung mit der irischen Frage befassen, und unser Außenminister müßte hernach den englischen Botschafter zu sich berufen, um mit ihm eines jener »freundlichen und konstruktiven Gespräche« zu führen, die im internationalen Verkehr üblich sind:

»Exzellenz«, hätte er zu sagen, »die israelische Regierung hat mich beauftragt, der Regierung Ihrer Majestät unsere Haltung in der irischen Frage zur Kenntnis zu bringen. Wie Sie zweifellos wissen, widmet die Knesset, unser Parlament, dieser Frage die größte Aufmerksamkeit und hat sie erst vor kurzem in einer sechsstündigen Sitzung aufs neue diskutiert. Ich habe die Ehre, Ihnen, Exzellenz, unseren brennenden Wunsch nach einer baldigen Lösung des Konfliktes auszudrücken, einer Lösung, die den legitimen Rechten des irischen Volkes Rechnung trägt. Die israelische Regierung verurteilt jede Form von Terrorakten und mißbilligt den verantwortungslosen Gebrauch von Explosivstoffen, seien sie auch noch so libyschen Ursprungs. Dessenungeachtet wäre es unserer Meinung nach ein schlechter Dienst an der Sache des Weltfriedens, wenn wir übersehen wollten, daß die eigentlichen oder, wie wir sagen zu dürfen meinen, die fundamentalen Ursachen des Problems in der 1921 erfolgten Annexion Nordirlands durch die englische Krone zu suchen sind.«

An dieser Stelle wird unser Außenminister eine kurze Pause machen, wird sich räuspern und zurechtsetzen und wird mit eindringlicher Stimme fortfahren:

»Die israelische Regierung weiß sich bei diesem Schritt im Einklang mit der Mehrheit aller maßgeblichen internationalen Körperschaften. Sie ist aufs tiefste besorgt über den circulus vitiosus, der aus den Gewalt- und Terrorakten auf der einen und aus den übereilten Repressionsmaßnahmen auf der anderen Seite entstanden ist. Wir sind deshalb nach reiflicher Überlegung zu dem Schluß gelangt, daß es nur eine einzige tragfähige Lösung geben kann, nämlich den vollen und bedingungslosen Rückzug Englands von den 1921 willkürlich festgelegten Grenzen. Erst wenn die Folgen der britischen Aggression restlos getilgt sind und kein einziger Soldat Ihrer Majestät sich auf irischem Boden befindet, wird in diese von Zwietracht und Blutvergießen heimgesuchte Region der von uns allen so sehnlich erwünschte Friede einkehren.«

Noch eine kurze Pause. Und dann:

»Die konsequente Friedenspolitik meiner Regierung berechtigt und nötigt mich, Ihnen, Exzellenz, klarzumachen, daß die Regierung des Vereinigten Königreichs durch ihre hartnäckige Weigerung, sich aus allen – ich wiederhole: allen – besetzten Gebieten zurückzuziehen, die alleinige Verantwortung für diese unglückselige Situation auf sich geladen hat. Nicht Grenzen oder Grenzgebiete gewährleisten die Sicherheit und den Wohlstand einer Nation, sondern freundschaftliche Beziehungen zu ihren Nachbarstaaten, unerschütterliches Vertrauen zu den Grundsätzen des Völkerrechts und ein ehrliches Bedürfnis nach einem echten, dauerhaften et cetera Frieden.«

Unser Außenminister erhebt sich und tritt auf den englischen Botschafter zu:

»Ich bitte Sie, Exzellenz, meine Vorhaltungen unverzüglich an Ihre Regierung weiterzuleiten, und verabschiede mich, auch im Namen von Ephraim Kishon und seinem Freund Jossele, mit vorzüglicher Hochachtung . . .«
Ende des Gesprächs. Ende des Wunschtraums.

Für ein Land, das sich unglücklicherweise nicht nach dem Slogan »Make Love, not War« richten kann, weil es seit dem Tag seiner Gründung gezwungen ist, Kriege zu führen – für ein solches Land hat das Weihnachtsfest als Symbol des Friedens auf Erden ganz besondere Bedeutung. Wir Israeli beneiden alle, die dieses wunderschöne Fest feiern können. Leider gehören wir nicht zu ihnen, obwohl Jesus der Nazarener eigentlich zu uns gehört.

Was mich persönlich betrifft, so erfolgte meine erste Begegnung mit dem Weihnachtsbaum vor langer Zeit in einem Land des Exils, wo ich auf die Welt gekommen und aufgewachsen bin: in Ungarn. Ich war der einzige jüdische Schüler in meiner Klasse und unternahm verzweifelte Anstrengungen, mich irgendwie ins Weihnachtsfest einzugliedern. Zum Beispiel machte ich mich erbötig, meinen christlichen Mitschülern behilflich zu sein, wenn sie ihre Weihnachtsbäume nach Hause trugen. Die Ablehnung, auf die ich stieß, war typisch für jene Zeit und entsprach zugleich dem stacheligen Charakter des Nadelbaums; sie erfolgte mit den höflichen Worten:

»Bemüh' dich nicht. Ihr Juden habt ja unseren Heiland gekreuzigt.«

»Nein«, widersprach ich. »Ich nicht. Wirklich nicht.«

Auch mein Vater wies diese Anschuldigung, als ich sie zu Hause aufs Tapet brachte, entschieden zurück, und da ich über sein Tun und Lassen ziemlich genau unterrichtet war, sah ich keinen Anlaß, an der Wahrheit seiner Worte zu zweifeln. Wenn er in eine Kreuzigung verwickelt gewesen wäre, hätte ich es bestimmt gewußt. Ebenso konnten sich meine sämtlichen Onkel auf Befragen mit einem einwandfreien Alibi ausweisen. Keiner von ihnen hatte jemals mit Pontius Pilatus gesprochen. Aber was half's. Ich mußte mich damit abfinden, daß das Weihnachtsfest nichts für mich war, und das kränkte mich tief.

*

Wie jede jüdische Neurose wurde auch diese von mir überwunden – übrigens nicht nur von mir, sondern von allen Juden, die nach Israel einwanderten. Hier, so könnte man sagen, endete die Zusammenarbeit zwischen uns und den übrigen Völkern der Erde, eine Zusammenarbeit von 1948 Jahren Dauer, in deren Verlauf wir an die Welt im allgemeinen und an die Päpste im besonderen zahllose Ansuchen gerichtet hatten, unsere Schuld an der Kreuzigung Christi für hinfällig zu erklären oder andernfalls eine haltbare Begründung beizubringen, warum ein so lange zurückliegendes Ereignis den heutigen Juden angelastet werden sollte. Die Bürger des heutigen Judenstaates wollen jedenfalls nichts mehr davon wissen.

Diese neuartige, von historischen Emotionen völlig freie Einstellung zeigte sich unter anderem darin, daß das erfolgreiche religiöse Musical »Jesus Christ Superstar« in unserem Land verfilmt werden konnte, mit offizieller Unterstützung durch die israelischen Behörden und unter Mitwirkung einer Reihe israelischer Schauspieler. Das ist um so bemerkenswerter, als das genannte musikalische Passionsspiel – eine Mischung aus dem Reich Gottes mit den Rolling Stones – nicht umhinkann, auf jüdische Hühneraugen zu treten, wie es ja auch unmöglich wäre, den Auszug aus Ägypten in Szene zu setzen, ohne die heutigen Nachkommen Pharaos zu verletzen. Einzig der große Regisseur Cecil B. de Mille erregte mit seinem Film »Die Zehn Gebote« nirgends Anstoß. Wir allerdings, die wir auf dem Aufnahmegelände leben, halten uns lieber an das Buch, das der Verfilmung zugrunde liegt.

*

Als ein weiteres Beispiel für den fundamentalen Stimmungswandel, der durch die Existenz des Staates Israel bewirkt wurde, könnte man einen Landarbeiter von einem in der Nähe Nazareths gelegenen Kibbuz heranziehen. Dieser knorrige Bauersmann denkt nicht daran, sich immer wieder für etwas zu entschuldigen, was sich vor nahezu zwei Jahrtausenden auf dem jetzt von ihm beackerten Boden zugetragen hat. Im Gegensatz zu den nervösen, in der Zerstreuung lebenden Juden, die nicht müde werden, in den Hollywood-Fassungen des Neuen Testaments die Möglichkeit antisemitischer Mißverständnisse aufzuspüren und anzuprangern, reagiert der in Israel geborene Sabra auf Kunstwerke à la »Superstar« mit heiterer Nachsicht. Denn er empfindet weder sich selbst noch seine Stammesvorfahren als sozusagen weiße Neger, die – sei's auf der Bühne, sei's auf der Filmleinwand – zwecks Schonung ihrer Minderwertigkeitsgefühle nur im vorteilhaftesten Licht gezeigt werden dürfen. Er ist, anders als mein Vater und meine Onkel, mit Vergnügen bereit, für seine jüdische Vergangenheit einzustehen, und zwar auf ungefähr folgender Basis:

»Nun ja, es kann schon sein, daß unsere alten Priester nicht damit einverstanden waren, was dieser großartige junge Rabbi aus Nazareth damals gepredigt hat. Es kann schon sein, daß sie ihn für einen gefährlichen Reformer gehalten und den römischen Gouverneur ersucht haben, strenge disziplinarische Maßnahmen gegen ihn zu ergreifen. Aber das alles war doch eine interne Auseinandersetzung, eine Art jüdische Familienangelegenheit. Wenn Sie wünschen, nehme ich die Schuld daran auf mich. Nur möchte ich Sie bitten, dann wenigstens die anderen Juden endlich in Ruhe zu lassen. Einverstanden?«

*

Es wäre an der Zeit, daß auch die übrige Welt den Vorfall von diesem Gesichtspunkt aus zu betrachten beginnt. Und das jetzt bevorstehende Weihnachtsfest, das den Staat Israel in der schwersten und einsamsten Stunde seiner Existenz antrifft, wäre vielleicht eine gute Gelegenheit für die Welt, sich darüber klarzuwerden, was für den einfachen Kibbuznik aus Nazareth seit jeher außer Zweifel steht: daß nämlich Jesus und alle seine Schüler Juden waren.

Der Schreiber dieser Zeilen glaubt an ein göttliches Prinzip, das im Geheimnis des Kosmos und in den Schöpfungen der Natur waltet. Er bedauert, sich nicht als »religiös« im herkömmlichen Sinn bezeichnen zu können, schon deshalb nicht, weil es keine religiösen Humoristen geben kann, Kirche und Rabbiner mögen mir verzeihen. Um die Wahrheit zu sagen, lebe ich in der ständigen Furcht, nach meinem frühen Tod und meiner Ankunft im Jenseits entdecken zu müssen, daß die alten Ägypter recht hatten, daß es dort von Göttern mit Tierköpfen nur so wimmelt und daß wir mit unserem Monotheismus dann eher dumm dastehen werden ...

Aber solange das noch nicht geklärt ist, bleibe ich stolz darauf, jenem kleinen, hartnäckigen Volk anzugehören, das der Menschheit immerhin ein paar bedeutende Persönlichkeiten geschenkt hat, darunter Freud, Einstein, Marx, Moses – und Christus. Vielleicht haben wir also doch einen kleinen Anteil am Weihnachtsfest. Zumindest dürfen wir darauf hinweisen, daß Jesus in eine redliche jüdische Handwerkerfamilie auf dem Boden des damaligen Staates hineingeboren wurde – mag es manchen Leuten auch unangenehm sein, dieses folgenschwere Ereignis auf eine so simple Formel gebracht zu sehen.
Im Gedenken an seine trüben Kindheitserlebnisse bittet der Schreiber dieser Zeilen die Welt, ihr behilflich sein zu dürfen, wenn sie den nächsten Weihnachtsbaum nach Hause trägt. Daß ein vergeßliches Europa uns allzu viele Geschenke unter den Baum des Friedens, der Liebe und des guten Willens legen wird, erwarten wir ohnehin nicht.